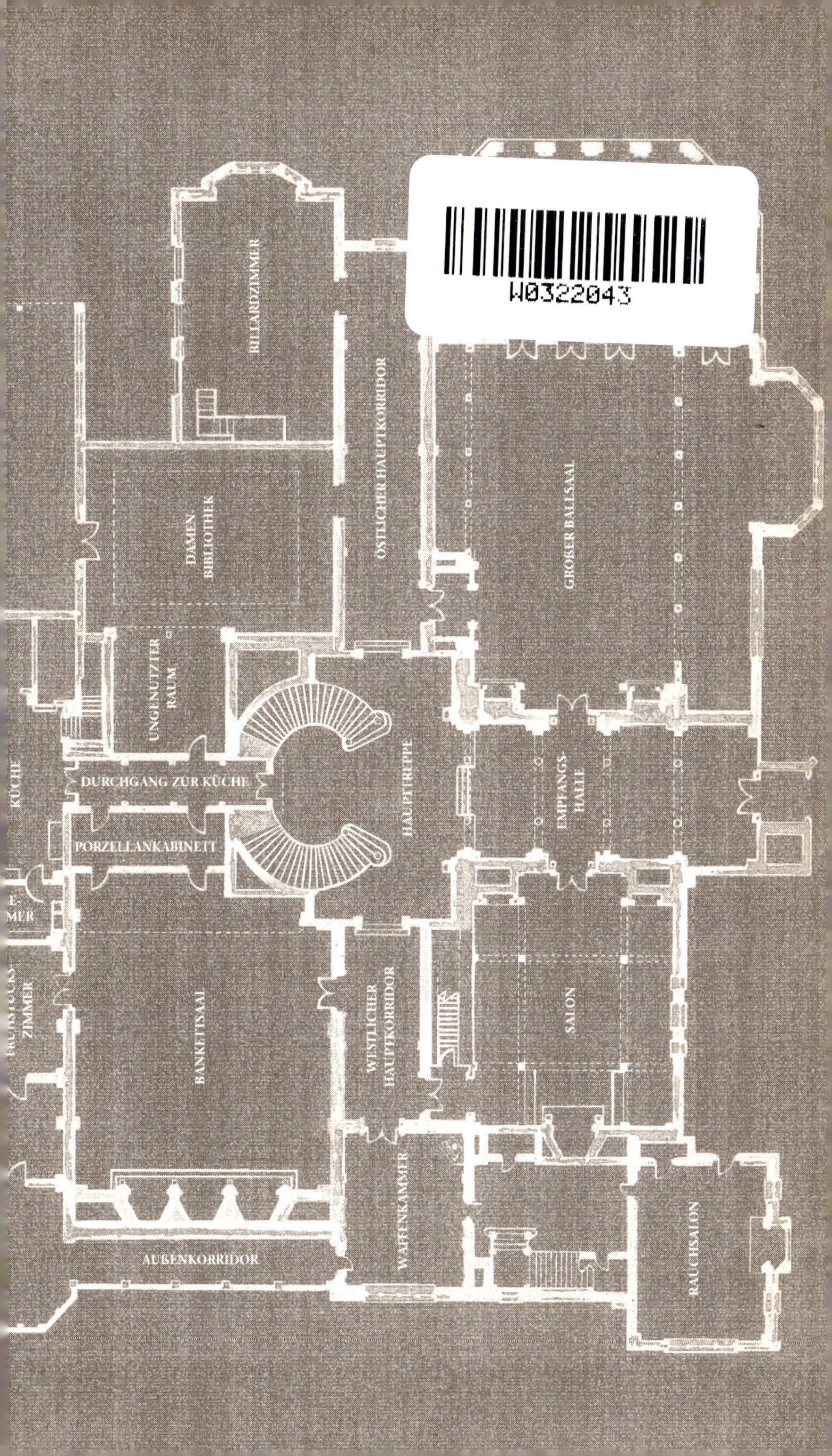
BILLARDZIMMER
ÖSTLICHER HAUPTKORRIDOR
DAMEN-
BIBLIOTHEK
GROßER BALLSAAL
UNGENUTZTER
RAUM
KÜCHE
DURCHGANG ZUR KÜCHE
PORZELLANKABINETT
HAUPTTREPPE
EMPFANGS-
HALLE
SALON
WESTLICHER
HAUPTKORRIDOR
BANKETTSAAL
WAFFENKAMMER
AUßENKORRIDOR
RAUCHSALON

Das Tagebuch der
Ellen Rimbauer

Das Tagebuch der Ellen Rimbauer

Mein Leben auf Rose Red

Herausgegeben von
Dr. Joyce Reardon
Mit einem Nachwort von
Steven Rimbauer

Aus dem Amerikanischen von
Antje Görnig

vgs

Joyce Reardon
Abteilung für paranormale Phänomene
Beaumont Universität
Seattle, WA

Liebe Leserin, lieber Leser,

im Sommer des Jahres 1998 erwarb ich bei einer Nachlassauktion in Everett, Washington, ein verschlossenes, staubiges Tagebuch, das meines Erachtens von Ellen Rimbauer stammen musste. Im Archiv der *Beaumont University* wurden Papier, Tinte und Einband untersucht, und man bestätigte die Echtheit des Dokuments, von dem ich mir sodann eine Fotokopie anfertigen ließ.

Ich machte Ellen Rimbauers Tagebuch zum Thema meiner Magisterarbeit und seitdem geistert es in meinem Kopf herum. (Verzeihen Sie die Anspielung!)

John und Ellen Rimbauer gehörten zu Beginn des zwanzigsten Jahrhunderts zur Elite der High Society von Seattle. Sie erbauten am oberen Ende der Spring Street eine riesige Residenz, die unter dem Namen *Rose Red* bekannt wurde und im Laufe der Zeit zu immer neuen Spekulationen Anlass gab. Innerhalb von einundvierzig Jahren verloren in seinen Mauern mindestens sechsundzwanzig Menschen ihr Leben oder verschwanden.

Das Tagebuch der Ellen Rimbauer, von dem ich hier Auszüge vorlege, weckte meinen Forschergeist und veranlasste mich dazu, eine Expedition zusammenzustellen. In Kürze werde ich ein Team von Experten für übersinnliche Phänomene durch die Tore von *Rose Red* führen, dem Rimbauerschen Anwesen, um diesen schlafenden Riesen zu wecken und einige der Geheimnisse zu entschlüsseln, die mein Mentor Max Burnstheim, der 1970 auf *Rose Red* verschwand, nicht erhellen konnte. (Ich habe Dr. Burnstheim nie persönlich kennen gelernt, halte seine Schriften aber für die progressivsten auf dem Gebiet der Parapsychologie.)

Mein großer Dank gilt meinem Verlag, der Beaumont University Press. Mit diesem Buch möchte ich zu einer erhöhten Wahrnehmung und Akzeptanz übersinnlicher Phänomene in der Öffentlichkeit beitragen wie auch zur festen Verankerung einer faszinierenden historischen Wachstums- und Expansionsepoche des amerikanischen Nordwestens. Mit besonderer Sorgfalt habe ich dieses Dokument auf eine lesbare Länge gekürzt, indem ich Wiederholungen strich und mir anstößig erscheinende Textstellen herausnahm. Für diejenigen unter Ihnen, die sehr neugierig oder voyeuristisch veranlagt sind, steht ein Teil dieser Auslassungen im Internet unter www.beaumontuniversity.net zur Verfügung. Auch Fotos des Anwesens werden auf dieser Website gezeigt.

Angenehme Lektüre! Im Namen der Wissenschaft werde ich der wahren Geschichte von *Rose Red* auf den Grund gehen, wohin auch immer mich die Suche führen wird.

Dr. (phil.) Dr. med. Joyce Reardon

Bei den folgenden Texten handelt es sich um Auszüge aus dem Tagebuch der Ellen Rimbauer aus der Zeit von 1907 bis 1928. Die Bearbeitung wurde von mir mit grösster Sorgfalt vorgenommen. Ich habe mich bemüht, Ellen Rimbauers Integrität und die ihrer Nachfahren zu schützen, jedoch nie auf Kosten des Inhalts. Es folgen nun die von Ellen Rimbauer persönlich verfassten Tagebuchnotizen, in die ich möglichst sparsam mit Kommentaren eingegriffen habe.

Joyce Reardon, November 2000

Das Tagebuch der
Ellen Rimbauer

17. APRIL 1907 – SEATTLE

Liebes Tagebuch,

deinen Seiten meine Gedanken anzuvertrauen, empfinde ich als recht schwierige Aufgabe; eine Aufgabe, der ich mich kaum gewachsen fühle, aber da mir die widersprüchlichsten Gedanken durch den Kopf gehen und mein Herz angefüllt ist mit romantischen Gefühlen und Vorstellungen, muss ich mich einfach jemandem anvertrauen, und so wende ich mich deinen Seiten zu.

Ich habe die neunzehn Jahre meines bisherigen Lebens ganz in Erwartung jener Zeit verbracht, da ein Mann seinen Weg in mein Herz und in mein Leben findet und mit Liebe, Leidenschaft und Hingabe meine Gefühle weckt. Diese Zeit ist nun gekommen. Wenn ich nur an John Rimbauer denke, bin ich der Ohnmacht nahe und manche meiner Gedanken geziemen sich in keiner Weise für eine Dame, die zu sein man von mir erwartet.

Manchmal ergreift das körperliche Verlangen von mir Besitz. Liegt es am Einfluss der leichten Romane, wie meine Mutter sie zu nennen pflegt, oder bin ich sündhaft, wie mein Vater andeutete (nein, nicht mit Worten, sondern indem er mich mit erhobenen Augenbrauen und gerunzelter Stirn strafend ansah)?

Zugleich, wie ich gestehen muss, beschleicht mich jedoch auch das Gefühl, dass Gefahr auf Armeslänge lauert. Tod. Angst. Zerstörung. Rührt dies womöglich von den Schuldgefühlen her, die mich wegen meiner wenig damenhaften Phantasien plagen, denen ich erliege, wenn ich im Dunkeln allein bin? (Oder ist die Quelle dieser Vorahnung etwas, das außerhalb meiner selbst liegt, eine fremde Kraft, wie ich zu glauben geneigt bin?) Existiert noch eine andere Welt? Mir scheint, es muss sie geben: Eine Macht, die sich der menschlichen Erfahrungswelt entzieht. Eine ganz eigenständige Macht, die nichts mit dem Gott zu tun hat, zu dem ich bete. Etwas Dunkleres, etwas von außerhalb – nicht von dieser Welt. Etwas vollkommen Unbekanntes. Es lauert in der Dunkelheit. Ich kann seine Anwesenheit spüren.

Es wäre gelogen, wenn ich sagte, diese Vorahnung und das vor mir liegende Unbekannte übten nicht einen gewissen Reiz auf mich aus – sowohl die Ungewissheit angesichts der Verbindung mit John Rimbauer und wie diese wohl mein Leben verändert als auch das Gefühl, dass eine größere, dunklere Macht im Spiel ist.

John Rimbauer ist Teilhaber von *Omicron Oil*, einer großen Ölgesellschaft. Sein Partner ist Mister Douglas Posey, ein freundlicher, ruhiger Gentleman, den ich mit seiner Frau Phillis bereits kennen lernen durfte. Wie mir gesagt wurde, setzt man große Hoffnungen darauf, dass Öl zukünftig als Brennstoff für die Beleuchtung von Häusern zum Einsatz kommt und eines Tages vielleicht sogar zum Beheizen. John sagt, im Osten seien ölbetriebene Heißwassergeräte für das Haus der letzte Schrei. Kerosin wird für Automobile verwendet. Ich hoffe, eines Tages einmal mit John per Eisenbahn nach Detroit reisen zu können, wo er geschäftlich mit den Rockefellers zu tun hat. Ach, welche Phantasien mir doch im Kopf herumschwirren: Eine Bankierstochter aus Seattle, Washington, beim Dinner mit John D. höchstpersönlich! Ich spüre, dass sich mir schon bald die ganze Welt eröffnen wird, und John ist der Schlüssel dazu. Noch im Laufe dieses Monats werden wir uns verloben, dessen bin ich sicher. Darf ich das so unverblümt gestehen? Nur hier auf deinen Seiten, liebes Tagebuch!

John hat den Bau einer großen Residenz in Auftrag gegeben, größer als jedes andere Haus im ganzen Staat, vielleicht sogar im ganzen Land. Er berichtet mir oft davon, so als sollte es auch in meinem Leben eine wichtige Rolle spielen. Dass es so sein wird, nehme ich nun (fast) sicher an. (Ich erröte, da ich dies schreibe!) Er hat mich zu einer Automobilfahrt zur Baustelle eingeladen, und ich habe zugesagt. Noch in dieser Woche werden wir also zusammen an den Ort fahren, der sich möglicherweise als Schauplatz unseres zukünftigen gemeinsamen Glücks erweisen wird. (Man hofft natürlich auf Glück. Aber wird diese Bedrohung, die ich verspüre, auch dort eine Rolle spielen? Möge diese Vorahnung eines drohenden Verhängnisses, so hoffe und bete ich, überwunden werden von der Freude und Liebe, die mein zukünftiger Ehemann und ich uns zuteil werden lassen.)

11. MAI 1907 – SEATTLE

Nur widerstrebend und mit zitternder Hand gelingt es mir, die schrecklichen Ereignisse dieses Tages auf deinen Seiten festzuhalten. Seit meinem letzten Eintrag sind einige Wochen vergangen; Wochen, die eine Verzögerung nach der anderen mit sich brachten wegen Johns Geschäftsangelegenheiten (so sagte er jedenfalls), meiner eigenen Unpässlichkeit (das monatliche »Rosenritual«, wie meine Mutter es nennt) und Johns augenscheinlichem Unvermögen, einen passenden Termin für unseren gemeinsamen Besuch der Baustelle zu arrangieren. Endlich hatten wir uns nun für heute verabredet, und ich erwartete Johns Ankunft mit klopfendem Herzen an der Vordertreppe meines Elternhauses. Was für eine Aufregung!

Zu meiner Enttäuschung (und der meiner Mutter, wie sie selbst einräumte) empfingen wir bislang keinen Verlobungsantrag. Ich ganz gewiss nicht, und John ist auch noch nicht (wie meine Mutter mich streng vertraulich informierte) wegen der Mitgift an meinen Vater herangetreten. Ach, und wie langsam sind die letzten Wochen dahingekrochen! Zweimal wurde mir von getreuen Freundinnen zugetragen, Johns Automobil – oder eines, das genauso aussieht – sei sehr, sehr spät in der Nacht auf der Landstraße zwischen den Ladekais der Stadt und dem Hügel gesehen worden, auf dem John zurzeit sein Haus baut. Ich bin überzeugt, diese Fahrten lassen sich leicht erklären, denn an diesen Kais werden Ölfässer angeliefert – zu jeder Zeit, Tag und Nacht. Aber natürlich befürchtet ein kleiner Teil der Frau, die ich bin, etwas ganz anderes, da das Hafenviertel für seine Ausschweifungen bekannt ist. Wer ist dieser Mann, den ich zu heiraten hoffe? Ich kenne ihn kaum.

Meine Ängste haben Eingang in meine Gebete gefunden und ich sündige, indem ich an die Mächte, die uns umgeben, die stumme Bitte richte, John Rimbauer zu bestrafen, sollte er tatsächlich vom rechten Weg abweichen. Erst letzte Woche, als ich vor meinem Bett kniete und solch ein »dunkles Gebet« sprach, kam ein gewaltiger Sturm auf, wie ich ihn noch nie erlebt habe, und stieß nicht nur einen Ast, sondern einen ganzen Baum in mein Fenster. Er wurde einfach aus der Erde gerissen, die Scheibe zersprang, und es regnete Trümmer und Splitter in mein Zimmer. Sonderbarerweise war kein anderer Baum in unserem Garten betroffen, noch berichteten die Nachbarn von einem solchen Wind. Ich schreibe diesen Vorfall der sehr starken Macht des Gebets zu, obwohl meine Mutter solche Gedanken trotz ihrer Religiosität für töricht hält. Doch, liebes Tagebuch, lass mich dir eines sagen: Wenn dieser Baum auf irgendeine Weise mit meinem Gebet in Zusammenhang stand, so hatte es mit Christus nichts zu tun, denn an diesem Abend waren weder er noch Gott in meinen Gedanken. Ich wage es kaum zu sagen: Ich habe zu Ihm gebetet. Zu dem anderen Ihm. Auf der anderen Seite. Denn wenn John Rimbauer Verfehlungen beging, hat er bereits – bewusst oder unbewusst – die Seiten gewechselt. Es ist diese andere Macht, zu der ich bete.

Ich musste kurz unterbrechen, um die Tür abzuschließen. (Ich schlafe zurzeit im Zimmer meiner Schwester, da in meinem eigenen die Renovierungsarbeiten fortdauern.) Mir kommt es vor, als sähe mir jemand beim Schreiben über die Schulter. John? Meine Mutter? Ich weiß es nicht. Aber es ist ein beunruhigendes Gefühl, das mich dazu treibt, gewisse Vorkehrungen zu treffen. So verschließe ich nicht nur dieses Tagebuch selbst, sondern bewahre es auch sicher in einer absperrbaren Schublade auf. Die Schlüssel trage ich an einer silbernen Kette, die einst meiner Urgroßmutter Gilchrist gehörte, um den Hals, verborgen unter meinem Kleid. Verschiedene kleine Eigenartigkeiten und unerklärliche Ereignisse verwirren mich und veranlassen mich zu diesen Vorsichtsmaßnahmen. (Erst gestern wechselte meine Haarbürste von ganz allein auf die andere Seite des Waschbeckens, während ich mir das Gesicht wusch. Ich schwöre, es ist die Wahrheit! Als ich den Kopf hob, fand ich die Bürste zu meiner Linken, obwohl ich sie nur Augenblicke zuvor mit der rechten Hand gehalten hatte!) Möbelstücke verändern ihren Standort. Eine der Schubladen meiner Frisierkommode klemmte gestern (die mit den Liebesbriefen von John) und wollte sich nicht öffnen lassen, wie sehr sich Pilchert, unser Butler, auch mühte. Heute will Pilchert die Rückwand der Kommode entfernen, um an den Inhalt der Schublade zu gelangen. Einzeln betrachtet wären diese kleinen Begebenheiten mir kaum der Rede wert. Aber kann man sie ignorieren, wenn man sie im Zusammenhang sieht? Ich verspüre Angst und freudige Erregung zugleich – vielleicht habe ich mir diese Dinge also selbst zuzuschreiben, nicht nur wegen meiner sündigen Gebete an die andere Seite, sondern auch wegen meiner großen Neugier und Faszination für den unirdischen Aspekt dieser scheinbar nicht zusammenhängenden Ereignisse. Ist es gar Teufelswerk?

Aber halt! Bleiben wir bei den heutigen Ereignissen!

John Rimbauer holte mich um zehn Uhr morgens in einem Olds-Automobil ab. Von diesem Modell gibt es in der ganzen Stadt nur einige wenige. Der Wagen war sehr laut und insgesamt war die Fahrt eine berauschende Erfahrung, obwohl recht holprig und manchmal auf gewisse Weise Furcht einflößend. John fuhr recht gut, wie ich glaube – aber wer bin ich, dass ich dies beurteilen könnte? – und lenkte den Wagen westwärts die Spring Street hinauf zu der Baustelle, die ihn so in Anspruch nimmt. Die Residenz wird auf einem Hügel erbaut, von dem aus man über die ganze Stadt schauen kann. Die Fahrt dauerte etwa fünfzehn Minuten. Zweimal wurde ich fast aus dem Wagen geschleudert – so befürchtete ich jedenfalls – aber John versicherte mir, es bestünde nicht die geringste Gefahr.

John Rimbauer, auf markige Weise gut aussehend, ist ein pragmatischer Mann (was vielleicht seinen Erfolg im Ölgeschäft erklärt), überaus selbstsicher und manchmal sogar eingebildet. Konfrontiert mit Widrigkeiten bleibt er ruhig, ob sich ihm nun ein Vierspänner auf der Straße entgegenstellt oder ein Sturm auf hoher See. (John ist ein Mann von Welt, er hat bereits Asien und Europa bereist und den amerikanischen Kontinent.) Ich empfinde seine Stärke als beruhigend und entwaffnend zugleich, weil John in seiner Mischung aus Toleranz und Intoleranz oft unberechenbar ist. Ich hatte noch nie unter einem seiner Wutanfälle zu leiden, aber wehe denen, die es trifft! Natürlich möchte ich auch zukünftig davon verschont bleiben und werde eine solche Bösartigkeit weder gegen mich noch unsere Kinder dulden. (Allein der Gedanke an Kinder erfüllt mich mit einer starken, leidenschaftlichen Wärme, wie ich sie in meiner Romanlektüre beschrieben fand. Vielleicht hat Mutter ja Recht!) Aber nun sollte ich zunächst meine Erinnerung an das Gespräch zu Papier bringen, das wir auf der Fahrt führten.

»John, mein Lieber«, sagte ich, »denken Sie, ich könnte meine Mutter gekränkt haben, weil ich keine Anstandsdame mitnehmen wollte?«

»Sie sind nun eine erwachsene Frau von neunzehn Jahren, El.« (Ich liebe diesen Kosenamen, den er für mich gewählt hat!) »Da Ihre Mutter in Ihrem Alter bereits verheiratet war und ihr zweites Kind erwartete, bezweifle ich sehr, dass Sie etwas tun könnten, das in ihren Augen schockierend wäre.«

»Sie kennen sie nicht so gut wie ich«, sagte ich.

»Ich bin doppelt so alt wie Sie. Ich denke, ich kann die Besorgnis Ihrer Eltern gut nachvollziehen. Besonders, was meine Absichten betrifft.« Er sah mich an und ließ seinen Blick über mein Kleid schweifen, wovon mir ganz schwach wurde. Er weiß sehr genau, welche Macht er über mich hat und setzt sie scherzhaft ein, aber bei dieser Gelegenheit – und, um ehrlich zu sein, es gab schon andere – war es weniger scherzhaft gemeint als provokativ, und er gab sich auch keine Mühe, seine Begierde zu verbergen. Ich spürte sie ganz deutlich. Was sollte ich tun? Ich kicherte natürlich nervös. Meine Wangen brannten. Aber ich streckte das Kinn vor und hielt meine Augen auf die schlammige Straße vor uns gerichtet.

»Und welche Absichten haben Sie?«, fragte ich und unterdrückte ein Lächeln.

»Sie zu schänden, natürlich. Ihre Unschuld vom Rebstock der Jugend zu pflücken und Sie dem nächsten Mann zur Heirat zu überlassen.«

»Woraufhin Sie mein Vater mit Axt und Strick verfolgen wird.«

»Und Sie? Werden Sie mich zurückweisen?«

»Ihre so genannte Schändung selbstverständlich. Solange wir nicht verheiratet sind.«

»Verlobt oder verheiratet?«

»Wir hatten unseren … Spaß, John Rimbauer.« Gewiss errötete ich wieder, ich spürte es deutlich. Wir hatten uns bereits berührt. Wir hatten uns geküsst. Seine starken Hände hatten die Form meines Busens erkundet (*über* dem Kleid!). Einmal, als wir miteinander tanzten, drängte er sich an mich, und ich konnte seine Erregung spüren. Meine sollte er erst noch kennen lernen. Mutters warnende Hinweise zum »Benehmen einer Dame« stießen bei mir auf taube Ohren. Sie lebte in einer anderen Zeit. All das Gerede der Frauen darüber, ihre Männer zu betören, ihnen gefällig zu sein – und dies nur, um ihr Verlangen zu wecken, die eigene Jungfräulichkeit jedoch zu schützen für den heiligsten aller Hochzeitsriten! Vielleicht macht Johns Alter ein solches Verhalten für mich unnötig. Er ist erfahren. Ich schätze seine weltliche Gesinnung und glaube, sie eröffnet mir viele Möglichkeiten.

»Und wir werden noch mehr davon haben«, sagte er. »Ich glaube, wir beide werden …«, er suchte nach den passenden Worten, »große Entlohnung in der Ehe finden.«

»John!«, platzte ich wie eine Zwölfjährige heraus. »Ehe?«

»Geduld, meine Liebe! Sie dürfen mich nicht drängen. Und meine Entscheidungen nicht hinterfragen. Wenn Sie an diesen beiden Tugenden festhalten, werden wir niemals auch nur einen einzigen Streit haben, Sie und ich. Ich bin der Herr in meinem Haus. Ich habe lange und hart gearbeitet, um mir nicht nur ein kleines Vermögen zu verdienen, sondern auch das Recht, mein eigenes Revier abzustecken. Und zu diesem Revier gehören meine Ansichten und Pläne. Das verstehen Sie doch, nicht wahr, Teuerste?«

»Ja, John.«

»Vorbehaltlos.«

»Ja.«

»Ich bin mir des Rechts auf freie Meinung durchaus bewusst«, fuhr er fort. »Und ich habe keine Einwände dagegen, wenn ein Mensch nach persönlicher Freiheit strebt. Nur zu! Aber nicht in meinem Haus, verstehen Sie? Sie werden sehen, dass ich der großzügigste und hingebungsvollste Partner sein kann, meine Liebe. Aber lassen Sie sich von Mister Posey berichten, was geschieht, wenn meine Partner mein Vertrauen missbrauchen oder Vereinbarungen brechen. Wenn ich mein Leben mit Ihnen teile, habe ich Ihnen vieles zu bieten. Freiheit gehört allerdings nicht unbedingt dazu.«

»John Rimbauer, wollen Sie mir etwa einen Heiratsantrag machen?« An etwas anderes konnte ich, wie ich fürchte, nicht denken. Ich hörte nur dies. Erst jetzt, da ich meine Erinnerungen zu Papier bringe und mir Johns Worte durch den Kopf gehen lasse, verstehe ich ihre volle Bedeutung.

»Geduld, meine Liebe, Geduld.« Ein süffisantes Lächeln.

Ich glaubte, ganz genau zu wissen, was dieser Tag für mich bereithielt. Wie sich herausstellte, irrte ich mich gründlich. Weder John noch ich hätten wohl die Ereignisse voraussehen können, wie sie sich entwickeln sollten.

Das Grundstück, das John für den Bau seiner Residenz erworben hatte, der große Beweis für seine Leistungen und Erfolge, ist einfach spektakulär.

Der Hügel ist mit hohen Zedern und Kiefern bewachsen und die Arbeiter haben inzwischen fast sechs der vierzig Morgen gerodet, auf denen das Haus errichtet werden soll – wenn man so etwas Großes überhaupt noch »Haus« nennen kann! (Ich mochte es gar nicht glauben, als John mir die Pläne zeigte!)

Das Anwesen liegt am unbefestigten Ende der Spring Street, ein gutes Stück außerhalb der Stadt, die man von dem Hügel aus vollständig überblicken kann. Was für eine Aussicht! Westlich des Grundstücks verläuft eine Straße, die, wie mir gesagt wurde, bis nach Kanada führt und in südlicher Richtung sogar bis Mexiko. Wie dieser Gedanke meine Phantasie beflügelt: Eine Straße, die sich über das ganze Land erstreckt. Nicht auszudenken! Die Mammutbaum-Wälder. San Francisco. Los Angeles, wo nun Filme gemacht werden. (Vor knapp zwei Jahren, als ein reisender Filmvorführer in die Stadt kam, sah ich *Die Reise zum Mond* nach dem Roman von Jules Verne. Das Buch hat mir sehr gefallen! Der Film war fünfzehn Minuten lang, damals der längste überhaupt, und wurde ausgerechnet in Vaters Bank gezeigt, denn dort gab es die größte weiße Wand, die man finden konnte.) Ich liebe Filme, schwärme für Schauspieler und Schauspielerinnen und hoffe, John und ich werden sie zu unseren Gästen zählen können, wenn wir ein gemeinsames Heim haben – aber nun presche ich schon wieder zu weit vor!

Man erreicht das Anwesen von Westen her. John stellte den Olds in einiger Entfernung von der Baustelle ab – ein riesiges Loch im Boden! Er hatte die Arbeiter dankenswerterweise einen breiten Pfad aus Redwood-Planken legen lassen, damit ich nicht durch Schlamm und Lehm stapfen musste. Pferdefuhrwerke kamen und gingen, schwer beladen mit Baumaterial, das der Vorarbeiter bestellt hatte: Williamson, ein großer, irisch aussehender Mann mit roten Wangen, einem dicken Schnurrbart und einer überaus mürrischen Art. Eine Frau auf dem Gelände, das passte ihm nicht, wie ich deutlich merkte. (Er machte bei meiner Ankunft einige Anspielungen, bis ihn der gute John am Ellbogen zur Seite nahm. Es folgte ein Wortwechsel, nach welchem Williamson mich mit Verachtung strafte und ignorierte, obwohl es ihm nur schwer gelang, seine Missbilligung zu verbergen. Mittlerweile frage ich mich, ob diese kurze Auseinandersetzung mit meinem Geliebten aufgrund meiner Anwesenheit dort etwas mit den Ereignissen zu tun hatte, die nun folgten. Oh, gütiger Gott, lass es nicht so sein! Nein, strafe mich nicht mit der Schuld an einem verlorenen Leben!)

Ich muss noch einmal auf eine Überlegung zurückkommen, die ich bei meinem ersten Eintrag in dieses Buch schilderte. Stand das, was heute auf dem Anwesen geschah, mit meiner so intensiven Vorahnung von Gefahr in Zusammenhang? War die Gefahr damit zu Ende oder war dies erst der Anfang? Die Manifestation einer dunklen Macht von unvorstellbarer Größe? Gehöre ich bereits zu dieser dunklen Seite oder nicht? Beherrscht sie mich, oder beherrschen mich meine Gebete? Die Feder zittert in meiner Hand, während ich nach Antworten suche. Bin ich vielleicht schon besessen? Darf ich so etwas überhaupt denken? Darf ich es gar aufschreiben? Oder soll ich es lieber für mich behalten, um nicht die Pläne zu durchkreuzen, die mein Geliebter und ich bereits geschmiedet haben? Aber ach, da will ich schon wieder abschweifen. Zurück also zu den Ereignissen des Tages und der Tragödie, die uns heimsuchte!

Das gähnende Loch, das auf diesem bewaldeten Hügel so weit entfernt von meinem geliebten Zuhause in die Erde gerissen wurde, lässt auf die Entstehung eines Gebäudes schließen, das mit seinen Ausmaßen eine Herausforderung für jegliche Vorstellungskraft darstellt. Ich habe, wie ich einräumen muss, bis zu diesem Tag noch nie eine Baustelle besucht, und ich schreibe aufgrund der mangelnden Erfahrung vielleicht mit einiger Unkenntnis, aber mit der Architektur kenne ich mich doch ein wenig aus. Zudem hege ich nun die Absicht, mich in das Studium dieser Wissenschaft und das der Baukunde zu stürzen, damit ich die Unternehmungen vollständig begreife, die in unserem Auftrag unternommen werden. Allein das ungeheure Ausmaß! (Ich kann nur hoffen, dass dies nicht dem Ego meines zukünftigen Ehemanns entspricht. Falls doch, stehe ich in den Jahren, die vor mir liegen, vor einer gewaltigen Herausforderung!) In meinen Augen kann sich das Haus von der Größe her mit dem Universitätsgebäude messen, das auf der Südseite des Berges über der Stadt thront und von Zuzüglern fälschlicherweise fast immer für das Kapitol gehalten wird. Ich glaube, Johns Haus – unser Haus! – wird dieses Bauwerk in den Schatten stellen und unbedeutend erscheinen lassen. Das Haus wird derart die Lichtung dominieren, auf der es stehen soll, dass man es noch meilenweit wird sehen können. Meilenweit! Dessen bin ich sicher! Ein Wahrzeichen für zukünftige Generationen. Allein das Loch in der Erde und das Fundament sind wahre Wunderwerke. Ich sah zu, wie Pflüge mit je vier Maultieren davor das schwere, nasse Erdreich aufwühlten. Darauf folgten die Arbeiter, die mit ihren Schaufeln emsig die Fuhrwerke füllten – Wagenladung um Wagenladung, Stunde um Stunde, und das riesige Loch vergrößerte sich kaum. Das Ausmaß dieses Unterfangens spottet jeder Beschreibung. Ich kann nur sagen, etwas Derartiges wurde noch nie gebaut – und wird womöglich niemals wieder gebaut werden.

Das Ereignis des Tages, auf das ich zu sprechen kommen möchte, war entsetzlich. Etwas so Schreckliches sollte niemand, und gewiss keine Frau wie ich, je erleben. Aber zunächst zu unserer Ankunft.

Als wir die erstaunlichen Vorgänge beobachteten, die Arbeiter mit ihren Schaufeln, die Fuhrleute mit ihren Gespannen, die Aufseher, die ihre Mannschaften mit beherrschter Geduld zur Arbeit antrieben (denn die Hilfsarbeiter sind fast alle Chinesen oder Neger und müssen streng beaufsichtigt werden), beeindruckte mich die militärisch-straffe Organisation des Ganzen. Dieser Vergleich bietet sich angesichts des scharfen Tons von Williamson an.

Dieser Williamson war von wuchtiger Statur, sein Schädel breit und seine Ausstrahlung gebieterisch. Brüllend und gestikulierend stand er da und verfügte anscheinend über ein Repertoire von Handzeichen, das allen seinen Arbeitern bekannt war, insbesondere aber den Aufsehern, die ihm direkt untergeben sind. Williamson führte das Regiment von der Veranda einer grob behauenen Hütte, rief Namen und ruderte dann wie wild mit den Armen, dirigierte Lieferungen, den Abbau von Lehm und Erde und die Arbeiten der verschiedenen Trupps. Vielleicht trug Johns Anwesenheit zu seiner Anspannung bei und machte ihn nervös – da ich Williamson nie zuvor gesehen habe, vermag ich das nicht zu beurteilen. Jedenfalls hätte ich, wie ich dir gestehen muss, liebes Tagebuch, an diesem Tag unter gar keinen Umständen in der Haut einer der Untergebenen von Mister Williamson stecken mögen. Seine gereizte, barsche Stimme schallte über die gesamte Baustelle, und ihr Echo traf uns des Öfteren so heftig, als käme es direkt aus Gottes Mund. (Angesichts der folgenden Ereignisse kein unbedeutender Vergleich.) Doch weiter!

John und ich traten an den Rand der riesigen Grube und wurden Zeugen, wie der Grundstein für die Erbauung des großen Hauses gelegt wurde. Und dies war, wie sich herausstellte, die Ursache der wochenlangen Verzögerung gewesen. John hatte gewollt, dass wir diesem bedeutungsvollen Augenblick beiwohnten und nicht einfach nur dabei zusahen, wie ein Loch in die Erde gegraben wurde (obwohl, wie ich gestehen muss, allein das Loch mich tief beeindruckt hätte).

Dort unten in der Tiefe rannte eine Gruppe von zehn oder mehr Chinesen immer wieder zu einem großen Steinhaufen. Sie wählten einen Stein aus, untersuchten ihn von allen Seiten, bevor sie mit ihm losliefen – sie gingen nicht, sie liefen! – und ihn zu einem Mann schleppten, der ihn mit Hammer und Meißel bearbeitete, dass die Splitter nur so flogen. Von dort wurde der Stein zu einem der diversen schottisch aussehenden Herren transportiert (aus unserer Perspektive war es schwierig, ihre Herkunft exakt zu bestimmen), der den Stein prüfte, ihn mit einem Nicken für gut befand und unter Verwendung von Mörtel an seinem Platz positionierte. Stein um Stein begann die erste der vielen Mauern des großen Hauses zu wachsen, während die Schotten Hand in Hand arbeiteten. (Wie ich hörte, werden allein für das Fundament siebentausend Steine benötigt!) Der Anblick zog mich vollkommen in seinen Bann. John führte, wie ich mich erinnere, mehrere Gespräche, aber ich hörte kaum, was gesagt wurde.

Was für eine Pracht! Das Haus erschien mir fast wie ein lebendiges Wesen – es wurde nicht gebaut, es wuchs praktisch von allein. Es fällt mir schwer, hier darzustellen, wie mitreißend dieses Erlebnis für mich war. Es nahm mich völlig gefangen und entfachte eine Erregung in mir, die jener nicht unähnlich ist, die John Rimbauer mit nur einer Berührung oder einem geflüsterten Wort heraufbeschwören kann. Der Anblick bewegte mich über alle Maßen. Das wohlgefällige Ineinanderfließen der Arbeiten. Die schweißglänzenden Chinesen, manche mit nackter Brust, die gebeugt ihre Last trugen. Ich konnte meinen Blick nicht von den Arbeiten losreißen. Jedenfalls nicht bis zu dem Moment, da Williamsons Stimme plötzlich über das Gelände hallte. Er stieß einen Schwall profaner Flüche aus, die mir dermaßen die Röte ins Gesicht trieben, dass ich wie eine reife Kirsche ausgesehen haben muss.

Ein großes, überladenes Fuhrwerk aus Johns Besitz stand vor der Hütte des Vorarbeiters. Der Fahrer war genauso groß wie Mister Williamson und ebenso wortgewaltig. Auch aus großer Entfernung war deutlich zu erkennen, dass Mister Williamson die Qualität der gelieferten Waren bemängelte. Ich kann gar nicht genau erklären, wie ich zu diesem Schluss kam, denn ich war außer mir über die abstoßende Sprache, aber das Gespräch zwischen den beiden verlief ungefähr so:

»Das haben wir nicht bestellt, Mister Corbin!«

»Mir wurde gesagt, ich soll diese Fracht ausliefern.«

»Sie hätten Ihre *** Fracht überprüfen sollen!«

»Ich habe die *** Fracht selbst geladen, Mister. Ich musste sie nicht überprüfen, ich habe sie selbst geladen!«

»Was ist das denn für eine Qualität! Das ist Pferde***, pure Pferde***, und Sie meinen, dafür soll ich Mister Rimbauers Geld ausgeben? Ich bitte Sie, darüber noch einmal nachzudenken, Sir.« (Diese Bezugnahme auf John ließ mich, wie ich hier ergänzend bemerken möchte, zu dem Schluss kommen, dass unsere Anwesenheit Einfluss auf Mister Williamsons Reaktion und auch seine Aggressivität gehabt haben mag.)

»Gar nichts werde ich noch einmal überdenken, ***! Und das hier ist keine Pferde***, und ich wäre Ihnen dankbar, Sir, die Waren nicht so zu nennen.«

»Es ist Pferde***.«

»Es sind die Waren, die Sie bestellt haben. Da sind sie! Hier in Rimbauers Wagen. Und jetzt unterschreiben Sie den Lieferschein und lassen Ihre Chinesen abladen, damit ich aus diesem Höllenloch von einer stinkenden Baustelle verschwinden kann. Habe noch nie so viele Gelbhäute auf einem Haufen gesehen, außer vielleicht bei der Eisenbahn. Und ich hasse die Eisenbahn!«

»Diese Worte werden Sie Ihren Job kosten, Sir. Mit Ihrer Einstellung und Ihrem Mundwerk werden Sie nie wieder als Fuhrmann arbeiten. Warten Sie …«

»Entladen Sie den *** Karren! Ich bin mit meinem Bier im Merchant Café verabredet, und Sie halten mich auf, was mich ziemlich verärgert. Kümmern Sie sich also besser sofort um die Ware, Mister. Entladen Sie den *** Karren oder Sie bekommen gleich Pferde*** zu fressen!«

»Das reicht! Genug von Ihnen! Wenden Sie das Gespann! Und geben Sie das Fuhrwerk zurück! Das ist die letzte Fahrt, die Sie gemacht haben!«

Ich erinnere mich, wie der Fuhrmann – Mister Corbin hieß er – nach hinten in Johns Wagen unter eine Plane griff, als suche er nach etwas. Und dann drehte er sich zu Williamson um. Aus der Entfernung war zunächst eine kleine blau-graue Rauchschwade zu sehen, wie eine Wolke. Dann verspürte ich einen Hieb in den Magen, als ein dumpfer Knall durch die Luft hallte. Ein weiteres Rauchwölkchen. Ein weiterer Knall. Bei dem ersten Knall riss es Mister Williamson von den Beinen. Es sah aus, als hätte jemand das eine Ende eines Seils an seinem Hosenbund befestigt, das andere an einem Pferd und dann dem Pferd einen Klaps gegeben. Der zweite Schuss traf Mister Williamson in Hals und Gesicht, ein so schreckliches, blutiges Spektakel, dass mir augenblicklich übel wurde.

Da lag er auf der Veranda, reglos wie eine Statue, blutüberströmt und tot. Ich hatte noch nie einen Toten gesehen und wusste nicht, was für Auswirkungen der Anblick hat. Die Bewusstwerdung der eigenen Endlichkeit. Die Erkenntnis, dass auch ich einmal Mister Williamson an diesen Ort folgen werde. Himmel. Hölle. Mir fehlen die Worte. Diese beiden Begriffe reichen nicht aus. An Himmel und Hölle glaubte ich vor dem heutigen Tage. Nun bin ich nicht mehr länger davon überzeugt, dass es nur diese beiden Orte gibt, das Schwarz und Weiß des Lebens nach dem Tode. Ich bin der Meinung, es muss auch ein Grau existieren. Mister Williamson überzeugte mich davon. Ich kann mir einen Mann mit einer derart unflätigen Art nicht im Himmel vorstellen; aber warum sollte jemand, der durch die Hände eines anderen stirbt, in der Hölle landen? Und was ist mit Mister Corbin? Wohin wird ihn sein Leben nach dem Tode führen?

Habe ich bereits erwähnt, wo man Mister Corbin fand? Im Merchant Café natürlich – über sein Bier gebeugt. Es hieß, er habe nicht gewusst, wo er war oder was er getan hatte. Konnte sich überhaupt nicht erinnern. Sie sagten, er müsse verrückt geworden sein. »Nicht mehr ganz bei Trost«, erklärte mir John. Aber natürlich meinte er, Mister Corbin habe vollkommen den Verstand verloren. Es laufen viele frei herum, die nicht ganz bei Trost sind. Dafür wird man nicht eingesperrt. Man muss vollkommen den Verstand verlieren, bevor sie einen holen, und Mister Corbin hatte seinen offenbar verloren. Denn sie holten ihn. Und sie brachten ihn ins Gefängnis, wo er sich wohl immer noch fragt, was er bloß getan hat.

Die Bezeichnung »besessen« hatte ich bereits gehört. Ich hörte, wie sie für jemanden verwendet wurde, der »nicht ganz bei Trost« war. Als Christin habe ich solchen Worten nie viel Bedeutung beigemessen. Besessen von was?, fragte ich mich. Aber – darf ich so etwas überhaupt schreiben, wenn das Schreiben ein so endgültiger Akt ist? – nun verstehe ich dieses Wort besser; bin geneigt, es zu akzeptieren. Es gehört zu dem Grau des Lebens nach dem Tode. Zu den tragischen Gestalten wie unserem Mister Corbin. Nicht entleert, wie es die Bezeichnung »nicht ganz bei Trost« impliziert, sondern viel mehr angefüllt, wenn auch mit der falschen Substanz. Mit dem Bösen. Der Magen ist bereits informiert, wenn er mit verdorbenem Fisch gefüllt wird, muss dem Gehirn aber erst noch signalisieren zu würgen. Angefüllt mit Grau. Die andere Seite. Besessen.

Mister Corbin war besessen. Wen dürfen wir unter diesen Umständen für diese grauenhafte Tat, die an Mister Williamson begangen wurde, verantwortlich machen? Den Besessenen oder den Besitzer? War Mister Corbin tatsächlich nicht nur ein Instrument des Bösen?

Das spielt nun keine Rolle mehr. Er wird nie wieder zu uns zurückkehren. Er wird hängen. Besessen oder nicht, man hängt ihn. Er wird sterben – und seine Beine werden im Wind baumeln.

Nach diesem Zwischenfall ist das Anwesen nicht mehr dasselbe. Mister Williamsons Blut wurde auf diesem Boden vergossen, mischte sich mit der Erde und dem Mörtel, ist Teil dieses Ortes geworden. Das Haus erscheint mir nun in einem anderen Licht. Blut ist geflossen. Ich sah es mit eigenen Augen. Irgendwo zwischen Himmel und Hölle. Irgendwo zwischen Schwarz und Weiß. Und wie ich Mister Williamson dort liegen sah, wünschte ich mir einen Namen für diesen Ort. Der Vorarbeiter sollte nicht einfach »auf dem Anwesen« sein Leben gelassen haben, es sollte ein poetischerer Ort sein. Ich werde mit John darüber reden, denn es ist sein Haus. Aber die Farbe, die mir so lebhaft in Erinnerung blieb, ist die Farbe Rot. Rosenrot. Von Nebel verhangenes Blutrot.

Auf dem Heimweg lenkte John den Wagen an die Seite und kam an meine Tür, um sie mir zu öffnen. Er entschuldigte sich für alles, was wir erlebt hatten, als wären wir lediglich in zeitlichen Verzug geraten oder im Restaurant schlecht bedient worden. Ich weiß noch, wie sehr mich seine unverhohlene Gleichgültigkeit gegenüber Mister Williamsons Schicksal in Erstaunen versetzte. Er bat mich um Vergebung für die »Ärgernisse« des Tages, an denen ich ihm gewiss keine Schuld gebe. Dann kniete er sich vor mich in den Schlamm, und ich wusste sofort, was kam. Ich war, wie ich gestehen muss, begeistert und empört zugleich. John ist sehr pragmatisch veranlagt, das sagte ich bereits, nicht wahr?

Er bestand auf seinem Programm und wollte sich von einem kleinen Mord nicht die Pläne durchkreuzen lassen. Wie er erklärte, bedauerte er die Vorkommnisse des Tages sehr, aber sein Herz und seine Leidenschaft gestatteten ihm keine einzige Minute Aufschub mehr, keine Sekunde, ohne seine Absichten zum Ausdruck zu bringen.

Er hielt um meine Hand an. Rot umwölkt. Grau umwölkt. Ich werde heiraten. Ich werde Johns Frau. (Denn ich sagte rasch ja!) Doch um die Wahrheit zu sagen, wählte er für seinen Antrag den falschen Tag, die falsche Zeit. Mich überraschte doch sehr, dass er nicht auf die

Idee kam, die Verlobung noch ein wenig aufzuschieben. Wenigstens um ein, zwei Tage. Was hätte ein einziger Tag nach so langer Zeit schon ausgemacht?

John Rimbauer jedoch schien es plötzlich eilig zu haben. Ich frage mich, ob erst jemand sterben musste, damit in ihm der Wunsch erwachte, für eine eigene Nachkommenschaft zu sorgen, oder ob das eine nichts mit dem anderen zu tun hat. Beschleunigte der Gedanke an die Vergänglichkeit des Lebens seinen Entschluss zu heiraten? Bestimmt werden wir noch viele Monate über Mister Williamsons Ableben sprechen, vielleicht sogar Jahre. Ich glaube, der Tod übt eine gewisse Faszination auf John aus. Und ich selbst, liebes Tagebuch, werde das Leben von nun an gewiss mit anderen Augen betrachten. Ich frage mich, wo Mister Williamson hingegangen ist? Gibt es eine Wiederkehr von diesem Ort? So viele unbeantwortete Fragen.

Und was sagt Johns Zögern, mich an seinen Gedanken teilhaben zu lassen, über meine bevorstehende Ehe aus, über diese Reise, zu der ich bald aufbrechen werde?

Wie weit und wie gut kann dieses Schiff segeln, wenn der Kapitän und der erste Maat sich nicht austauschen? Sind wir den Felsen geweiht? Oder wird um die nächste Landspitze herum ein Leuchtturm zu sehen sein?

Kapitän, ach, Kapitän! Mir schwillt die Brust, wenn ich an die Heirat und all die neuen Erfahrungen denke, die sie bringen wird. Ich zittere von Kopf bis Fuß. Und doch gefriert mir das Herz, wenn ich an Johns sorgsam gehütete Geheimnisse und seine Weigerung denke, mich einzuweihen. Nur äußerst widerstrebend teilt er seine Gedanken mit mir. Werde ich je Zugang erhalten oder bin ich dazu verdammt, trotz unserer Verbindung in

Isolation zu leben? Ich befürchte, so wird es sein, und mir macht die Vorstellung Angst, ein Leben in Lüge zu leben. Der Gedanke an diese Ehe erfüllt mich mit Furcht und freudiger Erregung zugleich.

18. AUGUST 1907 – SEATTLE

Als die zukünftige Mrs. John Rimbauer (es ist die einzig plausible Erklärung) wurde ich eingeladen, mich einer Elitegruppe von dreiundzwanzig Frauen mit Anna Herr Clise an der Spitze anzuschließen, um gegen einen Engpass in der Gesundheitsversorgung unserer großen Stadt anzugehen: Es fehlt an einer Einrichtung zur Behandlung von verkrüppelten, Not leidenden Kindern. Im Rahmen des heutigen extravaganten Lunchs bei Anna einigten wir uns darauf, dass jede zwanzig Dollar für die Gründung eines Krankenhauses für Kinderorthopädie beisteuern solle. Die Presse widmete uns große Aufmerksamkeit – einerseits aufgrund unserer beträchtlichen persönlichen Spenden (John gab mir Gott sei Dank die zwanzig Dollar) und andererseits, weil unsere Kommission ausschließlich aus Frauen besteht, ein Unding in den Augen der städtischen Banker.

Anschließend habe ich alle zweiundzwanzig Mitstreiterinnen zu unserer Hochzeit im November eingeladen, und ich denke, es werden uns alle mit ihrer Anwesenheit beehren. Ich kann mir nicht vorstellen, wie es ist, ein verkrüppeltes Kind zu haben, und ich hoffe und bete (ja, auch zu meinem dunklen Gott), dass ich nie ein solches Unglück erleiden muss. John und ich planen eine große Familie, und ich für meinen Teil kann es nicht erwarten, damit zu beginnen – obwohl ich meiner Hochzeitsnacht nicht ohne eine gehörige Portion Nervosität entgegensehe, da ich mich vor dem eigentlichen Akt der körperlichen Vereinigung fürchte. (Die Vorstellung, dass ein Mann in mich eindringt, entsetzt und erregt mich gleichermaßen.)

Ich hätte das Fest nicht einmal bei Anna erwähnt,

wäre da nicht meine Sorge um Priscilla Schnubly gewesen, ein Frettchen von einer Frau mit großspurigem Gehabe, einem verkniffenen Gesicht und wahrem Lästermaul. Ja, ich lud sie und ihren Mann einzig aus gesellschaftlicher Verpflichtung zur Hochzeit ein, aber ach, wie mich diese Frau verärgert! Als ich von John sprach, kicherte Priscilla Schnubly für alle hörbar. Dann tuschelte sie Tina Coleman etwas ins Ohr, die so rot wurde wie das vergossene Blut von Mister Williamson und sich späterhin weigerte, mir von dem Wortwechsel, der sich zwischen ihnen zugetragen hatte, zu berichten. Aber um was es auch immer ging, als Frau spüre ich sehr wohl, dass es mit John und den Gerüchten über seine nächtlichen Aktivitäten zu tun hat.

Darf ich John für Taten vor unserer Eheschließung verurteilen? Ist mir ein so begehrter Mann Keuschheit schuldig, noch bevor wir offiziell verheiratet sind? All diese Fragen schwirren in meinem Kopf herum, und ich habe von der Wahrheit überhaupt keine Ahnung. Ist es nicht besser, wenn mein zukünftiger Ehemann sich die Hörner abstößt, bevor er das Ehegelübde ablegt, statt es hinterher zu brechen? Werde ich in gesellschaftlichen Kreisen für seine Taten gedemütigt werden, wie die kichernde Priscilla Schnubly mich glauben machen möchte? Werde ich zum Gespött der wichtigen Frauen von Seattle, weil mein Ehemann sich unter Umständen als unfähig erweist, mir treu zu sein? Bin ich bereit, dies im Austausch gegen den Wohlstand und die Privilegien hinzunehmen, die er mir gewiss zuteil werden lässt? Mir wird fast schwindelig vor Sorge. Vor Bestürzung. Vor Beunruhigung.

Lädt John andere Frauen lediglich ein oder macht er sie sich auch – der Himmel möge es verhindern – zu

Nutze? War dies der Grund für das Gekicher? Und warum in aller Welt denken Frauen wie Tina Coleman, ihr Schweigen helfe mir auf irgendeine Weise und schütze mich? Nun, ich habe Tina für heute Nachmittag zum Tee eingeladen. Wir werden sehen.

Tina Coleman ist eine hinreißende Frau. Groß. Brünett wie ich. Mit strahlend blauen Augen. Ich bin von ihrer Schönheit wirklich angetan. Sie ist die Frau eines bekannten Orthopäden und daher das perfekte Kommissionsmitglied für unser Anliegen. Sie spricht bedacht und ruhig und bewegt ihren Kopf kaum einmal nach rechts oder links, als hätte sie ein steifes Rückgrat.

Wir nahmen den Tee im Salon meiner Mutter. Es wurde Earl serviert, dazu Gurkensandwiches und Heidelbeer-Scones. Unser Gespräch ist mir noch lebhaft in Erinnerung.

»Was für ein schönes Zuhause Sie haben«, sagte Tina Coleman.

»Hier habe ich mein ganzes Leben verbracht. Wenn ich fortgehe, um John zu heiraten, werde ich dieses Haus zum ersten Mal verlassen, abgesehen von unseren Überseereisen mit der Familie und den sechs Monaten, in denen ich meinen Schulabschluss in Brookline, Massachusetts, nahe Boston gemacht habe.«

»Ich kenne Boston gut«, sagte sie und gab sich vornehm.

»Tina, wir sind in derselben Stadt aufgewachsen und unsere Eltern verkehren in denselben Kreisen. Wir hätten uns schon früher anfreunden können. Sie sind mir schon viele Jahre ein Begriff – Ihre Schönheit, Ihre feinen Umgangsformen, Ihre Intelligenz –, denn seinerzeit hat Jason Fine wohl uns beiden den Hof gemacht, dieser höchst eigenartige, unverschämte Mann, der sich meiner Meinung nach glücklich schätzen kann, wenn er jemals eine Frau findet.«

»Amen.« Tina Coleman nippte an ihrer Teetasse und streckte den kleinen Finger wie ein Fähnchen in die Luft.

Ich sagte etwas wie: »Ich müsste den Kopf in den Sand stecken, um die Gerüchte nicht wahrzunehmen, die über das Nachtleben von John Rimbauer kursieren. Sie müssen es nicht schönreden, teure Freundin. Ich bitte Sie, mir die Wahrheit zu sagen. Was haben Sie gehört und wie viel Glauben schenken Sie diesen Berichten?«

»Das Gerede bedrückt Sie?«

»In der Tat. Das würde doch jeder Frau so gehen, besonders, wenn sie kurz vor der Heirat steht.«

»Ehrlich gesagt weiß ich nicht, wie Sie damit zurechtkommen werden. Ich will Ihnen eines sagen: Sie genießen den Respekt vieler angesehener Frauen in dieser Stadt – wegen der Stärke, mit der Sie diesen Gerüchten begegnen, und weil es Ihnen gelungen ist, John Rimbauers Herz zu erobern. Einige Frauen werden Sie beneiden, Ellen, und Sie müssen auf deren Rache vorbereitet sein. Diese Frauen werden alles dafür tun, Sie scheitern zu sehen. Allein diesem Umstand und nichts anderem würde ich einen Großteil der Gerüchte zuschreiben.«

»Aber nicht alle«, entgegnete ich.

»John Rimbauer ist ein angesehener Geschäftsmann, ein Mann an der Spitze der Gesellschaft. Für mich wie für jeden anderen wäre es würdelos, ihm etwas nachzusagen, ohne aus erster Hand informiert zu sein. Er ist zwanzig Jahre älter als Sie und ich. Ein Mann von Welt.

Was darf man da erwarten? Dass er die letzten beiden Jahrzehnte im Kloster verbracht hat? Natürlich nicht. Ich persönlich würde mir um seine Vergangenheit keine Gedanken machen. Die Zukunft werden Sie mit ihm teilen, meine Liebe, und ich denke, es ist eine glänzende Zukunft. Ausgesprochen glänzend sogar.«

»Aber Sie haben etwas gehört?«

»Alles nur Worte. Worte können so zerstörerisch sein, besonders, wenn sie frei erfunden sind.«

»Aber das wissen wir nicht. Ich jedenfalls nicht«, sagte ich.

»Ich bin jetzt drei Jahre verheiratet. Ich habe in dieser Zeit zwei Kinder geboren. Eines ist gestorben, das andere lebt. Mein Mann ist ein brillanter Arzt, ein feiner Mann und ein liebender Gatte. Er kommt nicht immer zu der angekündigten Zeit nach Hause. Manchmal haftet der Geruch von Alkohol an seiner Kleidung. Kein Parfüm, Gott sei Dank, aber als Frau kann man sich so einiges ausmalen, nicht wahr? Ich liebe meinen Mann, Ellen. Er ist nicht vollkommen. Ebenso wenig bin ich es. Und John Rimbauer auch nicht, dessen bin ich gewiss. Aber wir leben in schwierigen Zeiten. Wir leben in einem schwierigen Teil des Landes – manche sehen ihn immer noch als Grenzgebiet. Verstehen Sie das? Ich vertraue auf die Liebe meines Ehemannes, wenn ich auch manchmal seine Taten in Frage stelle. Doch dies tue ich niemals laut. Niemals vor ihm. Das Herz einer Frau ist viel stärker als das eines Mannes. Die Männer sind schwache Kreaturen, meine Teure. Schwach und oft weitaus unsicherer als sie nach außen zeigen. Vertrauen Sie auf Ihre Liebe, mein Kind. Der Rest kommt von allein.«

»Was wissen Sie?«, hakte ich nach.

»Haben Sie mir überhaupt zugehört?«

»Ja, und ich kann gar nicht sagen, wie sehr ich Ihren klugen Rat zu schätzen weiß. Aber ich muss einfach erfahren, was hinter meinem und dem Rücken meines zukünftigen Mannes geredet wird, sonst werde ich zum Gespött der Leute.«

»Es gibt Frauen, die in die Vergangenheit schauen können und manche sogar in die Zukunft. Haben Sie je ein solches Medium aufgesucht, meine Teure?«

»Eine Séance?«

»Es gibt verschiedene Möglichkeiten.«

Ich wurde von einer sonderbaren Erregung erfasst. »Haben Sie je eine solche Person aufgesucht?«

»Oh, ich tue das regelmäßig. Nicht immer weiß mein Mann davon, wenn Sie verstehen. Sie sehen, hinsichtlich der sorgsam gehüteten Geheimnisse kann man den Spieß durchaus umdrehen. Ich vertraue darauf, dass Sie unsere Freundschaft nicht verraten und John Rimbauer nichts davon erzählen werden.«

»Natürlich nicht!« Mir wurde vor Aufregung ganz schwindelig. Ein Medium! Ich hatte in der Zeitung darüber gelesen, aber noch nie jemanden kennen gelernt, der schon einmal einer Séance beigewohnt hätte. »Wie darf ich mir eine solche Erfahrung vorstellen?«

»Bemerkenswert. Tief gehend. Transzendental. So etwas haben Sie noch nie erlebt! Trotz meiner höchsten Erwartungen an die Vereinigung von Mann und Frau muss ich Ihnen doch gestehen, liebe Freundin, dass ich eine Séance erheblich stimulierender finde.«

Als sie lachte, konnte ich einen Blick auf ihre Zähne werfen. Überall blitzte Gold. Ihr kleiner Scherz gefiel ihr besser als mir, implizierte er doch, ich könne von dem Höhepunkt meiner bevorstehenden Hochzeit, der ersehnten Vereinigung, enttäuscht werden, angesichts der ich, wie ich nur hier in diesem Buch gestehen kann, ehrlich in Aufregung bin.

»Ist es wahr, dass solche medial veranlagten Menschen auf die andere Seite schauen können?«

»Ich weiß es nicht genau, aber ich denke, ja, sie können es. Ich habe während einer Séance eine solche Verbindungsaufnahme selbst erlebt und ich muss gestehen …«

Ich empfand ihr Zögern als provokativ. Ihr Zaudern, alles preiszugeben, reizte mich und weckte meine Neugier. Ich hielt meine Teetasse mit beiden Händen und hing Tina wissbegierig an den Lippen. »Ja?«

»Ich halte es für weiser, wenn Sie sich selbst ein Urteil bilden, teure Freundin. Meine Erfahrung … Nun, sehen Sie … Ich denke, jeder von uns … entweder ist die Verbindung zu der anderen Welt da oder nicht. Und für mich war sie da … ist sie da … aber ich weiß nicht, ob Sie das ebenso empfinden werden.«

»Aber ich bin von ihrer Existenz überzeugt«, sagte ich und überraschte sie offenbar. »Wissen Sie, meine Gebete werden erhört.«

»Ja, nun … Gebete … Es steckt mehr hinter der anderen Seite, teure Freundin, als man sich vorstellen kann. Und es wäre unangebracht und falsch von mir anzudeuten, es ginge nur um Engel und Beten. Einige Aspekte, die sich offenbaren, sind höchst unerfreulich. Und haben ganz und gar nichts mit üblichen Gebeten zu tun.« Sie setzte ihre Tasse ab und beugte sich vor. Als sie weitersprach, nahm ich keine Stimme mehr wahr, sondern einen kalten Wind. Mein Gegenüber war eher eine Anwesenheit denn eine Frau. Die Vorhänge hinter mir raschelten, als stünden die Fenster offen, was jedoch nicht der Fall war. Der gläserne Kronleuchter klirrte.

Und ich schwöre, die Temperatur im Raum sank um ein Dutzend Grad oder mehr. Ich konnte Tinas Atem sehen, als sie sprach. »Viele Tote sind noch lebendig. Ob Sie das glauben oder nicht, ist nicht meine Sache.« Sie machte eine abweisende Handbewegung. Sie sah blass aus, fast grau. »Den Versuch, Kontakt zur anderen Seite herzustellen, unternimmt man nicht ohne eine gewisse … nennen wir es … persönliche Investition.« Ein ironisches Lächeln. Sie wirkte erschöpft. Die plötzliche Kälte ließ mich erschaudern, und ich hätte mir gern einen Schal oder ein Tuch über die Schultern geworfen. »Man sollte sich ihr nicht leichtfertig nähern.« Sie ließ sich in den Sessel sinken.

Der Vorhang hörte auf zu rascheln, der Kronleuchter klirrte nicht mehr. Die Farbe kehrte in Tinas Wangen zurück und die Temperatur im Salon war wiederhergestellt. Ich muss sie ganz gewiss wie eine Schwachsinnige angesehen haben, mit vor Schreck weit aufgerissenem Mund. Eine kurze Weile, ich schwöre es, liebes Tagebuch, hatte sich Tina Coleman nicht in diesem Raum aufgehalten. Es war jemand – etwas – ganz anderes. Und ich muss dir eins gestehen: Ich fühle mich davon angezogen. Nichts im Raum war in jenem Augenblick von der Welt, die wir kennen. Ich kann zwar nicht bestimmen, von wo es kam, aber ich bin begeistert und fasziniert und über alle Maßen neugierig auf das Unbekannte.

Ich hätte Tina gern auf der Stelle nach dem Namen ihres Mediums gefragt, aber etwas hielt mich zurück. Angst? Schuldgefühle? War es John, der mir über die Schulter sah und mich warnte, dass »die Frau von John Rimbauer sich nicht mit derlei sündhaften Dingen abgibt«?

Denn dass solche Dinge von sündhafter Natur sind, bezweifle ich nicht. In keinster Weise. Wer und wie Gott auch immer sein mag, Er war an diesem Nachmittag gewiss nicht in diesem Salon. Und ich müsste lügen, wenn ich nicht zugäbe, ein gewisses Maß an Begeisterung verspürt zu haben, ja, mich sogar angezogen gefühlt zu haben von dem, was von meiner neuen Freundin in diesen kurzen Augenblicken Besitz ergriffen hatte. Eine Macht, die stärker ist als alle mir bislang bekannten Mächte. Eine Macht, die mich mit einer betäubenden Kälte und unbeschreiblichen Hitze zugleich erfüllte und bis in die Tiefen meiner Seele vordrang.

Mit dieser Freundin möchte ich gern noch einmal reden, diese Macht noch einmal spüren. Einen Blick auf eine solch übermächtige Anwesenheit zu erhaschen ist eine Sache, von ihr zu kosten, sich an ihr zu laben eine ganz andere. Und von ihr in Besitz genommen zu werden – wie mag sich das wohl anfühlen? Und wie lange wird es noch dauern, bis ich es selbst herausfinden kann?

12. NOVEMBER 1907 – SEATTLE

Ich sitze im Ankleidezimmer meiner Mutter, einem Raum, von dem ich nicht glaube, dass ihn mein Vater je betreten hat. Hier, vor diesem Spiegel, habe ich ihr viele Jahre dabei zugeschaut, wie sie ihr rotes Haar bürstete, bevor sie zu Bett ging. Ich trage mein Hochzeitskleid, ein herrliches, prachtvolles und entzückendes Gewand (so hoffe ich zumindest) und bin verwirrt, kurz davor, die Nerven zu verlieren, teils beschwingt, teils nachdenklich, dann wieder den Tränen nahe. Meine Brautjungfer, die reizende Penelope Strait, ist unterwegs, um meinen Weg zur Haustür und zu dem wartenden Gespann mit zwei schwarzen Wallachen zu inspizieren, das mich auf königliche Art zur Kirche bringen soll. Sie versprach, mir Tee bringen zu lassen, und so wende ich mich in dieser kleinen Pause, in diesem Moment der Ruhe dir zu, liebes Tagebuch.

Ich komme mir ein wenig wie das junge Mädchen vor, das die Blütenblätter eines Gänseblümchens abzupft mit den Worten: »Ich liebe ihn, ich liebe ihn nicht.« Blättchen um Blättchen quält sich mein armes Herz mit der Entscheidung, John Rimbauer zu heiraten. Verunsichert von den Andeutungen, die über die Lippen meiner Freundinnen kommen, von den Warnungen, die aus ihren Augen sprechen, wann immer sein Name erwähnt wird, hege ich für ihn sowohl Zuneigung als auch Abneigung. Ich befürchte, ich werde in kurzer Zeit mit einem Frauenhelden verheiratet sein und von meinesgleichen bemitleidet und verspottet werden. Diese Vorstellung lässt mich erschaudern. »Erlöse mich von dem Bösen und führe mich nicht in Versuchung.« Warum kann ich mich nur so schwer von diesen Gedanken lösen? Sitze ich nun weinend vor dem Spiegel meiner Mutter, weil ich weiß, dass ich von nun an nicht mehr in diesem Haus wohnen werde?

Nach dem Empfang werden John und ich die Präsidentensuite im Grand Hotel nehmen, wo wir vor unserer Abreise mit der *Ocean Star* in die Südsee nur eine Nacht verbringen werden. Wie ich hörte, laufen die Frauen dort mit nackter Brust herum, und die Männer tragen Lendenschurze und das Wasser ist so klar wie die Augen eines alten Mannes. In Europa wurde viel über den Wandel in den schönen Künsten gesprochen und über den Einfluss, den diese Inseln darauf hatten. John möchte diesen Teil der Welt mit eigenen Augen sehen. Auf den Südsee-Inseln wird noch kein Öl verwendet und er zieht, wie er sagte, in Erwägung, Geschäftsbeziehungen dorthin zu knüpfen. Aber Menschen auf den Inseln führen ein bäuerliches und zügelloses Leben, sagt man, sogar von offener Unzucht wird berichtet, und ich weiß nicht, was ich darauf geben soll. Wenn es der Wahrheit entspricht, was soll dann eine Frau wie ich dort? Wozu würde John mit seiner Braut an einen solchen Ort reisen wollen? Und unternehmen wir diese Reise als Jungvermählte, oder ist John als Geschäftsmann nebst Gattin dorthin unterwegs? All dies beschäftigt mich sehr, aber ich frage meinen zukünftigen Ehemann nicht, weil es ihn verärgert, wenn ich seine Entscheidungen hinterfrage. Er würde es als Kritik und nicht als Neugier auffassen, die es doch eigentlich ist. Und so fallen immer mehr Tränen auf deine Seiten, liebes Tagebuch, denn ich weiß nicht, auf was ich mich da eingelassen habe. Wohlstand. Gesellschaftliche Anerkennung. Ein finster und zugleich gut aussehender Mann, der die Aufmerksamkeit zahlreicher Mädchen erregte. Ein Mann indes, der zwanzig Jahre älter ist als ich und launisch und verschwiegen dazu. Zu unserer Überseereise sagte er lediglich: »Packen Sie für eine lange Reise! Ein Jahr und länger. Hitze, Kälte. Man muss auf alles vorbereitet sein.«

»Aber wohin reisen wir, mein Teuerster?«

»Zuerst auf die Inseln, wie wir besprochen haben. Vielleicht nach Indien. Burma oder Tibet, wenn wir die Möglichkeit zur Einreise bekommen. Die Briten haben bereits vor langem ausgezeichnete Schienenwege in diesem Teil der Welt verlegt, da kann es bis zur ölverbrennenden Lokomotive nicht mehr weit sein. Ich sage Ihnen, Ellen, *Omicron* ist in der Position, sich zu einem internationalen Erdöl-Lieferanten zu entwickeln. Unser Vorteil gegenüber dem Fernen Osten ist der Standort hier in Seattle. Und danach? Persien vielleicht. Ich würde Persien sehr gern besuchen. Und dann, wenn es dort kalt wird, weiter nach Afrika, wo warme Sommerwinde das Land erwärmen. Ostafrika natürlich. Gut zum Jagen. Und dann um das Kap und die Küste hinauf nach Spanien, Frankreich und England, wenn uns kein Krieg dazwischenkommt. New York, Philadelphia. Und dann steigen wir wieder in die Eisenbahn. Nach Chicago? Denver? Wer weiß? Die Welt gehört uns, meine Liebe. Fünf Sterne. Die besten Kabinen und Wagen, die besten Suiten in den größten Hotels, Eisenbahnwagons für uns allein. Sechs Monate? Ein Jahr? So lange, bis das Haus vollendet ist, damit wir bei unserer Rückkehr eine prachtvolle Residenz vorfinden. Einen Ort für uns. Einen Ort, an dem wir das Kind aufziehen, das Sie hoffentlich bei unserer Rückkehr bereits erwarten. Eine Familie, Ellen. Ist das nicht wunderbar?«

Vorgetragen mit so viel Leidenschaft und Begeisterung. Wie hätte ich mich mit der Stimme der Vernunft einschalten und meinem Mann die gute Laune verderben können! Vergessen die Insekten, die mir in den Sinn gekommen waren; die Krankheiten, die an solchen Orten von allen Lebewesen verbreitet werden, und die Gerüchte über die barbrüstigen Heiden (scheinbar hatte er nur primitive Orte ausgewählt). Vergessen, dass ich vielleicht San Francisco, Paris und London vorgezogen hätte. Ein Jahr in Paris, Venedig oder Rom – das wären Flitterwochen! Endlose Stunden im Bett unter einer Daunendecke mit der Klingelschnur für den Zimmerservice in Reichweite, heiße Schaumbäder mit Pariser Seifen und einem Mann, der mich in die Vergnügen der Ehe einführt. Aber er, er denkt an die Jagd. An Eingeborene. An Entdeckungsreisen. An Elefanten, Diamantminen und das Dampfross.

Als er zum ersten Mal über die Reise sprach, behielt ich meine Gedanken für mich. Auch beim zweiten und beim dritten Mal. Ich sagte mir, es gebe noch genug Zeit, den Kurs zu korrigieren. Den Kurs jener Reise, die morgen beginnt. An Pier 47. Wir fahren mit dem Schiff nach Victoria, wo wir umsteigen und in Richtung Tahiti ablegen. Ich bemerke an mir eine gewisse Zurückhaltung, John zur Rede zu stellen. Ist er gut gelaunt, widerstrebt es mir, ihm die Stimmung zu verderben oder – Gott behüte! – für schlechte zu sorgen. Er ist sehr sprunghaft in seinen Launen, wie ein Affe – vor und zurück, hinauf und hinab. Vielleicht hätte der große Sigmund Freud, über den alle reden (seine Abhandlungen zur Sexualtheorie werden erst ins Englische übersetzt, aber die Deutschen, die sie gelesen haben, halten sie für recht skandalös und faszinierend), die geeigneten Mittel, Johns Launen zu erklären. Ich indes kann sie nur sehr schwer deuten, und mich in seine Angelegenheiten einzumischen könnte gefährlich sein. In seinen sonnigen Augenblicken ist er ein sehr anregender und erfrischender Gesellschafter: lebhaft, höflich und unterhaltsam; an seinen Tiefpunkten angelangt ist er mürrisch, düster und grüblerisch. Ich habe Angst vor ihm, befürchte bisweilen Gewalt, obwohl ich diese Seite an ihm noch nicht kennen gelernt habe – und hoffentlich auch niemals kennen lernen werde! Ich erschaudere angesichts der Vorstellung, John könne mir Gewalt antun. Er ist ein großer Mann, stark und dominant. Ich fürchte, er würde mich zerquetschen wie ein Insekt.

Ich lese die letzten Absätze und frage mich, wie ich ausgerechnet an unserem Hochzeitstag solche Gedanken zu Papier bringen kann. Wie meine Mutter mir anvertraute, hatte auch sie vor ihrer Heirat Vorbehalte. (Sie berichtete mir ebenfalls davon, was mich in der Hochzeitsnacht erwartet, aber das bleibt am besten unter uns.) Es sei nichts Ungewöhnliches für eine Frau, sagte sie, ihre Entscheidung in Frage zu stellen, und oft ginge es den Männern genauso. Ich muss zugeben, dass der gute John zum Glück kein einziges Mal etwas anderes als uneingeschränktes Vertrauen in unsere Verbindung geäußert hat. Die Besorgnis liegt in der Tat allein bei mir, das ist die große Ironie. John für seinen Teil scheint absolut begeistert von der Heirat zu sein. Bei der Planung verhielt er sich wie ein Heiliger (er finanziert einen großen Teil des Empfangs und der Hochzeitsfeier, eine Geste, die mein Vater sehr schätzt) und zeigte oft jungenhafte Vorfreude angesichts des näher rückenden Termins.

Nun wartet er in der Kirche auf mich. Ich kann mir gut vorstellen, wie er da steht in seinem besten, in London geschneiderten Frack, die weißen Handschuhe hinter dem Rücken verschränkt wie ein General, der auf seine Truppe wartet. In diesem Fall auf meinen Arm, keine Arm*ee*. (Oft verärgerc ich John mit meinen Wortspielen, aber hier erlaube ich mir die Freiheit!) Während er vor dem Altar steht, schleicht sich dann und wann der Anflug eines Lächelns in seine ansonsten so gesetzte Miene. Er ist ein Mann großer Visionen, und ich weiß, er sieht Bedeutendes auf uns zukommen. Ich vertraue darauf, dass er die Zukunft auszuschöpfen versteht. Ja, es ist wahr: Manchmal habe ich Angst, er könne mich eher als Zuchtstute denn als Gefährtin betrachten und mit seinen vierzig Jahren und dem beträchtlichen Vermögen eher auf einen Erben, denn auf eine Begleiterin aus sein. Ich befürchte – ja, ich wage es kaum zu schreiben –, Freudenmädchen sind für das Vergnügen da und eine Ehefrau dazu, Kinder zu gebären und aufzuziehen. Er will natürlich einen Sohn. Wird nicht aufhören, mich zu begatten, bis ich ihm einen schenke. Das alles lese ich in seinen Augen, höre es aus seinen Äußerungen heraus. Solange es auch Liebe gibt – und fürwahr, die gibt es – schrecken mich seine Absichten nicht. Die Liebe, die wahre Liebe, kann viel Gutes bewirken. In nur wenigen Minuten breche ich auf, um mich vor Gott, der Familie und all unseren Freunden zu ebendieser Liebe zu bekennen. Und ach, wie ich meinen John Rimbauer liebe! Ich gehe mit Zuversicht, voller Vertrauen und Vorfreude. Ohne Zweifel oder Erwartungen. Möge die Liebe uns führen, wohin sie will. Ich bin bereit. Ich bin bereit. Ich bin bereit.

13. NOVEMBER 1907 – AN BORD DES DAMPFSCHIFFS *OCEAN STAR*

Ach, wo soll ich anfangen? Bei der Heirat? Dem Empfang? Soll ich diesen Seiten eine Schilderung der Hochzeitsnacht anvertrauen? (Von dem Schmerz berichten? Dem Vergnügen? Der Erfüllung von Träumen? Den Ängsten? Von dem überwältigenden Gefühl, verzehrt zu werden, als sei ich von ihm besessen?) Ein andermal vielleicht, obwohl manche Dinge besser in der Erinnerung blühen als in der Beschreibung verkümmern sollten.

Da sind wir nun, an Bord der *Ocean Star*, einem luxuriösen Dampfschiff mit Kurs auf Tahiti, in einer noblen Kabine, wie sie einem Königspaar gebührt (drei Räume und ein vollständig eingerichtetes Bad mit WC). Wir dinieren heute Abend am Tisch des Kapitäns (Smoking und Abendkleid Pflicht!) und beginnen unsere Pazifiküberfahrt. Wenn der Rest der Reise auch nur annähernd den ersten Stunden entspricht, wird sie ganz im Zeichen des ehelichen Glücks stehen – wir waren bereits zwei Mal zusammen und sind erst seit vier Stunden auf dem Schiff! John ist an Deck gegangen, um eine Zigarre zu rauchen und Telegramme abzuholen, die er geschäftlich und wegen der Baustelle erwartet. Die Komplexität des Projekts nimmt ihn weiterhin vollkommen in Anspruch. Meines Wissens war der einzige Tag, an dem er sich nicht persönlich damit befasste, unser Hochzeitstag, aber von einem seiner vielen Geschäftskollegen ließ er sich dennoch auf dem Laufenden halten. Wie er mir sagte, möchte er das Haus so einrichten, dass es von unseren Reisen erzählt und ihn an unsere diversen Aufenthalte erinnert. Daher sei es meine Pflicht, möglichst viel Geld zu diesem Zweck auszugeben! Sicher, er wollte mich ein wenig aufziehen. Aber das Funkeln in seinen Augen verriet mir auch eine gewisse Ernsthaftigkeit hinter dieser Aufforderung. Ich beginne eben erst zu erahnen, wie wohlhabend wir sind. Äußerungen wie die eben zitierte hätte ich von einer Figur aus den billigen Romanen erwartet, die ich lese, jedoch nicht als ernst gemeinte Aufforderung von meinem Ehemann. Allein das Haus kostet ein Vermögen – im wahrsten Sinne des Wortes –, und diese Reise ein weiteres komplettes Vermögen. Und doch habe ich das Gefühl, diese Ausgaben sind für John nicht mehr als Spielereien. Existiert irgendwo eine nie versiegende Quelle, aus der mein Mann unsere Mittel schöpft? Ist eine solche Idee nicht nur pure Phantasterei? Wie auch immer der Fall liegen mag, ich bin begeistert von der mir zugewiesenen Aufgabe. Ich hoffe, viele Kunstobjekte sammeln zu können, Dekorations- und Einrichtungsgegenstände, damit John unsere Reise niemals vergisst. (Ohne sein Wissen habe ich die Laken von unserer Hochzeitsnacht im Hotel mit ihren purpurnen Flecken gekauft und bewahre sie auf. Ich wollte ebenso gern eine Erinnerung an diese Nacht haben, wie er sich Souvenirs von unserer Reise wünscht. Ich habe die Laken in einem meiner sechs Schrankkoffer verstaut, in Seidenpapier gewickelt und mit einem roten Band verschnürt. Mir kommt dies reichlich schändlich vor, insbesondere die Tatsache, dass ich mein jungfräuliches Blut aufbewahre, und ich möchte mir Johns Verärgerung gar nicht vorstellen, wenn er es je herausfindet. Und so beginnen wir unsere Ehe mit Geheimnissen. Wir beginnen sie, indem wir an einem kleinen Teil von uns selbst festhalten und ihn schützen und hüten. Ist das falsch?, frage ich mich. Oder muss ich als Frau angesichts einer solch überwältigenden Kapitulation an etwas festhalten? Er besteigt mich und ergreift von mir auf eine Weise Besitz, wie ich mir nie vorstellen konnte. Dringt in mich ein. Erobert mich. Vergnügen und Schmerz. Und ich frage mich, ob ich mich je daran gewöhnen werde.)

Teak von den Südsee-Inseln, Elfenbein vom schwarzen Kontinent. Ich habe begonnen, im Geiste ganze Listen aufzustellen. Zum Glück hat John sämtliche Pläne unseres Hauses mitgebracht, damit ich darüber nachdenken kann, wo unsere anwachsende Sammlung Platz findet. Nun brütet nicht mehr John allein Tag und Nacht über den Plänen, sondern Mann und Frau tun es gemeinsam. Endlich sind wir beide mit dem Unternehmen befasst! Ich bin nun ein Teil dieses großen Hauses geworden, das meinen teuren Gatten derart beansprucht. Ich fühle mich eins mit seinen Mauern. Er dringt in mich ein. Er residiert in mir. Ich schwitze und winde mich in seiner Anwesenheit. Meine Wände erzittern. Mir schwirrt der Kopf.

Er geht in unserer Kabine ein und aus und hat mich noch nicht eingeladen, ihn nach oben zu begleiten. Wenn er nach Alkohol und Zigarren riechend zurückkehrt, reißt er mir die Unterwäsche vom zitternden Körper, hebt meine Röcke und drängt mich gegen die Wand unter dem Klang des Meeresrauschens und dem Rumpeln des Schiffs. Er hebt mich hoch, legt meine Beine um seine Taille und bringt mich zur Raserei bis zu dem Punkt, an dem auch der letzte Funke damenhaften Benehmens an seine Begierde verloren geht, seine Penetration. Mit verschmiertem Lippenstift und entblößter Brust, die zum Objekt seiner Aufmerksamkeit wird, kann ich nicht länger die Fassung wahren. »Oh, John! Geliebter John!«, rufe ich in die Kabine und meine Fingernägel graben sich in den Rücken seines Frackhemdes, »Guter Gott im Himmel! Noch nie habe ich … nie habe ich …« Und unerwartet erregt ihn meine schändliche Freizügigkeit noch mehr und treibt ihn zu einem fieberhaften Stoßen an, zu einem stürmischen, rasenden Tempo, bei dem mein nacktes Gesäß gegen die Wand klopft; ein Takt, der sich durch die Wirbelsäule nach oben fortsetzt und meine Ohren gleichsam mit Trommelschlägen erfüllt. Er drückt meine Arme an die Wand, das Gesicht zu einem roten Schrei verzerrt, und nachdem er sich entspannt hat, winsele ich wie ein verwundetes Tier, nunmehr ein zitterndes, keuchendes Häufchen verbrauchter Erregung.

Und er liebt es.

Aber schon will er die Kabine erneut verlassen und mir seine Gesellschaft versagen. Ich sitze zerzaust im Sessel und warte, bis er gegangen ist, bevor ich mich um meine Toilette kümmere. Und er, er bleckt grinsend die weißen Zähne und verschwindet ohne ein Wort mit blitzenden Augen. Nun riecht es hier nicht mehr nur nach Alkohol und Zigarren, sondern auch nach unseren vermischten Düften – unheimlich und ein wenig säuerlich. Ich erfrische die Luft mit Parfüm auf und öffne die Balkontüren. Ich lasse mir den Wind durchs Haar peitschen, von Befriedigung erfüllt, beschämt und doch in Hochstimmung. Ich bin eine Frau. Der Übergang ist vollzogen.

19. NOVEMBER 1907 –
AN BORD DES DAMPFSCHIFFS *OCEAN STAR*

Eine kurze Notiz in dem Bemühen, mir selbst ein wenig Gesellschaft zu leisten. Ich habe viele deiner Seiten herausgerissen und vernichtet, liebes Tagebuch. Sie wurden zu kleinen weißen Papierknäueln im Abfall, während ich bestrebt bin, mich mit meiner neuen Stellung anzufreunden. Mein geliebter John stellt mich gern beim Dinner oder Lunch zur Schau oder bei einem abendlichen Empfang, den der eine oder andere

Mitreisende gibt. Meine restliche Zeit an Bord dieses Schiffs entspricht jedoch eher einer Gefangenschaft als den Flitterwochen, weil er mich in unsere Kabine verbannt, wo ich von dem rauen frühwinterlichen Wellengang seekrank werde. Ich bat darum, an Deck gehen zu dürfen, um mich von meiner Unpässlichkeit zu erholen, denn frische Luft und ein fester Horizont vor Augen können bei unruhigem Magen Wunder bewirken, aber mein Mann verweigert es mir standhaft und sagt, er wünsche keine »Vorführung« an Deck. Er zeigt auf den Balkon vor der Kabine und schlägt mir vor, ihn für meine Zwecke zu verwenden. Vermutlich befürchtet er, ich könnte mich übergeben oder mit meinem bleichen Gesicht auffallen. (»Ein Rimbauer zeigt keine Schwäche!«) Er hütet mich wie ein kostbares Schmuckstück. Je weniger die anderen von mir sehen, behauptet er, desto mehr kann ich sie am Tisch des Kapitäns, beim Nachmittagstee und auf Cocktailpartys bezaubern und in meinen Bann ziehen. Wenn er mich in meinem Gefängnis besucht, dann, um an mir sein Vergnügen zu haben. Da keine Frau in meiner Nähe ist, der ich mich anvertrauen könnte, weiß ich nicht, ob ein solches Prozedere normal ist, muss jedoch gestehen, dass es über die Maßen anstrengend ist, schon allein das Baden und Ankleiden. Den halben Tag verbringe ich damit, von ihm ausgezogen zu werden, zu baden und die alte gegen eine neue Garderobe auszutauschen. Was für einen Appetit er hat!

Ich bin ein wenig verunsichert, da ich nur von John Aufmerksamkeit erfahre, die zudem so eindeutig körperlicher Natur ist. Erst heute Morgen kam mir aufgrund einer Äußerung von ihm in den Sinn, dass er mich regelrecht vor den anderen Männern an Bord verstecken will – das Dümmste, Kindischste, was ich mir vorstellen kann. John und eifersüchtig? Das Gespräch verlief ungefähr so:

John fragte mich: »Hast du gestern Abend Mister Jamerson bemerkt?«

»Was meinst du mit ›bemerkt‹, mein Lieber?«

»Entzieht sich das Wort ›bemerken‹ deinem Verständnis, Ellen?« Sofort war sein Ton scharf und gebieterisch. Ich wurde in einen Streit verwickelt und schlimmer noch, ich spürte, wie gern ich mich darauf einlassen wollte. Warum nur?, fragte ich mich. Weil er mich wie eine Gefangene in diese Kabine einsperrt, wo ich mich für seinen nächsten lüsternen Ansturm bereithalten muss?

»Das tut es nicht. Gewiss habe ich Mister Jamerson im wörtlichen Sinne ›bemerkt‹. Er saß doch gleich rechts von mir, wie du dich erinnern wirst.«

»Und der Kapitän ließ dich schon beim vierten Dinner in Folge an seiner Seite sitzen.« Schweigend schritt er in der Kabine auf und ab. »Der ehrenvollste Stuhl auf einem Schiff sollte von Abend zu Abend an einen anderen Gast vergeben werden.«

»Ich fühle mich sehr geehrt.«

»Du bist die schönste Frau auf diesem Schiff, Ellen, zehnmal schöner als die anderen!«

»Du schmeichelst mir.«

»Ich warne dich«, drohte er. »So ein Schiff ist ein einsamer Ort.«

»Was willst du damit sagen?«

»Du musst dein Amüsement über ihre Späße nicht so deutlich zum Ausdruck bringen. Deine … Ausstattung, meine Teure …«, er zeigt auf seine Brust und meint natürlich meine, »springt deutlich ins Auge, wenn du so lachst.«

Mir stieg die Röte ins Gesicht. Nicht aus Verlegenheit, wie er annehmen wird, sondern aus Zorn. Will er andeuten, ich gebe mich in Gesellschaft mit Absicht vulgär? Sind es solche Themen, über die Mann und Frau streiten? »Darf ich dich daran erinnern, dass du, lieber Ehemann, mich gebeten hast, mein Tuch beim Dinner abzulegen. Und was meinen Busen angeht, darf ich dich daran erinnern – als ob das nötig wäre! – dass Miss Pauling, die Unterhalterin unseres Schiffs, die sich dir, lieber John, bereits höchst zwanglos genähert hat, einen erheblich größeren Busen hat als ich. Und sie stellt ihre … Ausstattung ehrlich gesagt auf höchst unangemessene und lüsterne Art zur Schau. Außerdem sind meine Abendkleider von den besten Näherinnen in San Francisco nach Entwürfen von Paul Poiret gearbeitet, und du hast sie persönlich ausgewählt. Die Kleider wurden bestellt, weil du davon gehört oder sie vielleicht sogar auf deiner Geschäftsreise letzten August gesehen hast. Ich nehme großen Anstoß an deiner Unterstellung, ich hätte mich auf irgendeine Weise unschicklich verhalten. Ich wurde als Dame geboren und aufgezogen, mein Lieber, und daran solltest du denken, bevor du derartige Anschuldigungen gegen mich erhebst.«

»Ich wollte nur sagen …«

»Du wolltest nur sagen, dass man zu viel von meinem Busen sieht, wenn ich lache. Diese Tatsache ist auch mir nicht entgangen, damit du es weißt. Er springt ja förmlich aus dem Ausschnitt heraus. Dessen bin ich mir schrecklich bewusst. Vielleicht solltest du, statt empört zu sein, deiner Frau gestatten, ihr Tuch zu tragen, wenn sie es für angebracht hält, und sie nicht dazu zwingen, kompromittierende Augenblicke großer Peinlichkeit zu erleben. Und nun lass mich allein! Tu, was immer du auf diesem schrecklichen Schiff zu tun hast! Aber wenn du mit dem Duft von Miss Pauling an deinem Hemd zurückkehrst, wie vor zwei Nächten … – Oh ja! Dachtest du, ich hätte es nicht bemerkt? Wie könnte ich, es ist ein schreckliches Parfüm! – … dann wirst du mit der Hölle bezahlen!«

Ich hatte vollkommen die Fassung verloren und schrie meinen Mann aus vollem Halse an. Zu meinem Bedauern. Aber ach, liebes Tagebuch, die Geschichte ist noch nicht zu Ende. Denn ich schwöre, es ist wahr: Als ich das Wort »Hölle« aussprach, verdunkelte sich die Gaslampe in der Kabine und die Tür zum Schlafzimmer schlug auf. Heraus kam ein Wind, der den Saum meines Morgenmantels vom Boden hob und mir das Haar aus dem Gesicht fegte – bei John jedoch bewegte sich nichts. Sein Taschentuch flatterte nicht. Der Vorhang raschelte nicht. Als mein rasendes Herz sich wieder beruhigte, flaute auch der Wind ab. John und ich standen wie angewurzelt da. Schweigend. Die Luft knisterte und es roch wie nach einem Gewitter, bitter und süß zugleich.

Mein Mann sagte kein Wort. In seinem Gesicht spiegelte sich Fassungslosigkeit. Aus zusammengekniffenen Augen sah er mich durchdringend an. Dann drehte er sich um und ging – teils, weil es nichts mehr zu sagen gab, teils aus Angst, wenn ich es richtig deute. Ich habe John Rimbauer noch nie anders erlebt als vollkommen selbstsicher, ja, stoisch bisweilen.

Bis zu diesem Augenblick. An diesem Abend wendete sich das Blatt.

Zum Dinner erschien ich ohne Schultertuch – aus reiner Boshaftigkeit. Und ich lachte so laut wie nie zuvor.

Aus zweckdienlichen Gründen und weil naturgemäss in Tagebüchern Wiederholungen auftreten, wurden von der Herausgeberin einige Tagebucheinträge ausgelassen. Das vollständige Tagebuch von Ellen Rimbauer ist in der *Winslow Library of Letters and Memoirs* in Seattle, Washington, archiviert. Eine Kopie ist zusammen mit weiterem Material in die *Joyce Reardon Collection: Observed Paranormal Activities, 1982–1999* eingegangen, die in der *Wirmser Library* an der Beaumont Universität in Seattle, Washington, aufbewahrt wird.

Joyce Reardon

Ich weiß nicht, warum man sich überhaupt bemüht, Namen für diese Inseln zu finden, und sie nicht einfach mit »Paradies« bezeichnet. Sie unterscheiden sich kein bisschen voneinander: jede eine aus der Tiefe aufsteigende Sandkruste, in die sich die Palmen mit ihren flachen Wurzeln krallen; Wind und strahlender Himmel und das blauste, klarste Wasser der ganzen Welt. Die zimthäutigen Frauen, so barbusig wie uns die *National Geographic Society* berichtet, heißen die weißen Fremden mit strahlendem Lächeln willkommen und, wie ich befürchte, auch mit offenen Armen. Die Sonne brennt heiß, da es hier nun Frühling und Sommer wird, obwohl es zu Hause Herbst ist und bald der Winter anfängt. Unsere Welt ist wortwörtlich auf den Kopf gestellt.

Ich schließe dich jeden Abend ab, liebes Tagebuch, und dann sperre ich dich in meinem Schrankkoffer ein, in dem ich meine Unterwäsche und Toilettenartikel aufbewahre, und vertraue darauf, dass mein Mann niemals in dieses Heiligtum eindringen wird. Ich weiß nicht, was mir widerfährt, wenn er es je täte. Und so wende ich mich dir als meinem Beichtvater erneut mit klopfendem Herzen und einer gewissen Scheu zu.

Es begann vor über einer Woche während einer nächtlichen Feier, als die *Ocean Star* den Äquator überquerte. Es gab Musik, viel Alkohol, eine Proklamation des Kapitäns, Tanz und eine heitere Atmosphäre an Bord.

John und ich erhoben uns an diesem Morgen trotz all unserer Konflikte aus dem Bett, als hätten wir nicht die geringsten Sorgen. Wir nahmen unser Frühstück gemeinsam auf dem Balkon ein; eine friedliche, entzückende Stunde. Ich glaube, Johns Einstellung zu mir hat sich geändert, was sich sowohl bei unserem Frühstück zeigte sowie daran, dass wir danach an Deck einen Spaziergang unternahmen. Bei dieser höchst gesellschaftlichen Unternehmung war meine Abwesenheit in der Vergangenheit gewiss bemerkt worden. Den Lunch nahmen wir zusammen in einem kleineren Speisesaal ein, den ich noch nie zuvor gesehen hatte. Sämtliche Kellner hingegen schienen John sehr gut zu kennen, denn sie sprachen ihn mit »Mister Rimbauer« an und nicht mit »Sir« wie die weniger bekannten Reisegäste. Nach dem frühen Abendessen zogen wir uns in die Kabine zurück, um zu »ruhen« – Johns neue Bezeichnung für unser eheliches Treiben, die den wahren Charakter dieser gemeinsam verbrachten Zeit nur unzulänglich beschreibt: Es ist alles andere als geruhsam! Danach machten wir uns für das späte Dinner am Tisch des Kapitäns und die angekündigte, darauf folgende Äquator-Feier zurecht.

Irgendwann im Laufe dieser fabelhaften Feier – die warmen tropischen Nachtwinde umspielten die Reling der *Ocean Star*, der Champagner spielte mit meinem Kopf, und auf der Zunge lag mir noch der köstliche Geschmack der Schokoladenmousse – trugen sich folgende Begebenheiten zu:

John tanzte gerade, wenn ich mich recht entsinne, mit einer matronenhaften Frau namens Danforth, Danvers … – die vielen Namen machen mir das Leben zur Hölle! – und hatte mich der Gesellschaft von Mister Dan … überlassen (ich kann mich einfach nicht an den Namen erinnern!), der sich recht bald entschuldigte, um den Waschraum aufzusuchen. Er hatte, wie ich meine, sein Limit bereits um einen Brandy überschritten.

»Trüffel, Madame?« Eine zarte, warme Stimme strich mir über die Schulter, so angenehm wie der tropische Wind. Eine Frauenstimme. Tief und wohlklingend.

Ich drehte mich um, vielleicht ein wenig zu rasch angesichts unserer Nähe, und fand mich Aug in Aug mit einer Negerin mit nussbrauner Haut und riesigen olivenförmigen Augen. Ihr Gesicht war ein perfektes Oval, ihre Lippen voll und sinnlich. Ich verspürte eine Erregung, wie sie eine Frau nicht wegen einer anderen empfinden sollte. Ich habe mich gewiss lächerlich gemacht, als meine Stimme versagte und mir die Röte ins Gesicht stieg.

Eine Kellnerin, entsprechend ihrer Funktion in ein schwarzes Kostüm gekleidet, mit weißer Schürze und einem kräftig gestärkten weißen Kragen, der so hoch geknöpft war, dass er sie fast ersticken musste. Sie hatte eine schmale Wespentaille, kräftige Hüften und stämmige Beine. Die Schuhe, in die man sie gesteckt hatte, waren mindestens eine Nummer zu groß, denn sie hatte eher zierliche Füße, wie ich. Wie idiotisch von mir, ihr einfach so in die Augen zu starren.

»Madame?«, fragte sie ein zweites Mal.

»Nun, also gut«, antwortete ich, obwohl ich weiß Gott keinen Appetit mehr hatte, und nahm eine Praline von ihrem Silbertablett. Dann bat ich sie, noch ein Weilchen bei mir zu bleiben.

Was ich fühlte, ist unaussprechlich, aber ich zwinge meinen Füllfederhalter, es hier niederzuschreiben: Ich wollte sie küssen. Ihre weiche Haut berühren. Gott bewahre, ich wollte nicht zurückgeküsst, noch auf irgendeine Weise berührt werden. Aber ich wollte sie ausziehen, um ihren von Gott gegebenen Körper in all seiner Pracht sehen zu können, um mit meinen Händen ihre

Haut zu streicheln und zu spüren, wie sie auf meine Berührung reagiert. Ich war so entsetzt von diesen Empfindungen, dass ich Kopfschmerzen vortäuschte und die Feierlichkeit früh verließ. Ich kehrte zum Gebet in unsere Kabine zurück, kniete mich vor das Bett, in dem mein Mann und ich immer unsittlichere Akte vollzogen, und betete darum, vor dem gerettet zu werden, wohin mein Inneres mich anscheinend führen will. Ist es das, was die Ehe den Frauen bringt: eine gesteigerte Neugier auf die Formen, die das Vergnügen annehmen kann? Gäbe es nur jemanden, dem ich mein Herz ausschütten könnte! Der Schiffsgeistliche kommt mir in den Sinn, aber er ist ein alter Mann mit wässrigen Augen und einer Vorliebe für Alkohol. Meine große Angst ist nun, in meiner Isolation während des kommenden Jahres keine Antworten zu finden, keine Erlösung von solch sündigen Gedanken. Drei Wochen war ich weitgehend in unserer Schiffskabine eingeschlossen. Zurzeit bin ich in einer Fünf-Zimmer-Suite im einzigen anständigen Hotel im Umkreis von tausend Meilen untergebracht. Gelächter dringt aus der Hotelbar herauf, strömt hinaus auf die Straße und steigt wie heiße Luft unter die hohe Decke des Raums.

Darf ich es überhaupt erzählen? An diesem Morgen kam ein Zimmermädchen, um unsere Räume herzurichten und die Laken zu wechseln, die mein Mann und ich im Zuge unserer Aktivitäten befleckt hatten. (Ich wage nicht zu fragen, wo John all das gelernt hat, was er mich »lehrt« – wie er es ausdrückt.) Die Kleine war mit Sicherheit nicht älter als fünfzehn. Zierlich und braunhäutig, mit schwarzen Augen und einem kräftigen Hinterteil. Oh ja, ich studierte jeden Zentimeter von ihr, während sie arbeitete. Sie bemerkte, wie ich sie beobachtete, und schien großen Gefallen daran zu finden. Sie kicherte. Provokativ. Sie wusste ja nicht, was sie mir antat! Ich knetete meinen Nacken, den ich mir verspannt haben musste – es gibt keine richtigen Kopfkissen hier, nur feste quadratische Matten mit Baumwollbezügen. Ich schlafe unruhig, wenn überhaupt – zum Teil, weil Johns Appetit unstillbar ist (er spricht abends kräftig dem Alkohol zu und kehrt in begehrlicher Laune in unsere Gemächer zurück). Das Zimmermädchen bemerkte meine Bemühungen und bedeutete mir, mich umzudrehen. Sie berührte mit ihren kleinen warmen Händen meinen Hals, und ich zuckte zusammen, womit ich ihr Anlass zu großer Belustigung gab. Dann massierte sie über eine Viertelstunde meine harten, verspannten Muskeln, formte sie und brachte sie in den Zustand vollständiger Entspannung zurück. Diese Art der Massage ist asiatisch, wie ich mir sagen ließ. Ursprünglich kommt die Methode aus Japan oder China und hat sich in den tausenden von Jahren des Handels, der mit diesen entfernten Ländern betrieben wurde, über die Ägäis verbreitet. Ich war sehr angetan von der Magie ihrer Hände und gab ihr ein großzügiges Trinkgeld, was ihr offensichtlich gefiel.

Aber höre, liebes Tagebuch, da ist noch mehr! Diese junge Schönheit bedeutete mir, ich solle mich aufs Bett legen. Sie schloss zunächst die Tür ab und bat mich in ihrer fremden Sprache und mit Handzeichen, das Kleid abzulegen. (Ganz sicher war dies die Bedeutung, dafür brauchte ich keine Übersetzung.) Sie gestikulierte mit den Händen, um mir zu erklären, dass sie ihre Arbeit fortsetzen wollte, die asiatische Massage, mit der sie meine Schmerzen gelindert hatte. Sie wusste meine Großzügigkeit zweifelsohne zu schätzen und war wohl auf die Idee gekommen, das Trinkgeld aufzubessern, indem sie die Leinwand vergrößerte, wenn ich diesen Vergleich zur Kunst ziehen darf. Ich lehnte natürlich überschwänglich dankend ab, was sie sicherlich verstand, und manövrierte mich so gut ich konnte aus der Situation. Ich vermute, ich hätte mein Kleid ausziehen sollen, und nur mein Kleid, damit sie ihre Arbeit durch die Unterwäsche hindurch weiterführen konnte, aber angesichts der Tatsache, wie weit sich diese Eingeborenen entkleiden, wanderten meine Gedanken weiter. Ich stellte mir vor, mich ganz auszuziehen und nackt vor diesem jungen Mädchen dazustehen.

Auch jetzt noch, nach vielen Stunden, versetzt mich diese Vorstellung in Aufregung. Darf ich dies gestehen? Von einer anderen Frau berührt zu werden, einer Geschlechtsgenossin, die gewiss die Bedürfnisse einer Frau kennt und weiß, wo sie anfassen muss, um Schmerzen zu lindern, die vom Korsett herrühren, die Schmerzen in Füßen und Beinen, die von den Schuhen verursacht werden. Sonst nichts, verstehst du, liebes Tagebuch! Und doch erscheint mir selbst dies als Akt der Sünde. Zwei Frauen und eine davon vollkommen unbekleidet …

Die strahlende junge Schönheit wollte nur ungern mein Nein akzeptieren – sei es, weil sie auf ein weiteres Trinkgeld aus war oder weil sie eine solche Zurückweisung aus ihrer Kultur nicht kennt. Diese Inseln und ihre einfachen Menschen sind mir wirklich sehr fremd.

Mein Begehren quält mich. Nun habe ich es aufgeschrieben! Vielleicht hilft mir das, mich davon zu befreien. Wenn mich John vielleicht mehr einbeziehen würde, mir mehr Ausgang erlaubte, könnte sich mein

Kopf auch mit anderen Dingen außer den körperlichen Freuden befassen, die in den vergangenen Wochen Teil meines Lebens geworden sind. Mit etwas anderem als den dunklen Geheimnissen über die Befriedigung des Mannes, die John nicht müde wird, mir zu enthüllen. Aber meine Tage bestehen nur aus Essen und Fleischeslust. Die Flitterwochen entpuppen sich für mich als Schreckenswochen. Ich habe gebetet – zu beiden Seiten –, um Erlösung von diesen verderbten Gedanken zu finden, größere Unabhängigkeit von meinem Ehemann und die Freiheit zu erlangen, über den Sand spazieren und die Märkte besuchen zu können. Ich habe dafür gebetet, dass er weniger trinkt und zeitiger in die Suite zurückkehrt, da er in manchen Nächten erst gegen drei, vier Uhr morgens kommt, schwitzend und nach Alkohol und Zigarren riechend und – darf ich es schreiben, wenn ich nicht vollkommen sicher bin? – nach anderen Frauen.

Er schnarcht, während ich weine. Er schnarcht, während ich mich nach Hause zurücksehne, am meisten nach meiner lieben Mutter. Nach ihrer Fürsorge, ihrem Rat. Von ihr getrennt zu sein zerreißt mir das Herz. Jedem neuen Tag begegne ich mit Grausen, da ich weiß, dass es nur einer von vielen ist, aus denen sich dieses Reisejahr zusammensetzt.

Es wird viel über einen Krieg in Europa geredet. John glaubt, der Bedarf an Erdöl wird dramatisch ansteigen, und damit auch unser Vermögen. Aber was nützt ein Vermögen ohne Liebe? Und wenn John mich liebt, was für eine seltsame Art wählt er, es zu zeigen? Steckt Liebe im Kern unserer verschwitzten Umarmung? Einmal habe ich sie gespürt – es scheint mir nun Monate her zu sein. Aber seit unserer Ankunft hier auf den Inseln ist es die Triebhaftigkeit, die mein Mann mit ins Bett bringt, nicht die Liebe. Er nimmt mich, er liebt mich nicht. Es ist ein rein körperlicher, schrecklicher Akt, dem ich mich nur widerstrebend und mit großem Missfallen hingebe, weil ich Angst habe, schlimm dafür büßen zu müssen, wenn ich es nicht tue.

In was bin ich da nur hineingeraten!

Und ich will nur eines: wieder heraus!

19. APRIL 1908 – KENIA, AFRIKA

Afrika. Der schwarze Kontinent. Der richtige Ort für einen Mann. Primitiv und faszinierend zugleich. Die Geburtsstätte der Menschheit, sagt man. Eden, sagt man. Haut so schwarz, dass sie blau erscheint. Wilde Tiere in unvorstellbar großer Zahl. Oh, hätte man nur eine Filmkamera, um all dies aufzunehmen!

John, ich und drei weitere Paare – zwei aus England, eines aus Cleveland (er und John haben tatsächlich gemeinsame Geschäftsbekannte dort) – werden von fast dreißig Eingeborenen in den Busch eskortiert, angeführt von einem Australier namens Charles Hammer und einem Neger mit Gewehr, der Hipshoo heißt – wenigstens sprechen wir alle es so aus. Unter den dreißig Eingeborenen sind zehn Frauen, von denen mir zwei zur Seite gestellt wurden, die eine heißt Sukeena, die andere Marishpa. Sie umsorgen mich wie Hofdamen und stehen augenblicklich zur Verfügung, wenn ich sie brauche. Mit ihren strahlenden Augen und ihrem Lachen haben sie erheblich zur Besserung meiner Laune beigetragen, die in den vergangenen Wochen arg getrübt war. Weihnachten so weit weg von daheim zu sein war für mich sehr schwer und Johns Bemühungen, mir zu erklären, dass ich nun ein neues Zuhause habe, machten alles nur noch schlimmer.

Dieses Zuhause ist natürlich die große Residenz, und die Informationen, die wir auf unserer Reise erhalten, sind in der Tat ermutigend: Die Mauern stehen bereits, am Dach wird noch gearbeitet. Allein die Vorderfront des Hauses soll dreißig Fenster haben. Das Glas dafür wird nun bestellt. Ich habe meine Sammlung von Schätzen weiter vergrößert. Eine Sammlung, die wir in der Südsee mit hübschen Holzschnitzereien, einigen Korallen und einem riesigen Fisch begonnen hatten, den John präparieren ließ. Was für eine Sorte, ist mir entfallen, obwohl John sie mir indirekt dutzende Male genannt hat, da er es liebt, diese Fischgeschichte bei fast jedem Dinner zu erzählen, dem wir beiwohnen. Ich glaube, John hat an die zweihundert Fische während unseres Aufenthalts dort gefangen, und da er nur diesen einen hat, um sich daran zu erinnern, wird die Geschichte jedes Mal, wenn er sie erzählt, ein wenig länger (der Fisch auch!).

Aber John brachte mich dazu, über das Haus nachzudenken, und nun habe ich keine Zeit mehr für etwas anderes. Die Einrichtung und Fertigstellung zu planen nimmt mich völlig in Anspruch. Ich habe in Siam hunderte Meter Seide für die Wandverkleidung gekauft; beigefarben und ausgezeichnet verarbeitet. Dazu weitere hundert Meter eines Leinenstoffs, ebenfalls für die

Wandverkleidung. (Indien haben wir wegen der Aufstände gegen die Kolonialmacht ausgelassen.) John ermuntert mich mit Hinweis auf die Größe unseres zukünftigen Domizils weiterhin zu »kaufen, kaufen, kaufen«. Zu meiner großen Erleichterung hat uns das Haus wieder enger zusammengerückt. Wir reden ständig davon, konsultieren die Pläne, und er bittet mich um meine Meinung. Ich kann förmlich sehen, wie es wächst, während wir darüber sprechen, so seltsam das klingen mag. Diese »Visionen«, die ich habe, scheinen durch eine übernatürliche Verbindung zu dem Haus zu Stande zu kommen und überwinden mühelos tausende Meilen Meer – wie ein Gedanken-Radio. (Das Radio war bei unserer Abreise noch nicht in Seattle eingekehrt, aber man redete überall davon.) Ich behalte die Existenz dieser »Visionen« für mich – John hat für dergleichen kein Verständnis –, während ich die ganze Zeit über das Haus wirklich wachsen »sehe« unter den Händen der Hundertschaften, die nun auf der Baustelle arbeiten.

Eine bemerkenswerte Sache, die es wert ist erwähnt zu werden, ereignete sich vor zwei Tagen. Während ich mit John die Pläne studierte, zeigte er mir, wo das Frühstückszimmer sein soll – ein großzügiger Raum, der laut Plan zwischen Bankettsaal und Küche liegt und offensichtlich von einem Mann konzipiert wurde. Ich zeigte mich nicht einverstanden mit dieser Wahl, da die einzigen Fenster nach Westen in den Garten hinausgehen, wo doch jede Frau weiß, dass es die im Osten aufgehende Sonne ist, die der Seele am Morgen Freude bereitet. John argumentierte, ich könne mein Frühstück nehmen, wo immer es mir gefiele, auch im Salon, der in der Tat nach Osten und Süden hinausgeht, aber mit einer eher kargen Aussicht auf die Einfahrt. Auch rief er mir in Erinnerung, dass wir über dreißig Hausangestellte haben würden, und wenn ich jeden Tag meines Lebens im Bett frühstücken wolle, so könne ich auch dies tun. Aber er verstand natürlich nicht, worauf ich hinauswollte – auf die Ästhetik der Platzierung des Frühstückszimmers nämlich –, und daher wird der Raum, wie ich glaube, praktisch ungenutzt bleiben.

Aber egal. Erstaunlich war Folgendes: Im Laufe unserer lebhaften Diskussion wies John auf das zweite Fenster des Raumes im Plan hin. Ich aber sagte ihm, der Architekt habe das Fenster wieder verworfen, denn es sei ihm nötig erschienen, die Speisekammer von Norden nach Süden zu verlegen, um einen besseren Zugang zu Kühlraum und Geschirrlager im Keller zu ermöglichen, dessen Eingang nördlich der Küche liegt. Das sei ihm völlig neu, sagte John und nahm sich sogar die Zeit, seine zahlreichen Telegramme daraufhin noch einmal zu überprüfen. Aber, liebes Tagebuch, ich wusste ganz genau, dass diese Änderung vorgenommen worden war. Denn ich hatte »gesehen«, wie die Mauer Stein um Stein errichtet wurde und der Mörtel von den Kellen flog. Ich wusste es, obwohl mir niemand davon erzählt hatte. Als John spät am Abend ein diesbezügliches Telegramm bekam, kehrte er kreidebleich in unsere Räume zurück, reichte es mir und sagte: »Erkläre mir das, Ellen.«

»Eine Vorahnung, das ist alles, Geliebter.«

»Eine Vorahnung?«

»Ganz genau.«

»In Bezug auf das Haus«, sagte er.

»Diesmal ja.«

»Dann hattest du auch andere?«

»Mir eröffnet sich gerade die Welt, teurer Gatte, genau wie du sagtest. Unsere Reise hat sich bereits als … höchst erhellend erwiesen. Man könnte sogar sagen, als erleuchtend.«

»Und was kannst du sonst noch … ›sehen‹, wenn ich fragen darf?«

»Du solltest lieber nicht fragen, würde ich sagen.«

»Warum? Ging es denn auch schon um mich?« Er wirkte sichtlich nervös.

»Und wenn ja?«

»Ich glaube nicht an solchen Blödsinn!«

»Dann hast du ja nichts zu befürchten, mein Guter.«

»Nenn mich nicht so!«

»Ich sehe dich mit Frauen«, antwortete ich. »Mit jungen Frauen, kaum erblüht. Ich sehe, wie du unaussprechliche Dinge mit diesen dunklen Weibsbildern tust, die uns umgeben, seit wir aufgebrochen sind.« Nun weinte ich, so sehr ich mich auch dagegen wehrte. Ich muss vollkommen albern ausgesehen haben.

Er wurde bleich. »Lächerlich!« Ein heiseres, trockenes Flüstern, dem er, wie ich fürchte, selbst nicht glaubte. Ohne den üblichen Wutanfall verließ er schweigend unsere Gemächer.

Zu meiner Überraschung kehrte er nach einer Weile zurück, nüchtern und so ungewöhnlich aufmerksam wie höflich. In dieser Nacht war er mir ein so zärtlicher Ehemann wie in der Hochzeitsnacht. Er ließ mich in meinem Vergnügen schwelgen, wie er es noch nie getan hatte, und später hörte ich ihn im Schlaf weinen. Es geht um den Erben, liebes Tagebuch, den überaus wichtigen Erben. Ich bin nun das Vehikel, das ihm seine Nachfahren liefert – alles andere wären Bastarde. (Ich fürchte, wir haben auf dieser Reise bereits eine dies bezeugende Spur hinterlassen!) Er braucht mich und meine Bereitschaft, das Bett mit ihm zu teilen, sonst wird dieser Traum, sein Vermögen weiterzugeben, niemals in Erfüllung gehen. Ungeachtet seiner wahren Gefühle ist er deshalb dazu gezwungen, mich mit Respekt und Anstand zu behandeln. Ich glaube, ich habe in ihm fast so etwas wie Gottesfürchtigkeit geweckt. Aber um ehrlich zu sein, muss der Teufel dahinterstecken. Wer sonst hätte mir eine solche Lüge eingegeben, wie ich sie John an diesem Abend auftischte, denn ich habe noch nie derartige Visionen von ihm mit anderen Frauen gehabt. Den entsprechenden Verdacht natürlich schon. Aber da ich den Verdacht in Bildern beschrieb, erschienen diese Bilder auch vor seinem geistigen Auge, und er wurde so an seine Untreue erinnert. Und vielleicht waren seine Erinnerungen so lebendig und deutlich, dass sie ihn zu glauben veranlassten, ich hätte seine schändlichen Taten tatsächlich mit ansehen können. Soll ich etwa glauben, er denkt sich die Dinge, die er mit mir im Bett macht, einfach aus? Er hat sie natürlich irgendwo gelernt, das wissen wir beide – und wir wissen auch, dass nicht ich die Lehrerin war.

Und so spielen wir weiter unsere Spielchen. Wir spielen Mann und Frau. Wir arbeiten an den Plänen unseres großen Hauses, als stünde nichts zwischen uns. Ich habe angefangen, mit Sukeena zu kommunizieren, und genieße ihre Gesellschaft sehr. Er bricht zu tagelangen Safaris auf und kehrt mit einem schlechten Gewissen im Gesicht und einem Impala unter dem Arm zurück. Ich habe meine Visionen. Er hat seine Träume. Und meine Gebärfähigkeit ist das ganze Geheimnis, das uns beide im Gleichgewicht hält. Wenn mein monatliches Problem kommt, versinkt er tagelang in Alkohol und Depressionen, bis er wieder auftaucht, um es erneut zu versuchen, manchmal zärtlich, manchmal verzweifelt. Ich bin der Schlüssel zu seinem zukünftigen Glück, und er ist wiederum der Schlüssel zu meinem. Ich beginne, das Wesen der Ehe zu begreifen.

15. MAI 1908 – KENIA, AFRIKA

Fast einen Monat lang habe ich keinen Eintrag in diese persönliche Chronik vorgenommen – drei Wochen und fünf Tage, um genau zu sein. Ich tue es jetzt, noch sehr geschwächt und nicht in der Lage, die Feder lange in der Hand zu halten, fürchte ich. Ich war in diesem Zeitraum für eine Weile ohne Bewusstsein und in der restlichen Zeit im Delirium, heimgesucht von einer Krankheit, die von unseren Mitreisenden, die sich kürzlich verabschiedeten, für Malaria gehalten wurde. Ich habe nicht weniger als fünfzehn Pfund abgenommen – meine Rippen treten auf Brust und Rücken vor wie bei den eingeborenen Frauen, die in unseren Diensten stehen. Ich litt an tagelangen Fieberschüben, vollkommener Appetitlosigkeit, Schweißausbrüchen und Zittern. Nur dank der liebevollen Pflege von Sukeena, der bitteren Tees und Heilmittel, die sie mir einflößte, und meiner endlosen Gebete um Genesung habe ich überlebt. In diesen vier Wochen habe ich mein Zelt nicht verlassen, ich war von allen außer den Eingeborenen abgeschirmt. Sogar John vermied den Kontakt mit mir. Er blieb draußen vor dem Zelt stehen und sprach zu mir durch eine hochgeschlagene Zeltklappe, ein kleines Licht-Dreieck.

Es ist diese Isolation, die an mir gezehrt hat, mich manchmal an den Rande des Wahnsinns getrieben hat. Nur durch meine holprigen Gespräche mit Sukeena, eine schwierige Mischung aus Worten und Gesten, hielt ich den Kontakt zur Außenwelt. In meinem Delirium bin ich an so unvorstellbare Orte gereist, die mir manchmal völlig real vorkamen, bis mich Sukeena zurückholte. Ich glaube, ich war mindestens drei Mal nur ein, zwei Atemzüge vom Tode entfernt. Ich schwebte in einer Zwischenwelt, wo ich mich gestärkt und verängstigt zugleich fühlte. Dieser subtile Kontakt zu dem, was ich als die andere Seite begreife, hat mir die Angst vor dem eigenen Ableben genommen, obwohl ich unsicher bin, ob ich nun im Himmel, in der Hölle oder im Fegefeuer war. Eines weiß ich jedoch gewiss: Gott hat mir das Leben gerettet, der Teufel jedoch mag um meine Seele gehandelt haben. Der genaue Verlauf der Verhandlungen ist mir mittlerweile entfallen (obwohl ich sie seinerzeit sehr klar erfasste), aber ich bin überzeugt, Versprechen gegeben zu haben, die ich vielleicht besser nicht gegeben hätte.

Sukeena, die Krankenpflegerin und Hexendoktor, Schwester und Freundin zugleich für mich war, hatte die ganze Zeit die Wahrheit über meinen Zustand gewusst, dass nämlich mein Fieber und die Gebrechlichkeit weder vom Wasser noch von den Insekten im Dschungel herrührten, die diesen gottlosen Ort heimsuchen. Meine Leiden wurden vielmehr durch den Kontakt zu meinem Ehemann verursacht, denn ich werde von einer unaussprechlichen Krankheit geplagt, die von Männern übertragen und von Frauen erlitten wird. Die Behandlung meiner Beschwerden ist höchst unangenehm. Sie ist jedoch, wie ich hörte, für mich viel weniger schlimm als für John, der offenbar eine Reihe von Injektionen in einen männlichen Körperteil über sich ergehen lassen muss, der ebenso unaussprechlich ist.

Dies erklärt wiederum seine Schweißausbrüche vor fast sechs Wochen, eine hartnäckige Krankheit, die ihn sehr übellaunig machte. Er konnte nicht gehen und musste sich bestimmte Medikamente besorgen lassen. Ich hatte davon nichts gewusst, bis Sukeena mich kürzlich informierte. Seine Genesung verlief anscheinend jedoch viel schneller als die meine, denn er ist in den drei vergangenen Wochen bereits wieder auf Jagd und Safari gegangen, während ich hier in meinem Zelt liege. (Wie ich – erneut von Sukeena – informiert wurde, ist es in der Regel umgekehrt, und Frauen leiden viel weniger als Männer an dieser schrecklichen Krankheit. Welcher Fluch liegt auf mir, der bei uns die Dinge vertauscht hat?)

Mann und Frau haben nicht darüber gesprochen und werden es auch nie tun. Dessen bin ich gewiss. Ich habe viel über die Untreue meines Gatten geweint und nachgedacht über seine Unfähigkeit, sich an unser Ehegelübde zu halten und über den mangelnden Respekt, den er mir erwiesen hat. Nun habe ich für seine Vergnügungen leiden müssen, und ich suche nach einem Weg, ihm die erlittene Schande und die Schmerzen heimzuzahlen. Natürlich ist der erhoffte Erbe mein Trumpf, also John das Recht auf Nachkommenschaft zu verweigern. Ich kann mich jedoch nicht besonders dafür begeistern, denn auch ich würde die Ablenkung durch Kinder begrüßen. Und doch empfinde ich die Vorstellung, mich körperlich mit ihm zu vereinigen, nun so abstoßend, dass mir tatsächlich schlecht davon wird. Ich muss mich übergeben, wenn mir solche Bilder in den Sinn kommen. Ich vertreibe sie und schwöre mir, sie nie wieder Realität werden zu lassen. Ich habe den Fehler begangen, ihm zu vergeben (denn selbstverständlich habe ich die ganze Zeit über gewusst, was er im Schilde führte!). Ich werde mich nie wieder selbst zum Narren halten. Er wird mich anbetteln müssen. Er wird weinen müssen. Und für die Qualen, die er mir bereitet hat, wird er bezahlen, sowohl finanziell als auch auch emotional, wenn er seinen Erben haben will. Dieses Inferno, das in den langen Wochen in meinem Schoß und meinem Kopf tobte, hat Wurzeln geschlagen in der Verdammung meines Ehemannes und in meiner Entschlossenheit zur Rache. Wenn es das Geld ist, das er liebt, werde ich ihn bluten lassen. Dieses große Haus soll nie vollendet werden. Die Bauarbeiten sollen niemals enden. Ich werde keine Kosten scheuen. Und er wird zusehen müssen, wie die Plünderung seiner Mittel von der Frivolität meiner Launen dirigiert wird. Ich werde alles tun, was mir an Unnötigem und Trivialem einfällt. Und er wird es nicht verhindern können – er darf es nicht einmal versuchen, denn sonst werden meine Beine sich für immer seiner Nachkommenschaft verschließen, zuschnappen gar wie eine Falle.

Meine Rachegelüste veranlassen mich dazu, schließlich doch von der Suppe zu essen, die Sukeena mir anbietet. Meine schweißgetränkten Laken und das Nachthemd wechseln zu lassen, statt mich dem Fieber zu beugen. Die Behandlung auszuhalten, mit der Sukeena mich quält, schmerzhaft und demütigend zugleich.

Ich werde die Krankheit besiegen, damit ich dieses Zelt verlassen und meinem Mann beim Dinner an dem Tisch gegenübersitzen kann, der unter einem bengalischen Feigenbaum aufgestellt wurde. Ich werde ihm in die Augen sehen und ihm meine Entschlossenheit zeigen, Rache für das an mir begangene Unrecht zu nehmen. Und er wird leiden. Er wird sich unter der Macht winden, die ich durch meine Gebete (an beide Seiten) und von meiner teuren Freundin Sukeena erhalten habe. Sie hat die Fähigkeit zu heilen und Kontakt zur anderen Seite aufzunehmen. Mit ihren Puppen aus schwarzem Hartholz. Mit ihren melodischen Gesängen und Heilmitteln. Mein Ehemann wird es erst langsam erkennen, aber meine Krankheit hat meinen Geist gestärkt, das Leiden mein Herz. Letztendlich wird er seine Untreue bereuen, ein für allemal.

Und ich werde triumphieren, mit Sukeena an meiner Seite. Sie wird uns nach Hause begleiten. Dies ist das erste von vielen Zugeständnissen, die mein Mann wird machen müssen.

15. JUNI 1908 – KAIRO, ÄGYPTEN

Ich kann mir nicht vorstellen, dass es irgendwo auf der Erde heißer ist als im Juni in Kairo. Wir sind tagelang den Nil hinuntergesegelt (was für eine seltsame Welt ist das nur, in der es nach Norden flussabwärts geht!). John ist sehr übellaunig, was wenig verwundert: Er hat seit dem späten April, als er diesen schrecklichen Fluch über mich brachte, keine Zärtlichkeiten von mir bekommen. Und nun, eingepfercht auf diesem flachen Schiff, kann er keine knospenden jungen Frauen finden, die er pflücken könnte, außer denen der europäischen Familien, die dieses Schiff bevölkern – Mädchen, die sprechen, lesen und schreiben können; Mädchen, die ihn sofort melden würden, wenn er es wagt, ihnen unter die Röcke zu gehen. Er brütet vor sich hin und trinkt und plaudert mit den anderen Passagieren. Klugerweise überlässt er mich und Sukeena uns selbst, außer bei dem langweiligen Dinner am Tisch des Kapitäns, wo Alkohol die offizielle Sprache ist, die alle außer mir fließend beherrschen. Ich höre zu, wie er seine Jagdgeschichten erzählt, wundere mich über seine Fähigkeit, Freunde zu gewinnen, beobachte die Frauen, wie sie seinetwegen der Ohnmacht nahe sind, und frage mich, ob auch ich mich einmal so aufgeführt habe. Ich möchte ihn hassen, aber mein Zorn verraucht allmählich. Er hat – vielleicht aus Berechnung, vielleicht nicht – einige Zeit darauf verwendet, mich zu bezaubern, hat mir geholfen, einige herrliche Teppiche aus Persien (gekauft in Luxor) auszuwählen und eine Menge geflochtene Korbwaren – um die fünfundsiebzig insgesamt. Das Glanzstück ist jedoch bisher das handgearbeitete Alabaster-Service. Wir werden Dinner-, Brot- und Salatteller und Suppenschüsseln in zwei Größen bekommen, insgesamt ein Service für vierzig Personen. Es wird bis Jahresende nach Seattle verschifft, jedes Stück sorgsam verpackt. John sagte, wenn die Hälfte der Fracht unbeschädigt ankommt, dürfen wir es als Sieg betrachten, woraufhin ich die Alabasterbestellung auf ein Achtzig-Personen-Service erhöhte. Ich beobachtete, wie John angesichts der Mehrausgabe zusammenzuckte, aber eigentlich verschenken diese bettelarmen ägyptischen Bauern solche Waren praktisch. Ich hätte auf achthundert erhöhen können und hätte nicht mehr als einen Wochenlohn vom Einkommen meines Mannes verbraucht. Wenn ich mich wirklich an ihm rächen will, spielt der Bau des Hauses eine wichtige Rolle, das ist mir nun völlig klar. Das ist die einzige Waffe, die ich besitze.

Mittlerweile verabscheue ich die Europäer dafür, wie sie meine treue Sukeena behandeln. Von denen, die ihre Anwesenheit überhaupt wahrnehmen (und das sind leider furchtbar wenige), behandelt sie kaum einer mit mehr Respekt als eine Sklavin. Ein französisches Paar war freundlich zu ihr – die Frau bot ihr einige Kleider in ihrer Größe an (meine sind viel zu klein für sie), die Sukeena dankend annahm. Eine Kanadierin war so aufmerksam und rücksichtsvoll, Sukeena immer mit ihrem Namen anzusprechen. Der Rest benahm sich viehisch. Ich war froh, von der *Sun Ra* fortzukommen, auch wenn es die Straßen von Kairo sind, gegen die ich das Schiff eintauschte.

Nur wenige Städte auf der Welt sind so dicht bevölkert wie diese. Braune Körper zu Millionen, alle bekleidet mit langen Baumwollröcken in weichen Brauntönen und wenigen gedeckten Grüntönen. Die Gewänder sehen wie Morgenmäntel aus, als wären die Menschen gerade erst aufgestanden. Die Männer umwickeln ihre Köpfe mit weißem Baumwollstoff. Die Frauen verhüllen ihre Gesichter – nur ihre schwarzen Augen sind zu sehen, die stur geradeaus starren, mit leerem Blick und doch alles sehend. Wasserbüffel ziehen Karren durch die Straßen, verunreinigen jedoch die ausgedörrten Backsteine und verbreiten einen üblen Gestank, der sich mit der Sonne über die Stadt erhebt. Die Menschen waschen sich im Fluss – dieser Fluss ist das Herz des Landes –, in ihm waschen sie ihre Babys, ihr Kochgeschirr, ihre Kamele. Der Fluss ist faulig und übelriechend – und sie leben gewissermaßen darin.

Aber nun zu der Geschichte, die ich eigentlich erzählen will! Sukeena und ich wurden mit der Rikscha zum Hauptmarkt in der Stadt gefahren – tief im Zentrum der Menschheit. Wir waren natürlich nicht die einzigen Besucher in der Stadt, aber mir kam es so vor. Wir erwarben einige Schmuckstücke, eine Menge bunte Stoffe und einige weitere handgearbeitete Alabasterstücke. All unsere Waren wurden auf das dreirädrige Fahrrad getürmt und unser Fahrer schreckte nicht davor zurück, seine Fracht immer weiter zu vergrößern. Nach etwa einer Stunde nahmen wir unseren Tee in einem kleinen Teehaus, wo junge Männer mit riesigen Fächern die Luft zirkulieren ließen. Der Tee half mir zu transpirieren, wodurch mir kühler wurde. Als ich bezahlte, beging ich den Fehler, mein Portemonnaie zu zeigen – John hat mich immer wieder davor gewarnt, das zu tun, aber ich kann es mir scheinbar nicht abgewöhnen. Jedenfalls beging ich diesen Fehler (John hat natürlich Recht) und muss all die vielen Scheine in der kleinen Börse offenbart haben, denn John hatte bei unserer Ankunft einige

Dollar gewechselt und mich mit einer gehörigen Summe versorgt.

Im Nachhinein verstehe ich, dass der folgende Zwischenfall inszeniert gewesen sein muss. Vor dem Gebäude entstand Aufruhr, und Sukeena und ich flüchteten in der Hoffnung, dem Handgemenge entgehen zu können, in den hinteren Teil des Teehauses. Als wir durch den rückwärtigen Ausgang schlüpften, näherten sich uns zwei Männer. Ihre böse Absicht war deutlich an ihren Messern zu erkennen: die Geldbörse oder unser Leben. Angesichts einer derartigen Gewaltandrohung fiel ich fast in Ohnmacht, und es kam mir in den Sinn, diese Männer könnten von einer weißhäutigen Frau vielleicht mehr als nur die Börse wollen.

Ich hätte das Geld bereitwillig herausgegeben, aber Sukeena fasste mich liebevoll am Arm und schüttelte den Kopf. »Nein«, sagte sie, und ich hielt die Börse zurück. Einer der beiden Männer trat vor – um auf uns loszugehen, glaube ich, zumindest aber auf Sukeena. Diese tapfere Frau jedoch straffte die Schultern. Ihre schwarze Haut schimmerte bläulich. »Nubierin!«, riefen die Männer in ihrer fremden Sprache aus.

Und dann sah ich mit eigenen Augen eine Seite von Sukeena, die ich noch nicht kennen gelernt hatte. Sie starrte diesen Mann an – mit einem unbeschreibbaren, stechenden Blick. Sie ging auf ihn zu; fließende Bewegungen eines makellosen Körpers. Ja, sie strömte eher auf ihn zu als dass sie ging, einer Schlange ähnlicher denn einer Kreatur mit Beinen. Und währenddessen erklangen rhythmische, tiefe, kehlige Laute aus ihrem Hals und Brustkorb. Die Laute schienen überall um uns zu sein. Der Mann, dem immer unwohler wurde, trat einen Schritt zurück, das erste Zeichen dafür, dass sie

Macht über ihn hatte. In diesem Augenblick wurden die kehligen Laute zu einer Sprache – wie ich sie noch nie während unserer Reise auf dem schwarzen Kontinent gehört hatte. Aber dieser Mann und sein Komplize verstanden offenbar die primitive Botschaft, die sie übermittelte. Als Sukeena die Hände hob, blieb der Mann regungslos stehen. Er wurde starr wie eine Marmorstatue. Sein Messer nur noch bloße Dekoration. Beide Männer begannen zu zittern – und ich schwöre, ich spürte den Boden unter meinen Füßen vibrieren, wie bei einem weit entfernten Erdbeben. Dann krümmten sie sich und wanden sich vor Schmerzen auf dem Boden, als hätte sie eine Magenkrankheit ereilt. Was zunächst ein Stöhnen war, wurde zu Angstgeschrei.

Sukeena nahm mich bei der Hand, führte mich um die beiden Männer herum und durch die Gasse zu unserem wartenden Rikscha-Fahrer. Als ich noch einmal über meine Schulter blickte, stöhnten die Männer noch immer ganz furchtbar.

Sukeena hat diesen Vorfall später nie erwähnt, und ich bin sehr froh darüber, denn ich wüsste nicht, was ich dazu sagen soll. Aber nun habe ich nicht mehr so viel Angst davor, in dieses Labyrinth aus fremden Straßen vorzudringen. Ich fühle mich von meiner afrikanischen Freundin beschützt und gewappnet gegen das Böse. Ihre unglaublichen Kräfte wecken meine Neugier. Woher derartige Kräfte kommen und ob man sie erlernen oder von jemandem übernehmen kann, muss ich noch herausfinden. Aber mit Sukeena als meiner Lehrerin halte ich plötzlich alles für möglich. Alles, was mein Herz begehrt.

4. JULI 1908 – KRETA, GRIECHENLAND

Der Geburtstag unserer Nation wurde von John mit viel Alkohol gefeiert. Er begann schon vormittags mit dem klaren Getränk, das die Fischer hier becherweise trinken und eine Variante des Kornbranntweins sein soll. Die Griechen haben natürlich, wenn überhaupt, wenig Ahnung von unserem Unabhängigkeitstag und finden Johns Patriotismus gewiss reichlich seltsam.

Sukeena und ich besichtigten die Ruine einer alten ehemaligen Hafenstadt, die nun eine Viertelmeile im Landesinneren liegt, weil sie vor zweitausend Jahren von einer seismischen Verschiebung über den Meeresspiegel erhoben wurde. Wir sahen eine Reihe Steinwannen, die für die Wäsche benutzt wurden und so gut erhalten waren, dass nur Stöpsel und Seife fehlten, um sie in Betrieb zu nehmen. Dies ist das Land des reinen Olivenöls, des Tintenfischs und der Ziegen, die auf Bäume klettern (ich sah es mit eigenen Augen!). Hier lebt ein ruhiges, friedliebendes Bauernvolk mit einer großen Freude an Diskussionen im Café. Es liebt den Alkohol und trinkt Kaffee, der so stark und bitter ist, dass er mir den Magen umdreht.

Es war hier, an diesem Morgen, in einer prachtvollen Suite mit Blick auf das tiefblaue Mittelmeer, als ich mich John zum ersten Mal seit vergangenem April hingab. Es war schon am Morgen unglaublich heiß, und ich schlüpfte aus dem Bett, um mich am Fenster in die Meeresbrise zu stellen. Mein Mann erfasste mich von hinten und schon seine Hände unter mein Nachthemd, bevor ich Protest erheben konnte. Ich hielt mich auf beiden Seiten an der geöffneten Flügeltür fest und machte mich bereit, beugte mich vor und weckte seine Leidenschaft. Der Saum meines Nachthemds ruhte auf meinen Hüften, seine schamlosen Absichten trieben mich auf die Zehenspitzen, meine Knie zitterten, mein Herz raste. Bei Gott, ich muss gestehen, wie erregend es war: Unser beider durch meine monatelange Verweigerung erhöhte Leidenschaft; Johns Ungestüm, so männlich kraftvoll und doch behutsam und zärtlich. Ich konnte mich nicht auf den Beinen halten und sank langsam auf die Knie, während mein Mann uns zusammenhielt und fieberhaft auf seinen Höhepunkt zustrebte, bei dem ich ihm in einem Schwindel erregenden Moment ungezügelter Lust versuchte etwas zuzurufen, aber meinem Mund entsprangen nur unverständliches Stöhnen und Silben, die er als Aufforderung missdeutete. Wir brachen mit einem zufriedenen Keuchen zusammen, er auf meinem Rücken, ich mit dem Gesicht auf dem gekachelten Boden. »Das ist kaum eine Situation, die einer Dame geziemt«, bemerkte ich geschwächt, woraufhin wir beide spontan in Lachen ausbrachen.

»Unser Morgenritt«, sagte er, und wir lachten wieder.

Als wir uns voneinander lösten, rollte er mich auf die Seite, und wir lagen nebeneinander, halb in unserem Schlafzimmer, halb draußen, teils bei Bewusstsein, teils von Sinnen und aalten uns in der Morgensonne, aalten uns in unserer Vereinigung. Ich schlang meine Beine fest um seine Taille und hörte mich fragen: »Es liegt alles hinter uns, ja?«

»Ich hoffe es.«

»Nie wieder.«

»Nie wieder«, sagte er und strich mir zärtlich über die Wange. »Ich war ein Narr, Ellen.« Und dann die Worte, für die ich gebetet hatte: »Vergib mir.«

»Wir wollen nicht mehr darüber sprechen. Nicht jetzt und auch nicht in Zukunft.« Woher diese Kapitulation kam, weiß ich nicht. Vielleicht wollte ich wieder eine Ehe haben, ein richtiges Leben. Vielleicht erschien mir John Rimbauer durch mein Vertrauen auf Sukeenas gewaltige Kräfte nun nicht mehr als Hindernis, sondern als Spielzeug. Nun fühlte ich mich wie die Katze, nicht wie die Maus. Ich besaß, was er wollte: die Fähigkeit, seinen Erben auszutragen. Er besaß, an was ich mich rasch gewöhnt hatte: eine hohe gesellschaftliche Stellung, Macht und unglaublichen Reichtum.

Als wir so dalagen, entflammte die Leidenschaft dieses vierzigjährigen Mannes erneut und wieder ergab ich mich. Und zum ersten Mal in unserer Ehe dirigierte ich ihn, um mein Vergnügen zu gestalten. Mit jeder Anweisung, die ich gab, bemerkte ich Erregung bei meinem Mann, Begeisterung. Er beantwortete jeden Hinweis, den ich ihm gab, mit einem tiefen, kehligen »Ja!« und tat genau, was ich wünschte. Ich sage dir, liebes Tagebuch: Ich wusste ja nicht … Ich wusste ja nicht. Aber unter meiner behutsamen Lenkung von Hüften und Händen bereitete er mir Vergnügen und trug mich zu neuen Gefühlen, die mich zugleich beunruhigten (weil ich mich ihnen hingab) und mit purem, vollkommenen Entzücken erfüllten (jede Faser meines Körpers brannte!). Meine Beine waren noch um ihn geschlungen, als ich meinen erhitzten Kopf zurücklehnte; meine Brust rot gescheuert, mein Mann schnaufend wie ein Langstreckenläufer. »Braver Junge, Johnny«, sagte ich und verwendete – zur Probe und aus Überzeugung – einen Kosenamen, den ich noch nie auszusprechen gewagt hatte.

Er legte seinen Kopf auf meine Brust und war für kurze Zeit der kleine Junge, den ich gelobt hatte. Ich kann es hier nicht erklären, aber in diesem Augenblick wendete sich in unserer Beziehung das Blatt. Ich gewann die Stärke und den Mut, mein körperliches Begehren auszudrücken, und indem ich dies tat, gewann ich auch die Oberhand über meinen ehemals widerspenstigen Ehemann. Ich wollte nicht mehr an die Vergangenheit denken, ich wollte über die Zukunft verfügen.

Als wir uns anzogen und auf dem Balkon unseren Kaffee nahmen, verspürte ich erneut ein Aufwallen in meinem Schoß und hätte fast schon wieder meinen Mann um seine Liebesgunst gebeten. Aber dieses plötzliche Gefühl war etwas ganz anderes als weibliche Begierde. Zuerst machte ich diesen schrecklichen Kaffee dafür verantwortlich, später die Aufregung durch meine morgendlichen Entdeckungen und die Erfüllung eines Teils meiner Träume.

Aber dann schrieb ich es dem Akt selbst zu (oder *den* Akten, wenn man so will!). Denn obwohl ich diesen Zustand noch nie erlebt hatte und über die Empfindungen nur spekulieren konnte, die in meiner Seele wogten (nicht in meinem Körper, sondern in meiner Seele), spürte ich die Anwesenheit eines anderen Lebens. Eines Lebens in mir. Ich war schwanger.

Ich wusste es ganz sicher und war vollkommen davon überzeugt. Die ersten Ansätze eines menschlichen Wesens wuchsen in mir heran.

Als Sukeena mich sah, bekam ich die Bestätigung. Sie besuchte mich in unseren Gemächern, sah mir tief in die Augen und lächelte breit. »Also«, sagte sie in ihrem Pidgin-Englisch, »hat es begonnen.«

Fürwahr, das hat es.

9. SEPTEMBER 1908 – PARIS, FRANKREICH

Ich bin verflucht. Seit dem Augenblick unserer Verlobung und dem tragischen Mord auf der Baustelle unseres Hauses, der wahnsinnigen Tat von Harry Corbin. So eigenartige, seltsame Ereignisse, die bereits ein Leben erahnen ließen, das nicht so ist, wie es sich ein junges Mädchen erträumt. Ich hätte es wissen sollen!

Heute habe ich mein Kind verloren.

Es quoll aus mir heraus und Sukeena umsorgte mich (sie sagt, alle Frauen verlören Kinder, die nicht für diese Erde gemacht sind, aber das kann mich kaum trösten). Wir hatten hier in dieser schönen Stadt einen so angefüllten Veranstaltungskalender, dass ich John bereits gebeten hatte, die gesellschaftlichen Verpflichtungen ein wenig einzuschränken. Wir waren seit fast zwei Wochen jeden Abend unterwegs – Oper, Dinnerpartys, Geschäftsessen. Ich war erschöpft und fühlte mich zusehends geschwächt. Manchmal musste ich mich richtiggehend anstrengen, wach zu bleiben, und nahm Essen zu mir, das ich viel zu reichhaltig und wenig reizvoll fand. Dabei trug ich zu enge Korsetts. Ich warnte John, der so wenig über Frauen und ihre Bedürfnisse weiß. Ich warnte ihn, dass er nicht weiter solche Ansprüche an mich stellen darf, wenn er dieses Kind will. Und nun müssen wir unter der Qual dieses Verlustes leiden.

Eine solche Verzweiflung war mir bislang unbekannt. Ich habe zwei Stunden in Sukeenas Armen gelegen, in einem hysterischen Anfall, schluchzend und klagend. Mein kleines Kind, das in meinem Bauch gewärmt wurde, ist fort. Der Arzt wurde gerufen. Ich muss eine Woche bis zehn Tage im Bett bleiben. Als wäre die Pein des Verlustes nicht genug, gibt mein Leiden meinem

Ehemann nun zum ersten Mal seit Monaten die Gelegenheit, allein durch diese Stadt zu ziehen auf der Suche nach seinen Lieblingsblumen – und glaube nicht, liebes Tagebuch, ich wüsste es nicht. Er begann an diesem Morgen heftig zu trinken, als er informiert wurde. Ich kann sie mir vorstellen: fünfzehn oder sechzehn. Blond. Blaue Augen. Ganz das Gegenteil von mir. Mein Mann überschüttet sie mit Geschenken. Und sie verströmt ihren Nektar; eine Süße, der er nicht widerstehen kann.

Mich macht diese Vorstellung richtig krank. Sukeena glaubt, meine Übelkeit habe mit dem erlittenen Verlust zu tun, aber ich weiß es besser. Ich brenne vor Zorn und Groll. Wieder brüte ich vor mich hin und befrage die dunkle Seite um Rat, wie ich John dafür bestrafen kann, dass er nie auf mich hört. Mich immer herumkommandiert wie einen seiner Vorarbeiter oder Schiffskapitäne. Wieder wird mir meine Macht über ihn bewusst, die in der Fähigkeit liegt, einen Erben hervorzubringen. Ohne mich bekommt er nur Bastarde. Ich biete ihm Rechtmäßigkeit. Unsterblichkeit.

Sukeenas Augen lächeln, als ich ihr dies erkläre. »Solange Sie wütend, Miss Ellen, weiß ich, Sie leben.« Sie will, dass ich einen Daseinsgrund finde, weil sie befürchtet, der Verlust könne mich in die Depression stürzen (wie sie es gewiss schon bei ihren Stammesfreundinnen erlebt hat). Also konzentriere ich mich darauf, John zu bestrafen, ihm meine Weiblichkeit zu verweigern, ihm sein Kind zu verweigern. Soll er ruhig den Mädchen auf der Straße nachjagen, er wird keine Liebe finden! Er wird keine Familie finden.

Ich möchte ihm wehtun, während ich ihn gleichzeitig anbete. Manchmal hasse ich mich selbst für meine ergebene Liebe zu meinem Mann. Ist es das Alter, das uns scheidet? Sein Erfolg und seine Stärke? Ich schätze ihn, obwohl ich gleichzeitig eine vollkommene und absolute Abneigung gegen ihn habe. Wenn mich etwas in den Wahnsinn treibt, dann diese beiden Frauen, die in mir wohnen: die eine, die liebt, die andere, die hassen will; eine, die zu Gott betet, um das Leben zu feiern, die andere, die zur dunklen Seite betet, um ihren Mann zu bestrafen. Wie kann ich je diese beiden in ein und demselben Körper, in ein und demselben Wesen vereinen? Ich hasse ihn, ich liebe ihn. Ich wünsche mir seine Aufmerksamkeit und doch gräme ich mich, dass er mir keine Ruhe gönnen wollte. Ich möchte Unabhängigkeit, Eigenständigkeit und sehne mich doch nach einem gemeinsamen Leben in unserem Haus – nach einer Familie. Ich will ihn bestrafen, ich will ihm dienen. Warum, liebes Tagebuch, bin ich so schwierig?

Und so werde ich in den kommenden zehn Tagen das Dahinscheiden dieses Beinahe-Kindes beklagen. Ich werde darum betteln, das Geschenk Gottes gütigen Segens zurückzubekommen. Und ich werde es meinem Mann verübeln, sehr sogar, wenn er meine Krankheit als Gelegenheit nutzt.

Ich kann keine Ruhe finden. Ich kann nicht schlafen. Ich habe keinen Hunger. Mein Körper entleert sich. Sukeena pflegt mich. Sie ist wie eine Schwester zu mir. Ich beginne zu glauben, dass es einen verborgenen Grund dafür geben muss, wenn Gott mich dieses Kind verlieren ließ. Warum sonst sollte Er mir einen solchen Verlust, solche Qualen, Ängste und Schmerzen auferlegen? Ist es vielleicht noch nicht an der Zeit für Johns Erben? Warten noch weitere Prüfungen auf uns? Oder bin ich auf gewisse Weise unzulänglich; unfähig, das zu schaffen, was alle anderen Frauen mit Leichtigkeit vollbringen?

Wie werde ich jemals inneren Frieden finden können? Wie werde ich jemals meine Seele wiedererlangen? Denn ich fürchte, sie ist mit diesem Beinahe-Kind geflohen – diesem kleinen Erben, der vor seinem Vater weglief, bevor er überhaupt das Licht der Welt erblickte. Und während ich noch einmal lese, was ich geschrieben habe, wird mir klar, dass die Antwort auf all diese Fragen ein Widerspruch in sich selbst ist: die Mutterschaft. Das, was ich ihm verweigern möchte, ist eigentlich die Lösung für meinen Kummer und meine Ängste. Ich bin so verwirrt. Und müde. Ich muss mich ausruhen. Ich muss die Augen schließen, auch wenn der Schlaf nicht kommt. Ich werde Sukeenas Summen lauschen, die neben mir sitzt, ihren Stammesmelodien und Rhythmen. Ich werde mich in ihren Bann ziehen lassen, in den Bann dieser bezaubernden Frau, die mich liebt und umsorgt wie eine Schwester. Was täte ich nur ohne meine treue Sukeena? Wir sind nun miteinander verschworen, Sukeena und ich. Und so soll es auch immer bleiben.

9. DEZEMBER 1908 – SEATTLE, WASHINGTON

Nachdem wir fast ein ganzes Jahr unterwegs waren, sind John und ich heute mit dem Zug nach Seattle zurückgekehrt. Am Bahnhof wurden wir von meiner Mutter und meiner ehemaligen Gouvernante abgeholt (die nun als Sekretärin für meine Mutter arbeitet), und ich warf mich wie ein Schulmädchen, das aus den Sommerferien zurückkehrt, in die Arme meiner Mutter. Ich hatte mindestens einmal in der Woche nach Hause geschrieben, und so wusste meine Mutter sowohl von der Schwangerschaft als auch der Fehlgeburt. Sie begrüßte Sukeena nicht wie ein Neger-Küchenmädchen, wie ich befürchtet hatte, sondern wie ein Familienmitglied, mit Küssen und den wärmsten Willkommenswünschen. Vor allem dies hat mir sehr viel bedeutet.

Meine Mutter nahm Sukeena mit nach Hause. Wir werden für kurze Zeit getrennt voneinander wohnen, bis John und ich in unsere Residenz umgezogen sind; ein Ereignis, das eigentlich binnen Tagen stattfinden soll, sich aber wegen der Ferienzeit noch einige Wochen hinziehen kann. Ach, wie großartig es ist, diese Stadt wieder zu sehen, die ich so sehr liebe. Schlammige Straßen, graue, regenverhangene Himmel … Das saftige Grün ist eine willkommene Abwechslung für die Augen, die tagelang aus dem Zugfenster schauten, während wir die Weizenfelder von Kansas und Colorado durchquerten und die kargen Weiten von Idaho und Ost-Washington. Der endlose Regen bringt reiche Entlohnung.

Ich bezog mit John übergangsweise seine alten Gemächer. Sukeena kam später am Tag zu mir, und wir begannen gemeinsam die mühsame Arbeit, meine zwölf Schrankkoffer auszupacken. Dazu kommt nun die Aufgabe, die Güter zu kontrollieren und zu inventarisieren, die über das Jahr nach Hause verschifft wurden. Sie werden in einem Lager in der Stadt aufbewahrt – Kiste auf Kiste auf Kiste. Manche müssen ausgepackt werden, andere warten auf den Umzug ins Haus, aber alle müssen gezählt und erfasst werden. Diese Aufgabe wird Sukeena und mich einige Wochen beschäftigen, da nach meiner Rechnung nicht weniger als fünfundneunzig Sendungen eingetroffen sein müssten. Teppiche, Pelze, Johns Jagdtrophäen aus Afrika, Kessel, Vasen, Lampen – die Liste ist nahezu endlos. Es ist wie Weihnachten. Noch nie habe ich etwas so gespannt ausgepackt wie diese Schätze. Ich fühle mich wie ein kleines Kind unter dem Tannenbaum.

Die lange Zugreise gab mir Gelegenheit, Johns Annäherungsversuche wieder und wieder zurückzuweisen, was mir große Freude bereitete. Eingesperrt, wie wir waren, hatte er keine Gelegenheit, durch die Straßen zu ziehen. Stattdessen wurde er von Tag zu Tag frustrierter und immer unterwürfiger. Ich ließ mir von ihm alle Wünsche erfüllen, ließ ihn nach dem Schlafwagenschaffner rufen, nach dem Speiseservice, gebrauchte ihn wie einen Diener. Was für ein Gefühl! Ich kann es nicht erklären, es war das erste Mal seit dem Verlust des Kindes, dass ich mich so fühlte. Er schrumpfte regelrecht unter meinem Blick zusammen. Er zitterte, wenn wir abends zu Bett gingen und ich meinen warmen Körper an ihn schmiegte, nur um ihm den Hauptpreis letztendlich doch zu versagen. Ich werde mich natürlich ergeben. Es ist auch für mich schwer, dem Vergnügen zu entsagen (obwohl ich das niemals zeige!). Da wir nun an einen Ort zurückgekehrt sind, an dem er solche Befriedigung auch ohne mich finden kann, ist es in der Tat

Zeit nachzugeben, um seiner Umtriebigkeit vorzubeugen. Ich bereite mich darauf vor.

John und ich verbrachten während der Zugfahrt viel Zeit damit, eine Gästeliste für die Einweihung des Hauses zu erstellen. Wir haben den Empfang für den fünfzehnten Januar geplant, damit wir wegen der Verzögerung aufgrund der Feriensaison noch einige Wochen Spielraum zu haben. (John wird sich ganz dem Haus widmen, sobald er sich um seine Ölgeschäfte gekümmert hat. Er ist bereits zu einem Treffen mit Douglas Posey aufgebrochen, seinem Geschäftspartner, um die Ereignisse der vergangenen Wochen mit ihm zu besprechen, während der wir im Zug von der Außenwelt abgeschnitten waren.) Bei unserer Ankunft mit dem Dampfschiff in New York erwartete uns im Hotel Ritz ein Umschlag mit Fotografien. Was für ein erhabener Anblick! Die Fassade des Hauses ist aus Backstein, eingefasst von einem schmiedeeisernen Zaun und zwei Steinsäulen, zwischen denen das Wappen der Rimbauers hängt. In der Einfahrt befindet sich eine Insel, auf der eine der vielen Statuen stehen wird, die wir in Italien erworben haben. Allein auf der Vorderseite des Hauses muss es mindestens dreißig Fenster geben, und ein halbes Dutzend Kamine erheben sich über unzähligen Dächern. Die Bilder vom Hausinneren, vom Treppenhaus und der Empfangshalle, verschlugen mir den Atem. Ich kann mir gar nicht vorstellen, dass ich in diesem großartigen Gebäude wohnen soll! (Aber das werde ich schon früh genug!) Wie zu sehen war, sind im Salon bereits die Rüstung (aus England), der Braunbär (von John in den Schweizer Alpen geschossen) und die Orgel (aus Bayern) aufgestellt worden!

Die Gesellschaft zur Feier unserer Heimkehr und der Einweihung des Hauses wird eine feudale Angelegenheit: Lokalpolitiker, Künstler, Freunde und Geschäftsleute, insgesamt vielleicht an die dreihundert Gäste. Meine Mutter hat sich vor unserer Ankunft bereits um die Vorbereitungen gekümmert. John hatte aus Frankreich fast fünfzig Kisten Champagner und mehrere hundert Kisten Wein losgeschickt, von denen viele für die Feier gedacht sind und der Rest in unserem Weinkeller eingelagert wird (John möchte sich mit dem größten privaten Weinkeller der Westküste rühmen.) Rindfleisch wurde von Chicago und Kansas eingeschifft, Schweinefleisch aus Nebraska. Frischer Fisch wird am Tag der großen Feier direkt von den Docks geliefert. Schokolade aus der Schweiz. Tee aus England. Kubanische Zigarren. John überlässt nichts dem Zufall. Es soll ein Empfang werden, den man in Seattle nie vergisst.

Und wenn es nach mir geht – und das wird es –, ist es eine Feierlichkeit, die wir alljährlich wiederholen. Eine Gesellschaft, die jede Silvesterfeier in den Schatten stellen wird. Der Rimbauer-Empfang. Er soll in den kommenden Jahren in die Gesellschaftsgeschichte eingehen. Die größte Feierlichkeit in dem größten Haus!

Ich sitze wieder fest im Sattel. Ich bin froh, dass unsere lange Reise zu Ende ist.

Nun beginnt eine weitere.

HEILIGABEND 1908 – SEATTLE

Zwei qualvolle Wochen lang hat mir John einen Besuch unseres Anwesens versagt, da die Arbeiter letzte Hand anlegen. Offiziell werden wir am 15. Januar unsere Residenz beziehen, am Tage der Feier unserer Heimkehr (John hat für diesen Tag unserer »Ankunft« die Begrüßung des Personals geplant). Nachdem ich wiederholt um eine Fahrt zu unserem neuen Zuhause gebeten hatte, damit ich die Anlieferung persönlicher Dinge vor unserer offiziellen Ankunft organisieren kann, fuhr mich John heute Nachmittag mit seinem neuen Cadillac die Spring Street hinauf, eine Strecke, die mir noch lebhaft von meiner ersten Fahrt vor so vielen Monaten in Erinnerung war.

Die Innenstadt befindet sich weiterhin in unterschiedlichen Stadien der Umstrukturierung, was der Grund für manche höchst alberne Anblicke ist. Einige Familien hatten beschlossen, vor Gericht gegen die Entscheidung der Stadt anzugehen, manche Straßen um ganze siebzig Fuß abzusenken, während zahlreiche Schluchten aufgefüllt und erhöht werden sollten, die bislang unpassierbar waren. Diese nun fast ein Jahrzehnt andauernden Bemühungen endeten in einer erbitterten Auseinandersetzung. Die Familien, die gegen die Stadt Klage erhoben hatten, mussten ihre Häuser nicht tiefer setzen, wodurch sich ihre Grundstücke mit den Häusern darauf nun isoliert auf vierzig, fünfzig Fuß hohen »Bergen« erheben, auf Erdhügeln, die über dem neuen, tieferen (und schlammigen) Straßenniveau liegen. Diese Häuser sind vollkommen unzugänglich. So kann man nicht leben. Es ist ziemlich offensichtlich, dass diese Familien irgendwann kapitulieren werden, aber was für ein Anblick in der

Zwischenzeit! Es scheint, als wäre fast jedes Gebäude in diesem östlichen Teil der Stadt mit einem Gerüst umstellt und dazwischen erheben sich diese »Türme« über fünf Stockwerke hoch in den grauen, trüben Himmel.

Bei unserer Ankunft an den Toren des Rimbauerschen Familiensitzes (denn nichts weniger ist es!) verschlug es mir den Atem. Die monatelange Überarbeitung der Pläne, das Verschieben von Wänden, das Versetzen so mancher Fenster, sogar die Fotos, die wir in New York bekamen, hatten es nicht vermocht, mich auf diesen Augenblick vorzubereiten! Es ist sensationell! Pompös! Großartig!

Die Front unseres Hauses aus Steinen und Ziegeln erstreckt sich hunderte Fuß von Norden nach Süden und man steht einem gewaltigen Gebäude aus Backstein, Dächern, Glas und Kaminen gegenüber. Wenn John darauf aus ist zu beeindrucken: Hier ist es ihm gelungen. Ich könnte mit meiner Beschreibung endlos fortfahren – und werde es vielleicht auch tun, wenn ich nicht mehr so müde bin – aber für den Augenblick möchte ich es bei der Beschreibung von ein, zwei Räumen bewenden lassen; Räume, die für mich als Frau dieses Mannes von ewiger Wichtigkeit sein werden.

Der Speisesaal, der »Bankettsaal« genannt werden soll, ist mit seinem glänzenden Walnussholztisch im Mittelpunkt ein prachtvoller Anblick. Ich schätze, an diesem Tisch finden siebzig oder achtzig Dinner-Gäste Platz. Zu zwei Seiten des Raumes sind Vitrinen mit Glastüren eingebaut, in denen bald unsere große Porzellansammlung stehen wird. Ich denke, die nördliche Wand wird Johns Familiensammlung von Teetassen beherbergen, die aus über sechzig Ländern der Welt zusammengetragen wurde. Gemälde europäischer Meister schmücken die Wände: überwiegend Landschaften, von denen wir viele auf unserer Hochzeitsreise erworben haben, damit unsere Gäste von den weit entfernten Orten träumen können, während im Kamin dicke Holzscheite brennen. Ich kann unsere Feier kaum erwarten! Wir werden diesen Tisch und einige weitere mit unseren Dinner-Gästen besetzen – was für ein großes Ereignis das werden wird!

Johns Gemächer und meine beanspruchen im zweiten Stock den gesamten Westflügel. Jeder von uns hat sechs, sieben Räume zur Verfügung, darunter Salons, Ankleidezimmer, unsere Arbeits- und Schreibzimmer sowie Bibliotheken. Mein Schlafzimmer, das Gemach der Hausherrin, ist so, wie ich es mir erträumt habe! Das große Erkerfenster geht auf den Hof hinaus, und man blickt auf den verglasten Wintergarten, der vor der Küche liegt und in dem gerade die unterschiedlichsten Pflanzen gesetzt werden. An den Fenstern hängen weiße Seidenvorhänge mit Übergardinen aus schwerem grünen Brokat. Das Bett steht auf einem dreistufigen Podest, und ich kann mir bereits ausmalen, wie das Personal Bemerkungen über meinen »Thron« macht. Egal – mir gefällt es sehr! Die Holzvertäfelung ist mit handgeschnitzten Reliefs verziert, von denen die meisten aus der kleinen Stadt Opede in Südfrankreich kommen, die John und ich vor nicht einmal sechs Monaten besuchten. Eingebaut in mein Schlafzimmer wirkt diese Handwerkskunst edel, prunkvoll und ziemlich kostspielig! Rechts vom Bett steht ein orientalischer dreiteiliger Wandschirm, hinter dem ich mich entkleiden kann. An den Türen dieses Paravents sind Spiegel angebracht, damit ich mich von allen Seiten betrachten kann, bevor ich zu meinem Mann ins Bett steige, wenn er zu seinen ehelichen Besuchen kommt. (Ich muss sagen, der Anblick dieses Hauses hat viele hässliche Erinnerungen an die Vergangenheit ausgelöscht. John ist sehr stolz auf diese großartige Leistung und ich auf ihn.) Die dem Raum zugewandte Seite des Wandschirms ist mit dunkelgrünem Plüsch verkleidet, eine Reminiszenz an den Wald hinter unserem Haus. Es gibt vier große Teppiche, alle aus Persien, einen mit grünem Samt bezogenen Ruhesessel, zwei Louis-XIV-Sessel und eine Frisierkommode von der Loire.

Ich werde leben wie eine Königin!

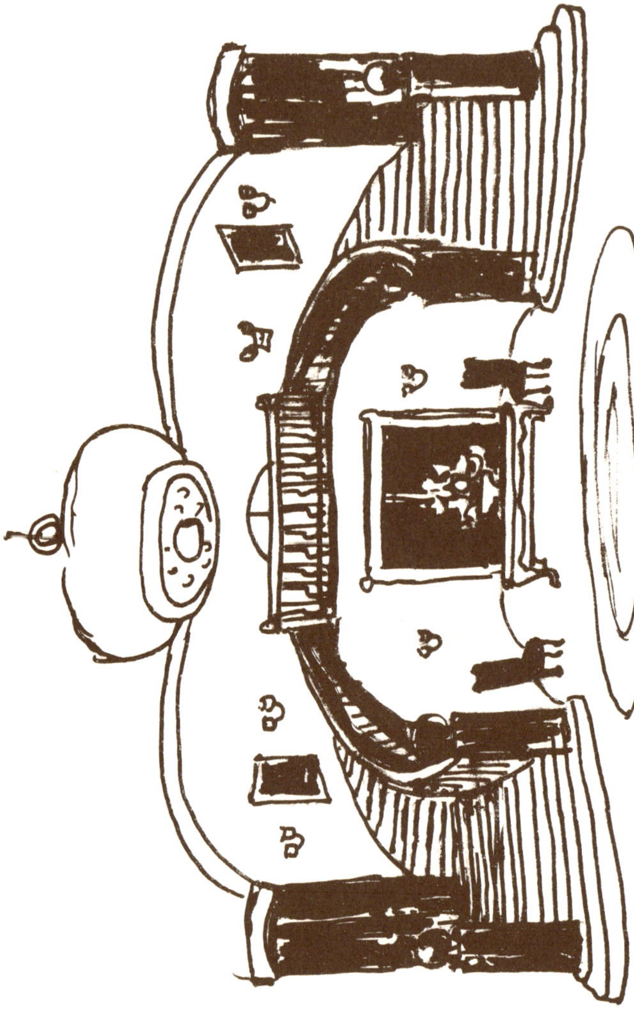

16. JANUAR 1909

Ich muss dir, liebes Tagebuch, von der Einweihungsfeier berichten und von der göttlichen Liebesnacht, die darauf folgte.

Zuerst zum Wetter. Wir werden offenbar für das Jahr bestraft, das wir an überwiegend tropischen Orten verbracht haben. Die Hitze von Kenia und Kairo wird nun mehr als wettgemacht von der bittersten Kälte, die Seattle je erlebt hat. Vor Tagen erst ergriff eine Kältewelle mit elf Grad unter null die Stadt und soweit ich mich erinnern kann war zum ersten Mal das Eislaufen auf dem Lake Union möglich. Innerhalb eines Tages stiegen die Temperaturen wieder auf vier Grad minus. Der Kältespaß hielt den ganzen Tag an und setzte sich bis in die Nacht fort. Und dann die Tragödie, als das Thermometer rasch auf gute fünf Grad anstieg – ein gewohnteres Klima für unsere Breitengrade. Die Morgenzeitungen berichteten am nächsten Tag, dass in der ganzen Stadt über zwanzigtausend Rohre und Leitungen geplatzt waren. Wie durch ein Wunder war unser neues Zuhause, das hoch auf dem Berg thront, davon verschont geblieben. Wir hatten keine einzige geplatzte Leitung – eine Tatsache, die in der Gesellschaft schnell die Runde machte. John behauptet, dies sei das Ergebnis seiner guten Planung und der Arbeit der Ingenieure, denn die Leitungen wurden isoliert und an den Innenwänden entlanggeführt. Wie ich vermute, hat es wohl auch nicht geschadet, dass die Bediensteten in allen Räumen die Kamine entfacht hatten und auch die Dampfheizung in Betrieb war, um das Haus für unseren Empfang vorzubereiten. Wie dem auch sei – unsere Gäste, von denen viele zu Hause kein fließendes Wasser mehr hatten, waren höchst erfreut, uns an diesem Abend besuchen zu können!

Doch zurück zum Haus selbst, in das ich so vernarrt bin! Selten hat man eine solche Pracht, einen solch üppigen Reichtum gesehen, und ganz sicher nicht in unserem Teil des Landes. Höchstens Rockefeller, Vanderbilt oder Carnegie haben ein amerikanisches Haus gebaut, das so groß wie unseres ist. Die Bauarbeiten dauern weiter an, während ich dies schreibe (ich frage mich, ob sie je beendet werden), und doch konnten wir unseren Gästen bereits zweitausend Quadratmeter Wohnfläche präsentieren. Die vordere Empfangshalle, in der Johns Jagdtrophäen ausgestellt sind, ist knapp zwanzig Meter lang, ein erstaunliches, mit teurem afrikanischen Mahagoni verkleidetes Foyer, durch das man zu der geschwungenen, zweiflügeligen Treppe gelangt, die in das erste von vier Stockwerken führt. Wenn man am Fuß der Treppe steht, sieht man eine Halle, von der nach allen Seiten Korridore abgehen. Dahinter befinden sich Küche und Wintergarten. Rechts befinden sich eine Bildergalerie und mehrere Wohn- und Aufenthaltsräume. Zur Linken liegen der Bankettsaal, weitere Korridore und Salons und das Frühstückszimmer. Ich habe Tage gebraucht, um mich in diesem Palast zurechtzufinden, in dem man sich wirklich leicht verlaufen kann.

Unserer Einweihungsfeier wohnten über zweihundertfünfzig Personen bei. Alle genossen ihr Dinner in einem von sechs prachtvoll hergerichteten Räumen, und danach wurde im großen Ballsaal bis in die frühen Morgenstunden getanzt. Wir hatten einen Senator dabei, den Bürgermeister, die große Broadway-Bühnenschauspielerin Marjorie Savoy, einen Baseballspieler, dessen Name mir entfallen ist, der aber recht berühmt sein soll, die Sopranistin und überwältigende Schönheit Jeanine Sabino (mit der John nach meinem Geschmack ein wenig zu viel Zeit verbracht hat) sowie zwei Italiener und einen Chinesen, die alle drei, wie man munkelt, Ginschmuggler oder etwas in dieser Art sein sollen und nur eingeladen wurden, weil Johns Ölimporte von ihrer Kooperation abhängen. (Je mehr ich über dieses Geschäft lerne, desto entsetzter bin ich. Es war für mich sehr vorteilhaft, dass mich John im Verlauf unserer Reise in Bezug auf seine Geschäfte ins Vertrauen zog. Ich habe viel gelernt. Er scheint ständig mit geheimen Verhandlungen befasst zu sein, in denen Raffinerien und kleinere Ölgesellschaften zusammengebracht werden, um niedrigere Frachtkosten von der Eisenbahn zu erzwingen und um Angebote und bessere Preise auszuhandeln. So viel Geheimniskrämerei! Ich hatte ja keine Ahnung!)

Weil das weiße Kleid, das ich zu der Feier trug, ein solcher Erfolg bei den Männern war, habe ich beschlossen, es von nun an jedes Jahr zu tragen! Alle Frauen waren wunderschön gekleidet, in kostbaren Samt, in Seide und feinste Wolle. Die Männer trugen Frack und weiße Fliege. Was für eine Eleganz und Kultiviertheit! Ich sage dir, wir waren die gefeierten Stars der Stadt. Wegen dieses Empfangs ist uns noch auf Jahre hinaus hohes Ansehen gewiss. Für die meisten war unfassbar, wie groß unser Haus ist, obwohl es so dicht bei der Stadt liegt. Aus den Mündern der Anwesenden hörte ich Worte wie »Museum« oder »Königspalast«. Die Innenausstattung ist eine Pracht. Da ich nun alles, was wir erworben haben, so hübsch arrangiert sehe, erscheint mir unsere lange Reise vollkommen gerechtfertigt. Die Einrichtung ist luxuriös und extravagant, ohne übertrieben zu wirken. Ich bin sehr stolz auf das, was John und ich vollbracht haben.

Ich möchte das Gespräch zweier Männer schildern, das ich mithörte, während ich zur Bibliothek ging (6.000 Bücher!). Es fand zwischen Tanner Longford, dem Kanzler der Universität, und Bradley Webster statt, dem Direktor einer Bank, die mit der meines Vaters konkurriert. Ich möchte darauf hinweisen, liebes Tagebuch, dass es sich bei den beiden nicht um engstirnige Männer handelt – nicht im Entferntesten! – und da sie sich vertraulich unterhielten, darf man ihrem Gespräch durchaus Glauben schenken.

Tanner hat eine tiefe Stimme, die an einen Geschichtenerzähler erinnert. Bradley Webster ist ein kleiner Mann mit einer übertrieben pikierten, näselnden Sprechweise. Tanner vernahm ich zuerst.

»Haben Sie von dem Mord hier oben gehört?«

»Ja, natürlich. Schrecklich, nicht wahr?« Bradley Webster gab sich ein wenig betulich.

»Wie ich hörte, ist der Mann – Corwin hieß er, oder?«

»Corbin, glaube ich.«

»Ja, genau. Also, wie ich hörte, ist der arme Mann verrückt geworden. Vollkommen wahnsinnig. Sie haben ihm fünfundzwanzig Jahre aufgebrummt. Er hat behauptet, ein Indianer habe ihn zu dem Mord getrieben, und später hat er sich in der Zelle die Augen ausgekratzt. Er sagte, der Indianer sei wie der Teufel aus dem Loch gekommen – damit meinte er die Ausschachtungen für das Haus, verstehen Sie? – und habe ihm die Schrotflinte gegeben.«

»Die Augen, sagten Sie?«

»Ja, daran ist er gestorben, wie ich gehört habe. Verblutet. Der augenlose Bastard rannte in seiner Zelle herum und schrie: ›Weiche von mir! Weiche von mir!‹ Hat behauptet, dieser Indianer habe ihn auch in der Zelle aufgesucht und ihm gesagt, sein Werk sei noch nicht vollendet.«

»Ein Indianer.«

»Rimbauer wusste natürlich davon.«

»Was wusste er, Tanner?«

»Sie kennen die Geschichte nicht?«

»Leider nein.«

»Lisa hat mir davon berichtet«, erklärte Tanner. (Lisa ist Tanners Schwester, eine einflussreiche Frau und Mitglied unseres Komitees für das Kinderkrankenhaus.) »Bei den Ausschachtungsarbeiten wurden Überreste von Indianern gefunden. Das Ganze hier war mal ein gottverdammter Friedhof. Wagenladungen von Skeletten, habe ich gehört. Einige der Chinesen haben gekündigt. Man machte die Gräber auch für den Ausbruch von Krankheiten verantwortlich. Fieberkrankheiten, so etwas.«

»Davon habe ich noch nie etwas gehört.«

»Lisa kennt alle Doktoren. Ich denke, wir können ihren Berichten vertrauen.«

»Ich habe nicht andeuten wollen …«

»Einige Reliquien wurden gefunden, wie ich hörte. Von einem Häuptling oder Stammesoberhaupt. Es gab Plünderungen. Rimbauer ließ einige Männer feuern. Aber die Neuigkeit sprach sich herum. Der Staat wollte einen Experten schicken. Und dann hat er die Knochen verbrannt.«

»Er hat was?«

»Hat ein Lagerfeuer daraus gemacht, wie ich hörte. Dazu ließ er ein paar Fässer seines Öls heranschaffen – eine hübsche Idee, wie ich finde – und hat sie zu Asche verbrannt. Als endlich der Staatsbeamte eintraf, war nichts mehr übrig. Sie wollten ihm die Baustelle schließen, verstehen Sie, aber das konnten sie nun nicht mehr tun. Rimbauer sagte, das seien alles nur Gerüchte. Der ist ein ganz Schlauer, der Rimbauer! Aber dieser Corbin – was soll man von so einer Geschichte halten? Ein Indianer, hat er gesagt, habe ihn zu der Tat getrieben. Stellen Sie sich das einmal vor!«

»Alles nur Gerede. Nichts als Gerede.«

»Ich stimme zu, ich stimme zu! Aber dennoch … ein Indianer!«

Da in diesem Augenblick jemand zu mir in den Korridor trat und mich begrüßte, konnte ich nicht weiter mithören. Ich weiß nicht, was folgte. Ich weiß nur, dass John mir gegenüber einen Indianerfriedhof mit keinem Wort erwähnt hat. Auch die Geschichte von Corbin war mir noch nicht zu Ohren gekommen. Die Augen ausgekratzt! Gütiger Gott, unfassbar, eine selbst zugefügte Verletzung wie diese! Hoffentlich handelt es sich nur um sensationslüsterne Gerüchte. Die Leute denken sich schließlich gern Geschichten über die Reichen aus! John ist seit Jahren das Thema vieler Diskussionen und Gerüchte. Das ist nun auch Teil meines Lebens, und ich vermute, so wird es weitergehen, solange er derart mächtig ist. Er liefert dieser Stadt etwa achtzig Prozent des Bedarfs an Lampenöl, Kerosin und Benzin. Nach Portland ebenfalls. Vierzig Prozent sind es in San Francisco. Neunzig Prozent in Denver. Die Japaner kaufen, die Briten, Französisch Indonesien. John hat ein Imperium geschaffen (das er während unserer Hochzeitsreise noch vergrößerte!) und jeder Herrscher hat nun einmal unter den Unverschämtheiten seiner Leute zu leiden.

Ich erzählte Sukeena, die so viel von spirituellen Dingen versteht, was ich gehört hatte, und sie erklärte mir, das Haus sei »mächtig«, und dergleichen habe sie noch nie an einem anderen Ort gespürt.

Erwähnenswert ist Folgendes: Einige unserer Gäste berichteten mir, sich furchtbar verirrt zu haben, während sie allein das Haus besichtigten. Ich fand das amüsant, da ich mich ja gerade selbst erst vor ein, zwei Tagen verlaufen hatte – einen Augenblick lang hatte ich tatsächlich geglaubt, der Korridor, in dem ich stand, habe vor Minuten ganz anders ausgesehen. Kannst du dir das vorstellen? Ich maß diesen Schilderungen keine besondere Bedeutung bei, bis Sukeena mich warnte, besser nicht das Billardzimmer zu betreten. Zuerst dachte ich, sie spiele darauf an, dass John so viel Aufhebens um seine privaten Stunden machte, die er eben dort mit Zigarren und Brandy zubrachte. Wir kamen erst heute Abend wieder auf dieses Thema zu sprechen, als ich eine Bemerkung darüber machte, dass sich einige Gäste im Haus verlaufen hatten.

»Das Billardzimmer«, sagte Sukeena.

»Ich weiß nicht genau, wo sie waren.«

»Miss Ellen, ich sage Ihnen, es ist das Billardzimmer, um das es geht. Ich habe dort Dinge gesehen. Ich fühle sie hier drin.« Mit diesen Worten griff sie sich ans Herz, eine Geste, die sie nur in Augenblicken höchster Aufregung macht. (Als ich das Baby verlor, saß sie an meiner Seite, hielt meine Hand und fasste sich auf dieselbe Weise ans Dekolletee.)

»Was fühlen Sie, teure Freundin?«

Sie schüttelte den Kopf und wollte nicht darüber reden.

»Was?«, fragte ich noch einmal, vielleicht ein wenig zu drängend.

»Nicht *was*, Miss Ellen, sondern *wer*«, sagte sie. »Ich spüre sie. Sie sind bei uns. Meine Eltern. Meine Neffen.«

Ich erschauderte. Sukeenas Eltern und ihr Neffe waren tot. Das wusste ich.

»Die Indianer«, flüsterte ich.

Sukeena sah mich ernst an und nickte. »Wir sind nicht allein in diesem Haus, Miss Ellen.«

Zu der romantischen Seite der Einweihungsfeier will ich hier auf diesen privaten Seiten nur erwähnen, dass der Champagner mir recht schnell zu Kopf stieg und ich in den frühen Morgenstunden, als John und ich uns endlich zurückzogen, nicht mehr ganz bei mir war und mich dem eigenen Verlangen und der Leidenschaft meines Mannes hingab. Unser Liebesakt war fieberhaft, verzweifelt sogar; John auf mir, noch bevor ich mich meiner Kleidung entledigen konnte. In solchen Augenblicken kann man seinem Drängen nicht widerstehen. Seiner Kraft, seiner Heftigkeit. Ohne den Alkohol wäre ich vielleicht stark geblieben, aber unter diesen Umständen ergab ich mich ohne viel Widerstand. Und dann beteiligte ich mich. Bald rief ich ihm meine Wünsche zu und trieb ihn zur Raserei – eine Methode, die ich erlernt habe, um meinen Bedürfnissen gerecht zu werden. In einem Gewirr aus weißer Seide stürzten wir in meinem Ankleidezimmer zu Boden. Unser beider Hunger war erst gestillt, als der Stoff zerrissen war und mein teurer Mann tiefe Kratzer auf dem Rücken trug. (Das Kleid wird einige Stunden Stopfarbeit in Anspruch nehmen!) Ich fürchte, ich schrie so laut, dass es die Dienstmädchen hörten. Vielleicht sogar das ganze Haus. Sukeena jedenfalls ganz sicher, wie sie mir heute Morgen mit ihren Blicken verriet. Sie schickte mich wieder ins

Bett, schob mir ein Kissen unter das Hinterteil und ließ mich in dieser Position drei Stunden liegen.

»Ich werde Ihnen Kind geben, Miss Ellen«, sagte sie mit einem Augenzwinkern.

Sukeena weiß, wie sehr ich mir ein Kind wünsche und wie groß meine Angst ist, noch einmal eines zu verlieren. Aber allein diese Worte versetzten mich in Hochstimmung. John hat sich frühmorgens in sein Arbeitszimmer zurückgezogen (ach, wie muss ihm der Kopf dröhnen!), um einen neuen Vertrag mit der *Union Pacific* durchzuarbeiten. Aber bevor er ging, kam er in mein Schlafzimmer und legte mir eine rote Rose auf das Kissen, deren Dornen er sorgsam mit einem Taschenmesser entfernt hatte. Ihr köstlicher Duft ließ in mir und meinen Träumen eine große Zufriedenheit einkehren.

»Welche Farbe heute, Miss Ellen?«, fragte Sukeena aus dem Ankleidezimmer.

»Rot«, antwortete ich und blickte auf die Blume. »Rosenrot«, wiederholte ich lauter. Das Wort erinnerte mich an etwas, aber es wollte mir nicht gleich einfallen. Und dann die Erkenntnis: Mein Mann und ich hatten gerade unser Haus so getauft – *Rose Red.*

13. MÄRZ 1909 – ROSE RED

Ich zögere, meine Gedanken in Worte zu fassen, denn mich quälen die Ereignisse des heutigen Nachmittags. Während ich schreibe, durchsucht die Polizei immer noch das Haus. Ich habe das Gefühl, die Begebenheiten erst real werden zu lassen, indem ich sie hier zu Papier bringe. Und dies ist ganz und gar nicht meine Absicht, denn ich fürchte, die Macht, die hier am Werke ist, muss (wenn sie denn existiert) in der Tat bedrohlich sein. Aber bei wem kann ich mich sonst aussprechen? Gewiss nicht bei John, und obwohl ich Sukeena wie eine Schwester liebe, erlauben ihre beschränkten Englischkenntnisse kaum Gespräche, die über die gewöhnlichen Dinge des Tages und die Eigenschaften des weiblichen Körpers hinausgehen.

Ich bin nun seit zwei Monaten schwanger und war noch nie in meinem Leben glücklicher. John paradiert wie ein stolzer Pfau durch das Haus und bellt den Dienern, die mir alle Wünsche erfüllen, Befehle zu. Auch bleibt er abends zu Hause und liest mir im Salon vor (dem Schauplatz des heutigen unglückseligen Zwischenfalls) und ist die ganze Zeit um mich besorgt. Ich werde nun schon etwas fülliger, und John kommt abends in meine Gemächer, lüftet mein Nachthemd und massiert mir zärtlich den Bauch, manchmal mit Lotionen, legt seinen Kopf darauf und spricht mit dem kleinen Wesen, das in mir heranwächst. Wir haben sehr oft Verkehr gehabt – nie war er zärtlicher – und ich fühle mich ihm nun näher als jemals zuvor in unserer kurzen Ehe.

Meine Schwangerschaft – die Neuigkeit hat in der Gesellschaft rasch die Runde gemacht – war der Grund, warum mich meine alte Freundin Melissa Ray und ihre

Freundin Connie Fauxmanteur zum Tee besuchten. Ich persönlich bin weniger bekannt mit Mrs. Fauxmanteur, obwohl ich natürlich über das beachtliche Vermögen ihres Mannes und ihre beträchtlichen Spenden für wohltätige Zwecke informiert bin. Sie ist fünf Jahre älter als ich, und so kenne ich sie nicht von der Schule wie Melissa, mit der mich eine lange und unerschütterliche Freundschaft verbindet.

Wir sprachen über die lange Reise, die John und ich unternommen hatten, wobei ich sorgsam das eine oder andere schönte, um den Eindruck vollkommener Flitterwochen zu erwecken. Dann tauschten wir uns ausführlich über Kinder aus, Säuglinge und ältere, und erlebten einen Nachmittag gehobener Stimmung.

Der Salon ist ein herrlicher Raum gleich links von der Empfangshalle. Die Wände sind mit Walnussholz verkleidet, Orientteppiche liegen aus, und es steht eine Orgel darin, die ich während unserer Reise durch Europa in Deutschland erwarb. In diesem Raum hängen auch die französischen Landschaften und ein Porträt von John, das in England in Auftrag gegeben wurde. Dazu kommen verschiedene andere kleine Schätze wie zum Beispiel eine chinesische Vase und zwei deutsche Scharfschützen-Pistolen. Der Salon ist zwar nur ein armer Verwandter unserer Zentralbibliothek, beherbergt aber unter den Büchern auf den Regalen fünf signierte Werke von Dickens und ein halbes Dutzend von Rudyard Kipling, einem intelligenten Schriftsteller, der sich in seinen Werken auf Indien konzentriert und dabei ist, bei uns und im Ausland große Berühmtheit zu erlangen. Neben der Tür zum westlichen Hauptkorridor steht ein lederner Globus, den wir in Oxford, England, erwarben.

Mrs. Fauxmanteur stand vor diesem Globus, als ich zu ihr hinübersah, während Melissa und ich gerade in ein Gespräch über die Gerüchte zur Opiumabhängigkeit von Tina Colemans Bruder vertieft waren. Ich verspürte das dringende Bedürfnis, Mrs. Fauxmanteur zu erklären, dass Sukeena diesen Globus als eine Art Gebetsmühle verwendet, weil er, wie sie sagt, über eine außergewöhnliche Macht verfügt, zum Beispiel über die Fähigkeit, eine Pforte zur Seele von *Rose Red* zu öffnen. (Sukeena behauptet, das Haus sei lebendig – sie könne seine Ausstrahlung spüren – eine Meinung, die mir Grund zu großer Sorge gibt und Anlass eines Streits zwischen uns war.) Sukeena sagte sogar, es gebe im ganzen Haus viele solcher Pforten. Man müsse aufpassen, wo man hingeht, warnte sie mich, und man müsse an bestimmten Orten auf seine Gedanken achten, wenn man nicht die Konsequenzen zu spüren bekommen will – allerdings hat sie mir nie gesagt, welcher Art diese Konsequenzen sein könnten. Weil wir über all dies auf so verkürzte, undeutliche Weise sprechen, bin ich gar nicht sicher, ob ich Sukeena richtig verstehe – obwohl mir schon klar ist, dass sie Angst vor *Rose Red* hat. Zumindest ist sie sehr argwöhnisch, vielleicht sollte ich es eher so formulieren.

Auf jeden Fall stand die gute Mrs. Fauxmanteur in der Ecke und drehte den Globus mit behandschuhten Fingern wie ein kleines Kind. Und plötzlich hörten Melissa und ich sie in einer ganz erstaunlichen Sprache sprechen. Sie murmelte, als sei sie ins Gebet vertieft, jedoch in einer Sprache, die ich noch nie gehört hatte (obwohl mir im Laufe des vergangenen Jahres doch einige untergekommen sind!). Der Globus drehte sich immer schneller, obwohl ihn Mrs. Fauxmanteur nun nicht mehr weiter antrieb, wenigstens für mich nicht erkennbar.

»Connie?«, fragte Melissa beunruhigt.

»Mrs. Fauxmanteur?«, rief ich aus, da ich mehr über diesen Globus wusste als meine teure Freundin Melissa Ray. »Sie sollten diesen Globus besser nicht anfassen.«

Und nun – ich schwöre, es ist wahr, liebes Tagebuch – drehte sich der Kopf dieser Frau um die eigene Achse, als wäre er vom Körper losgelöst. Er fuhr zu uns herum, und die Frau richtete mit geröteten Augen und verzerrtem Mund ihren irren Blick auf uns. Am erstaunlichsten war für uns beide jedoch ihre aschfahle Gesichtshaut. Mrs. Fauxmanteur hatte zu ihrem Besuch unnötigerweise reichlich Rouge aufgelegt, aber als sie sich nun zu uns umwandte, war davon nichts mehr zu sehen. Ihre Haut wirkte fast durchsichtig, blaue Adern traten hervor wie verhedderte Wollfäden, ihre Lippen waren blutleer und aufgesprungen wie Eis.

»Treten Sie bitte zurück, liebe Frau«, rief ich.

Connie Fauxmanteur entfernte sich tatsächlich von dem Globus. Und als sie das tat, verlangsamte sich dessen Rotation, und ich bemerkte ein Geräusch; einen hohen Ton, wie von einem Kinderchor gesungen, der immer leiser wurde. Mir fiel dieser Laut erst auf, als er den Raum wieder verließ. Mit ihm verschwand auch Mrs. Fauxmanteur, die, wie ich glaubte, hinaus in den westlichen Hauptkorridor gegangen sein musste. Da ich annahm, sie suche vielleicht nach dem Waschraum, rief ich ihr hinterher, sie solle sich doch von mir den Weg erklären lassen. Da erhob sich Melissa und wies mich an, sitzen zu bleiben, vermutlich wegen meiner Schwangerschaft (alle machen so viel Aufhebens um meinen Zustand!). Sie war offenbar nicht im Vollbesitz ihrer geistigen Kräfte, wie ich einräumen muss. Die durchsichtige Erscheinung unserer teuren Freundin hatte sie eindeutig verstört. Und so legte Melissa für einen Augenblick alle Grazie und Anmut ab und eilte ziemlich flink zu der Tür, durch die Mrs. Fauxmanteur gerade verschwunden war.

Ich erinnere mich sehr lebhaft, dass ich etwas Bitteres in der Luft wahrnahm; fast hatte ich den Eindruck, es schmecken zu können. Der Geruch wurde von dem Luftstrom hereingetragen, der durch die Tür zum Korridor in den Raum zog. Wo immer dieser Geruch auch herrührte, er verursachte mir eine Gänsehaut und meine Nackenhaare richteten sich auf. Es war derselbe Geruch, den ich bereits auf der *Ocean Star* wahrgenommen hatte, als plötzlich der Wind durch unsere Kabine gefegt war. Trotz der Ermahnung meiner Freundin erhob ich mich aus meinem Sessel und heftete mich an ihre Fersen.

»Connie?«, hörte ich Melissa rufen.

Und dann stand ich auch schon neben ihr im westlichen Hauptkorridor.

Doch der herrliche Raum mit seinen Ölgemälden, den Bänken aus Kirsch- und Ahornholz und der Marmorstatue aus Rom war leer. Anscheinend war Mrs. Fauxmanteur ans andere Ende des Korridors gelaufen und dort durch die Tür verschwunden, bevor Melissa und ich eingetroffen waren.

»Mrs. Fauxmanteur!«, rief ich. »So lassen Sie sich doch von mir den Weg zeigen!« Tatsächlich war sie in die falsche Richtung aufgebrochen, denn um den nächstgelegenen Toilettenraum zu erreichen, musste man den Bankettsaal durchqueren und in einen Nebenkorridor abbiegen, der zur Haupttreppe führte. Durch die Tür am anderen Ende des westlichen Hauptkorridors gelangte sie nur wieder in die Empfangshalle und lief im Kreis. Es sei denn, sie war zufällig auf eine der zahlreichen Türen hinter der Holzvertäfelung des Hauptkorridors gestoßen, von denen eine oder zwei in den Keller führen und eine weitere durch einen »Geheimgang« in die Küche, den die Dienerschaft als eine Art Abkürzung benutzt, wenn wir Gäste zu bewirten haben. Als ich darüber nachdachte – in der Tat ist das ganze Haus ein einziges Labyrinth aus solchen Geheimgängen –, wurde mir plötzlich klar, wie leicht es war, sich in diesem komplexen Bauwerk zu verirren.

»Connie!« Diesmal sprach aus Melissa echte Besorgnis; eine Besorgnis, die auch mein Herz in Unruhe versetzte.

»Du nimmst die Empfangshalle«, wies ich meine Freundin an und zeigte auf die geschlossene Tür am Ende des langen Korridors. Gleichzeitig trat ich zur Seite und zog an der Klingelschnur für die Diener, um alles zusammenzutrommeln, was zu dieser Zeit Dienst hatte. Ich selbst wollte im Bankettsaal nachsehen, denn er lag dem Salon am nächsten. Wahrscheinlich, so vermutete ich, hatte Mrs. Fauxmanteur durch diese Tür so rasch verschwinden können.

Als ich die Tür zum Bankettsaal öffnete, stand ich plötzlich Brian gegenüber, unserem Tagesbutler, der meinem Ruf gefolgt war. Die Begegnung kam jedoch so überraschend, dass ich zurückwich und einen nicht eben leisen Schrei ausstieß. Der wiederum setzte John und den Rest des Hauses in Bewegung. Als ich den Bankettsaal betrat und ihn leer vorfand, waren mir bereits einige Menschen zu Hilfe geeilt. Türen wurden aufgerissen, Holzvertäfelungen ebenfalls. In kürzester Zeit waren mindestens zehn Personen an der Suche

nach unserer Mrs. Fauxmanteur beteiligt. Yolanda und Fredrick eilten die Haupttreppe hinauf, weil sie glaubten, jemanden im zweiten Stock gehört zu haben.

Je lauter wir riefen, desto kräftiger hallten unsere Stimmen durch die Flure. Doch Mrs. Fauxmanteur war nirgends zu finden. Mir wurde ganz schwach angesichts dieser Tatsache, und ich stolperte von Brian gestützt auf einen Stuhl zu. Als ich auf sein Polster sank, fiel mein Blick durch die offene Tür des Bankettsaals in den westlichen Hauptkorridor bis zur Tür des Salons.

Dort stand Sukeena. Sie sah besorgt aus – ja, verängstigt, wenn ich das sagen darf. Sie stand neben dem Globus, der sich immer noch langsam drehte. Sie trug ein langes blaues Arbeitskleid mit weißer Schürze und ein rotes Kopftuch. Ihre blauschwarze Haut glänzte im Schein der Gaslampen. Sie sah mich an und schüttelte langsam den Kopf, von links nach rechts. Sie weinte.

Dieses Haus hatte eine Seele eingefordert, und Sukeena war überzeugt, dass Connie Fauxmanteur nicht zurückkehren würde.

14. MÄRZ 1909 – ROSE RED

Die Polizisten zeigten sich recht überrascht von der Größe unseres Hauses. Vielleicht hatten sie bereits Gerüchte darüber gehört und waren erstaunt, als sie sich nun mit eigenen Augen von deren Wahrheitsgehalt überzeugen konnten. (Wie ich hörte, nennen die Leute in Seattle unser Haus »Palast« oder »Kapitol«). Im Vergleich zu den Lebensbedingungen der »einen Hälfte« zählen John und ich zur »anderen Hälfte«, und zumindest John hat deswegen kein schlechtes Gewissen. Er sei für den Erfolg geboren, behauptet er und findet, dieser Erfolg sei eine Frage der Brieftasche und weniger der Persönlichkeit.

»Was hältst du von ihrem Verschwinden?«, fragte ich im Laufe des Fünf-Gänge-Lunchs. (Wir hatten die Polizisten zum Essen eingeladen, aber sie lehnten ab. Dennoch aßen wir im Bankettsaal – warum John darauf bestand, weiß ich nicht, da wir unser Mittagessen üblicherweise im Wintergarten einnehmen oder in einem der kleineren Speisezimmer.) Nur wir waren anwesend und vier Bedienstete (natürlich alle mit weißen Handschuhen).

»Ich glaube keine Minute daran«, entgegnete mein Mann.

»Aber, John …«

»Nein, nein, Ellen. Du darfst dich nicht davon beeindrucken lassen, verstehst du. Diese Fauxmanteur hat einfach beschlossen, uns als ihre Sündenböcke zu missbrauchen und ihre kleine Flucht von unserem Haus aus zu inszenieren. Sie ist das typische Beispiel einer Frau, die ihren Mann und ihre Pflichten im Stich lässt – drei Kinder, kannst du dir das vorstellen! –, und wir müssen es ausbaden. Wir müssen die Last ihres mangelnden

Verantwortungsbewusstseins tragen, und ich werde diese Frau gewiss verklagen, wenn sie geschnappt wird. Und, merke dir meine Worte, sie wird geschnappt!«

»Nein, das wird sie nicht, John. Man wird sie nicht einmal finden. Und wenn doch, dann in diesem Haus, und ich fürchte mittlerweile, man findet sie tot.«

»Gütiger Gott, Frau! Was ist nur in dich gefahren?«

»*Rose Red*, lieber Mann. Es ist das Haus.«

»Das Haus? Du gibst doch nichts auf diesen Unsinn, oder? Meine Liebste, mach dir darüber keine Gedanken. Du darfst deinen Zustand auf keinerlei Weise gefährden. Ich kann gar nicht beschreiben, wie wütend ich auf diese Fauxmanteur bin. Dir geht es in letzter Zeit doch so gut. Bitte, meine teure Ellen, denke nicht eine Minute länger darüber nach.«

»Ich will dieses Kind so sehr.«

»Natürlich. Ich will es ebenso sehr.«

»Aber ich versichere dir, sie hat dieses Haus nicht verlassen«, fügte ich hinzu. »Erinnerst du dich daran, was manche Gäste bei der Einweihung sagten? Wie leicht man sich auf *Rose Red* verlaufen kann? Was ist damit? Was hältst du davon?«

»Du meinst, in Bezug auf Mrs. Fauxmanteur?«

»Ja, genau.«

»Ich kann beim besten Willen keine Verbindung erkennen. Abgesehen davon, meine Liebe, darfst du nicht vergessen, dass niemand von unseren Gästen verloren ging.«

»Du machst dich lustig darüber?«

»Gewiss nicht.«

»Auf meine Kosten!«

»Niemals«, erwiderte John. »Ich versichere dir, dies war nicht meine Absicht.«

»Zuerst klagen Gäste darüber, sie hätten sich beinahe verirrt, und zwei Monate später verirrt sich wirklich jemand und verschwindet. Ist das nur ein Zufall?«

»Ich höre durchaus, wie besorgt du bist, meine Teure. Bitte denk nicht weiter darüber nach. Ich sage dir, es geht nur darum, dass wir in einem schlechten Licht dastehen, weil diese Frau uns und unser Haus für ihre üblen Pläne ausgewählt hat. Das Kind ... bitte! Beunruhige dich nicht!«

»Dem Kind geht es gut.«

»Ja ... aber das letzte Mal ...«

»Das letzte Mal bin ich ernstlich erkrankt, entweder aufgrund unserer zahlreichen gesellschaftlichen Aktivitäten oder aber weil ich mit einer unglückseligen Krankheit infiziert wurde.« Mehr sagte ich nicht, aber ich hätte genauso gut mein Brotmesser ergreifen und ihn erstechen können. Ich weiß nicht, warum ich dieses Thema noch einmal ansprach, nachdem wir beide es vor so langer Zeit endgültig begraben hatten.

John, der mir am anderen Ende des langen Tisches gegenübersaß, tupfte sich mit der Serviette das Kinn ab und stand auf. Dann schickte er die Diener fort. Sogleich ergriffen mich Angst und Bedauern. Ich hatte das schlafende Monster in ihm geweckt. In seinem finsteren Blick lag mehr als Missfallen. Wir hatten noch nie offen über diese Sache gesprochen.

»Mit achtzehn ging ich zur Armee und blieb dort sechs Jahre lang. Ich gestattete mir Freiheiten, die sich viele Männer in diesem Alter herausnehmen, und ich werde bis zum heutigen Tag dafür bestraft. Er lastet nur noch selten auf mir, dieser Fluch, und ich bedauere die Liederlichkeiten meiner Jugend zutiefst. Ich kann nur hoffen, du bist bereit, mir die Sünden meiner Vergangenheit zu vergeben, meine Teure. Aber ich werde nicht dulden, dass meine Frau auf solche Weise mit mir spricht. Niemals. Und solange du nicht bereit bist, dich zu entschuldigen, wirst du mich nicht sehen. Nicht zu den Mahlzeiten, nicht bei gesellschaftlichen Verpflichtungen.«

Obwohl ich seiner Rede wenig Glauben schenkte, entschuldigte ich mich sogleich bei ihm, noch bevor er den Raum verlassen und eine noch größere Affäre daraus machen konnte und ich ihm nachlaufen musste. Ich erklärte, das Verschwinden meines Gastes habe mich sehr aufgeregt, und ich hätte einen Fehler begangen. Auch die Polizei im Hause, sagte ich, trage nicht eben zu meinem Wohlbefinden bei.

»Dann werfe ich sie hinaus!«, sagte John sogleich.

»Nein, Liebster.«

»Selbstverständlich! Ich tue alles, was nötig ist, damit es dir gut geht!«

Wie ich bereits in Afrika festgestellt hatte, bedeutete John der Erbe mehr als alles andere auf dieser Welt.

So stürmte er aus dem Bankettsaal und brüllte den Dienern Befehle entgegen, den Polizisten und jedem, der seinen Weg kreuzte. (Tagein, tagaus wimmelt das Haus von Handwerkern, da die Bauarbeiten auf dem Anwesen unvermindert weitergehen. Die Leute in der Stadt können kaum glauben, dass sie immer noch nicht beendet sind.) Dank Johns beträchtlicher Autorität und Überzeugungskraft verließen innerhalb von zehn Minuten fast alle Polizisten das Haus. Nur zwei von ihnen durften weiter Jagd auf Mrs. Fauxmanteur machen, obwohl ich für meinen Teil die Hoffnung längst aufgegeben hatte, wie ich gestehen muss. (An Johns Interpretation der Ereignisse hatte ich keine Minute lang geglaubt! Weder er noch ich können die Position des anderen verstehen, das ist unser Problem. Diese Konflikte, die nie gelöst werden, weil sich keine der gegensätzlichen Meinungen ändert, sind die Geißel der Ehe. Entweder ignoriert man die Ansichten des anderen oder man toleriert sie, respektiert sie vielleicht sogar gelegentlich – obwohl mir Letzteres unwahrscheinlich anmutet, wenn es sich um unvereinbare Gegensätze handelt.)

Ich rief Tina Coleman an, um sie wegen unseres Vermisstenfalls zu Rate zu ziehen, und brachte mich in Verlegenheit, indem ich mitten in unserem kurzen Gespräch in Tränen ausbrach. Tina riet mir, eine »Seherin« zu konsultieren, die Mrs. Fauxmanteur an Orten aufspüren könne, wo die Polizei sie niemals finden würde. Diese Worte verstärkten meine Beunruhigung jedoch nur, und ich beendete das Gespräch so rasch wie möglich. Ich hatte Angst, die Dame von der Telefonvermittlung könne gelauscht haben, was heutzutage eine weit verbreitete Unsitte zu sein scheint. Zwar stamme ich aus einer wohlhabenden Familie, John Rimbauer jedoch kann man nur als steinreich bezeichnen, und als seine Frau habe ich aus erster Hand den Verlust der Privatsphäre erlebt, den das Leben der Reichen mit sich bringt. Irgendwer sieht immer zu, so hat man den Eindruck, irgendwer lauscht immer – sei es ein Diener, ein Zimmermädchen, ein Fahrer oder die Öffentlichkeit. Wenn John und ich aus dem Auto steigen, um einem Dinner oder einer Aufführung beizuwohnen, zeigen die Leute auf uns. Sie tuscheln und geben sich nicht einmal Mühe, ihre Aufregung zu verbergen, wenn sie uns erkannt haben. Wir leben wie unter einem Vergrößerungsglas, tagein, tagaus, und ich empfinde die weitreichenden Auswirkungen dieser ständigen Beobachtung als sehr anstrengend. John, der damit nun schon so viele Jahre lebt, scheint das alles entweder nicht zu bemerken oder es kümmert ihn nicht. Er benimmt sich immer gleich, ob in der Öffentlichkeit oder zu Hause – ein wenig forsch, jedoch charmant; ruhig und doch leicht erregbar; ein Mann, der in jeder Situation dominiert, sogar, wenn wir bei engeren Freunden eingeladen sind! Meiner Meinung nach ist es seine konsequente Art und Bestimmtheit, die ihn zu einem so hervorragenden Geschäftsmann macht. Er strahlt Macht aus und spricht damit sowohl Frauen als auch Männer an, natürlich aus unterschiedlichen Gründen. John Rimbauer kann sehr freundlich sein, jedoch auch sehr Furcht erregend. Niemand würde es wagen, sich ihm in den Weg zu stellen, und nur wenige getrauen sich, ihn herauszufordern.

So gesehen muss die Ehe mit mir für ihn eine recht irritierende Erfahrung sein.

Tina hatte mir also vorgeschlagen, ein Medium zu konsultieren.

Als ich auflegte, versammelten sich draußen die Polizisten, und endlich zerstreute sich auch die Presse, die sich vor dem Haus eingefunden hatte. Ich dachte über Tinas Vorschlag nach. Wenn wir ein Medium zur Lösung unseres Problems brauchten, warum zögerte ich dann noch?

16. MÄRZ 1909 – SEATTLE

Darf ich es dir überhaupt offenbaren? (Ich denke, ich werde Sukeena anweisen, dich zu verbrennen, liebes Tagebuch, falls ich bei der Geburt oder zu irgendeinem anderen Zeitpunkt sterbe, denn von den Geheimnissen, die ich dir anvertraue, darf nie jemand erfahren.) Ich habe meinen Mann heute angelogen, und ich glaube, es war das erste Mal. (Natürlich hat es schon viele kleine Notlügen von meiner Seite gegeben – zum Beispiel, wenn ich so tue, als machte mir sein spätes Heimkommen nichts aus; wenn ich vorgebe, unsere Begegnung im Schlafzimmer zu genießen, obwohl sie mich eigentlich abstößt; wenn ich in seiner Anwesenheit sein Handeln rechtfertige, während ich doch davon überzeugt bin, dass er einen Fehler beging – aber noch nie eine Lüge von derartigem Ausmaß!)

Heute Nachmittag sagte ich ihm, Tina Coleman wolle mich zu Einkäufen für das zukünftige Kinderzimmer ausführen, Sukeena sollte mich begleiten, und wir würden wahrscheinlich erst weit nach der Teestunde zurückkehren, da wir den Tee im Hotel oder vielleicht mit meinem Vater in der Bank zu nehmen gedächten. John verabschiedete sich von mir, aber er hatte mir kaum zugehört, denn er war zu beschäftigt mit den fortdauernden Bauarbeiten. Meine Bitte, *Rose Red* um einen Turm zu ergänzen, hatte mir John abgeschlagen, aber eines Tages werde ich meinen Willen schon durchsetzen. (In den Turm soll nämlich das herrliche Buntglasfenster eingesetzt werden, das ich in London bei einem Handwerker bestellt habe. Wir erhielten Anfang der Woche ein Telegramm mit der Nachricht, das Fenster sei auf ein Schiff nach New York verladen worden und unterwegs zu uns. Nun stehe ich also vor der Aufgabe, John zu überzeugen!)

Natürlich war gar keine Einkaufsfahrt geplant. Etwas ganz anderes als das Kinderzimmer beschäftigte meine Gedanken. In Wahrheit hatte meine teuerste Tina für mich ein Treffen mit Madame Lu arrangiert, einer Chinesin, die über außergewöhnliche Zauberkräfte verfügen soll. Und ach, was für ein Tag!

Tina schickte ihre Kutsche um halb zwei. Sie hatte darauf bestanden, mit ihrer zu fahren, weil ihr Fahrer den Weg in die Eingeweide der Stadt, wo Madame Lu anzutreffen war, kannte. Allein bei dem Gedanken an eine solche Fahrt bekam ich eine Gänsehaut! Man hört allerlei Geschichten über das chinesische Viertel: Dort soll in Unmengen Opium konsumiert werden, die jungen Frauen sind für Pennies erhältlich, und überall herrschen Krankheit und Armut bei diesen Menschen, die die Eisenbahn zurückließ, als die Schienen bis zum Meer verlegt waren. Die Chinesen strandeten zu Zehntausenden hier in Seattle, ohne Arbeit und hoffnungslos verloren. Mir ist sehr wohl bekannt, dass einige unserer Ehemänner in diesem Viertel dem Glücksspiel frönen – wer weiß, vielleicht auch Spielen mit heruntergelassenen Hosen – und andere sich wiederum dort Opium oder junge Männer kaufen. Mir war jedoch noch nie zu Ohren gekommen, dass eine weiße Frau ins Chinesenviertel vorgedrungen wäre, und schon gar keine wie Tina Coleman, die zu den angesehensten Frauen der Stadt zählte.

Der Kutscher holte Sukeena und mich also ab, brachte uns zu den Colemans, wo wir uns erfrischten, und dann bestiegen wir zu viert die Kutsche (Tina nahm ihre Zofe mit, Gwen, ein schwedisches Mädchen von verblüffender Schönheit) und brachen in den Süden der Stadt auf.

Die unbefestigte Straße verwandelte sich alsbald in das reinste Schlammbad, denn wir verließen den vertrauten Teil der Stadt, und die Steingebäude des Zentrums wurden abgelöst von aneinander gedrängten Holzhütten, Morast, Kisten und umherliegendem Müll. Zwischen diesen Hütten führten enge, dunkle, schmutzige Gassen hindurch, in denen kleine Kinder, die trotz des Regens halb nackt waren, umherliefen und mit Bällen und Stöcken spielten. Ihre kleinen gelben Körper waren völlig abgemagert. In der Luft hing der Rauch von Holzfeuer. Er stieg aus blechernen Ofenrohren und von Kochstellen unter freiem Himmel auf, die mit Planen oder Bambusmatten gegen den Regen geschützt wurden. Diese Welt liegt nur wenige Minuten von meiner eigenen entfernt, und doch habe ich bisher angenommen, sie existiere nur in Ländern wie Ägypten oder auf den Inseln, die John und ich bereisten.

Mir schlug das Herz bis zum Hals, als die Kutsche vor einem zweistöckigen Holzhaus tief im Herzen des chinesischen Viertels anhielt. Jeden Augenblick müsse, so dachte ich, ein Chinese herausspringen und ein gefährliches Messer mit gekrümmter Doppelklinge schwingen. (Von solchen Menschen habe ich bei Kipling gelesen.) Ich befürchtete, man würde uns die Geldbörsen rauben oder – schlimmer noch – jenes Verbrechen an uns begehen, das jede Frau am meisten fürchtet: Vergewaltigung. Aber zu meiner Überraschung geschah nichts dergleichen. Der Fahrer half uns von der Kutsche auf einen Holzsteg, den wir überquerten, um das betreffende Haus zu betreten.

In der Luft hing der Duft von Sandelholz, den ich von unserer Reise her sofort erkannte. Der erste Raum war düster, nur von Kerzen erhellt. Es gab keine Gaslampen, denn die Leitungen reichen nicht bis in den Südteil der Stadt. Das Haus machte keinen besonders stabilen Eindruck. Der Wind pfiff ungehindert durch etliche Ritzen und spielte mit den kleinen Kerzenflammen, die zitternde Schatten an die Wände warfen. Eine unheimliche und beunruhigende Umgebung. Sukeena zupfte mich am Ellbogen und schüttelte den Kopf, um ihrem Missfallen Ausdruck zu verleihen. In diesen Angelegenheiten vertraue ich Sukeena sehr – sie hat die Fähigkeit, das Unerwartete vorherzusehen. Sie spürte, dass an diesem Ort etwas falsch war – schrecklich falsch –, und sogar ich konnte sie spüren, diese dunkle, bedrohliche Ausstrahlung. Finster und unversöhnlich.

»Hier ist es?«, fragte ich Tina.

»Ein wenig dramatisch, nicht wahr?«, bemerkte sie. »Ich sage Ihnen, Ellen, Madame Lu ist ganz anders, als dieser Raum oder das Haus glauben machen könnten. Ich denke, es ist eine Geschäftstaktik. Die Chinesen, die den Großteil ihrer Kundschaft ausmachen, erwarten Atmosphäre, und Madame Lu gibt ihnen, wofür sie bezahlen. Die Leute erwarten etwas Unirdisches, und Madame Lu kommt den Wünschen nur zu gern nach. Ich sage Ihnen, liebe Freundin, sie ist ganz anders. Sie werden sie als edle und unendlich geduldige Gastgeberin kennen lernen. Gwen war auch sehr besorgt, als ich sie zum ersten Mal hierher mitnahm.« Die blasse junge Schönheit nickte zustimmend.

Mir fiel der starke Kontrast zwischen ihr und meiner Sukeena auf – die eine so blass und durchscheinend, die andere so dunkel und opak. Und ich fragte mich, ob es Tinas Idee gewesen war, das hübsche Mädchen einzustellen, oder die ihres Ehemanns. So manchem Hausmädchen in der Stadt haben seine Dienste schon ein uneheliches Kind eingebracht.

»Aber nun fühlt sie sich hier genauso wohl wie ich«, fuhr Tina fort, »denn nun hat sie die unvergleichliche Madame kennen gelernt und weiß, es besteht kein Grund zur Beunruhigung. Es gibt, wie Sie bedenken müssen, meine Liebe, unter diesen so genannten Seherinnen echte und falsche. Madame Lu ist keine Schwindlerin, das kann ich Ihnen versichern. Aber die Schwindlerinnen sind Konkurrenz für sie, und deshalb muss sie sich wegen des starken Wettbewerbs genauso gut inszenieren wie die besten unter ihnen.«

Ihre Worte vermochten mich nicht vollständig zu überzeugen. (Sukeena zweifelte ja ohnehin an den Fähigkeiten dieser Frau, wie sie mir zu verstehen gegeben hatte.) Der Raum strahlte eine Schwere aus, etwas Bedrohliches. Vielleicht lag es an dem Sandelholzaroma in der Luft, vielleicht an den zitternden Schatten an der Wand – es überkam mich jedenfalls ein gewisses Schwindelgefühl, und ich setzte mit großer Vorsicht, aber ehrlich gesagt auch aufgeregt, einen Fuß vor den anderen. Dies war gewiss »kein Ort für eine Frau«, und allein die Tatsache, dass ich mich an einem solchen Ort aufhielt, versetzte mich in eine Erregung, deren Ausmaß ich hier kaum beschreiben kann. (Die Damen meines Standes raunen sich hinter vorgehaltener Hand zu, die »Zeit der Frauen« breche an. Ich denke, an diesem Ort begriff ich zum ersten Mal, dass bald bestimmte Grenzen überschritten werden sollten. Ich kam mir in der Tat in diesem Augenblick wie eine Pionierin vor.)

So wagten wir uns die knarrenden Stufen eines völlig unbeleuchteten, engen, mit Holz verkleideten Treppenhauses hinauf, das in einen schlichten Empfangsraum führte. Dort thronte die gewaltige Madame Lu in einem Korbstuhl, den sie vollständig ausfüllte. Sie war so dick wie drei bis vier Frauen; ein gewaltiges Bauwerk aus Fleisch und Seide, gekrönt von zwei Haarnadeln aus Elfenbein, mit denen das dicke schwarze Haar gebändigt wurde, das offen bestimmt bis zum Boden gereicht hätte. Ihr Mehrfachkinn fiel in Wellen auf den Halsausschnitt ihres roten Seidengewands herab, und ihre fleischigen Hände wirkten aufgedunsen und bewegungsunfähig. Sie hatte eine richtige Männerstimme, tief, volltönend und kehlig. Die Worte brodelten gewissermaßen aus ihrem Hals.

»Bitte, setzen!« Sie wies auf den Boden, der nur von einer geflochtenen Matte bedeckt war.

Ich warf Tina einen unverhohlen erstaunten Blick zu, aber sie lächelte mich nur an, schlug die Beine über Kreuz und ließ sich langsam zu Boden sinken, wobei ihr die schwedische Zofe zur Hand ging. In diesem Augenblick begriff ich, warum sie darauf bestanden hatte, dass mich Sukeena begleitete, und auch ich ließ mir von meiner Zofe beim Hinsetzen helfen. (Ich denke, ich habe nicht mehr auf dem Boden gesessen, seit ich ein Kleinkind war!) Nun traten unsere Zofen zur Seite und stellten sich neben die beiden Wächterinnen von Madame Lu, zarte junge Frauen, die noch nicht voll entwickelt waren.

»Willkommen wieder hier, Miss Tina. Sie bringen Freundin?«

»Ich bin wegen meiner Freundin gekommen, Große Dame.«

»Aha.«

Sie taxierte mich mit ihren wachen Augen, und ich spürte, wie ich von einer Hitzewelle erfasst wurde, als hätte sie mit ihren fetten, heißen Händen direkt in mich hineingegriffen. Ich spürte, wie sie meine Geheimnisse plünderte, als hätte sie dieses Tagebuch geöffnet und zu lesen begonnen.

Madame Lu wirkte durch und durch Ehrfurcht gebietend auf mich. Als das Sandelholzaroma mir zu Kopf stieg und ich spürte, wie sie mich in ihren »Bann« zog, öffnete sie eine alte Blechdose, der sie eine Hand voll kleine, elfenbeinfarbene Knochen entnahm, die von tausendfachen Berührungen glänzten.

»Welche Frage Sie haben?«, wandte sie sich nun an mich, und ihre Stimme klang so tief wie die meines Mannes.

»Wie viele Fragen darf ich denn stellen?«

Die dickleibige Frau verdrehte die Augen und warf meiner lieben Freundin einen tadelnden Blick zu. Tina beugte sich zu mir und erklärte mir im Flüsterton, die Chinesen sprächen niemals direkt über das Geschäft. Dies sei eine Frage des guten Tons. Wie ich von ihr erfuhr, berechnete Madame Lu jede Frage einzeln. Wenn ich also bereit war, jeweils fünfzig Cent zu zahlen, konnte ich so viele Fragen stellen, wie ich wollte. Ich empfand diesen Betrag als Wucher, stimmte aber dennoch zu.

»Also gut«, sagte ich zu der Chinesin. Ich war ein wenig entrüstet, weil ich auf einer Matte am Boden sitzen musste, sammelte mich aber und fragte: »Lebt Mrs. Fauxmanteur noch? Geht es ihr gut?«

Madame Lu betrachtete mich eine ganze Weile, rückte dann den schwarzen Emailletisch zurecht, der vor ihr stand, und ließ die kleinen Knochen darauf fallen. Es klang, als wären sie aus Stein. Nun beäugte sie den ungeordneten Haufen so interessiert wie ein Hund, der etwas Neues entdeckt hat. Sie legte den Kopf schief, nickte, murmelte vor sich hin und stocherte mit dem Zeigefinger in dem Knochenhaufen herum. Mit volltönender Stimme sagte sie: »Leben viele Formen hat, ja? Der Geist dieser Dame lebt. Ich habe nur mit Geistern zu tun, ja? Ihr Körper? Möglicherweise nicht lebendig, so wie Sie verstehen.«

Ich erschauderte. Lebendig und doch nicht lebendig? War denn so etwas möglich? Für mich mit meiner christlichen Erziehung roch dies nach Heidentum und Teufelswerk – aber in meinen Gebeten hatte ich den Seitenwechsel ja schon vor langem vollzogen. Nun holte lediglich die Welt um mich herum auf.

Die dickleibige Frau sammelte die Knochen hastig ein und legte sie in die Blechdose zurück. Dabei sah sie mich in Erwartung einer weiteren Frage von der Seite an. Ich zögerte jedoch.

»Noch etwas?«, fragte sie.

Ich sah Tina an. Eigentlich wollte ich nicht, dass sie meine folgende Frage mit anhörte. Konnte ich ihr vertrauen? Ich musste es riskieren. »Ist *Rose Red*, unser Zuhause, unsere Residenz, von Geistern besessen?«

Die Frage ließ Tina aufhorchen. Sie starrte mich neugierig an, aber ich sah nicht zu ihr hinüber.

Das Ritual wiederholte sich. Die geschwollenen, dicken Finger der Madame Lu griffen erneut in die Blechdose und warfen eine Hand voll Knochen auf den glänzenden Emailletisch. Wieder stocherte sie darin herum und suchte nach Informationen. Wie Sukeena mich mit einem Seufzer wissen ließ, brachte sie unserer Gastgeberin kein Vertrauen entgegen.

»Sie sind nicht allein in diesem Haus«, verkündete Madame Lu plötzlich.

»Geister?«, keuchte ich. Mir war plötzlich sehr kalt, und ich begann zu zittern. Ich war plötzlich nicht mehr sicher, ob ich die Wahrheit überhaupt erfahren wollte. Vielleicht war ich noch nicht bereit dazu.

»Eine Anwesenheit«, sagte Madame Lu. »Mehr ich kann Ihnen nicht sagen.«

Ich hatte genug gehört. Eine »Anwesenheit«. Warum war diese Aussage für mich von so großer Bedeutung? Warum verspürte ich eine Angst, die mir das Blut in den

Adern gefrieren ließ? Und was am schlimmsten war: Sukeena bekundete nickend ihre Zustimmung. Eine Anwesenheit.

Ich hatte nur noch einen Gedanken im Kopf: Hinaus! Ich wollte nach Hause. Jedenfalls einige Sekunden lang – bis mir klar wurde, dass mein Zuhause ja *Rose Red* war.

1. APRIL 1909 – ROSE RED

Ich bete von ganzem Herzen, dass uns jemand einen Streich spielt, da heute ja der Tag für derlei Schabernack ist, aber in meinem tiefsten Innern weiß ich es besser, denn wir haben es schon einmal erlebt, nicht wahr, liebes Tagebuch? Ich fühle mich dem Wahnsinn nahe, und bin fast krank vor Sorge.

Eine weitere Frau ist spurlos verschwunden.

Diesmal ein Dienstmädchen; Laura ist ihr Name. Sie ist ein süßes Ding von recht hübschem Aussehen, das in unseren Gemächern die Bettwäsche wechselt, saubermacht und sich um die Reinlichkeit unserer Toiletten und Bäder kümmert. Eine Farbige mit hellbrauner Haut und fröhlicher Ausstrahlung. Sie ist eine von Sukeenas engeren Vertrauten unter den Bediensteten und hat für meine afrikanische Königin fast den Status einer jüngeren Schwester inne.

Als der »Regent« genannte Dienstbotenvorsteher Thomas meinen Mann informierte, dachte ich, mein Gatte fiele gleich in Ohnmacht – ein ungewohntes Bild bei einem starken Kerl wie ihm. »Es handelt sich um Laura, Sir«, sagte Thomas zu John, als wir gerade unseren Tee nahmen. (Denke nicht, mir wäre die Übereinstimmung der beiden Fälle hinsichtlich der Tageszeit entgangen!)

»Laura?«, zischte John.

»Unser Zimmermädchen«, keuchte ich.

Da er glaubte, ich habe zu ihm gesprochen, fuhr er mich an: »Ich weiß, wer Laura ist, Ellen. Sei still!«

Ich hätte ihn am liebsten geschlagen, so gedemütigt fühlte ich mich. John weiß natürlich, wer Laura ist. Er hat schließlich das letzte Wort bei der Einstellung von Personal. Zwar behauptet er, die Betreuung der Dienerschaft unterliege meiner Verantwortung, aber das tut sie ganz gewiss nicht.

Er biss sich auf die Lippe und nagte darauf herum, grüblerisch vertieft in teuflische Überlegungen (in Anbetracht seines Gesichtsausdrucks war ich mir dessen relativ sicher). In diesem Augenblick zog ich zum ersten Mal die Möglichkeit in Erwägung, dieser Fluch, der uns heimgesucht hat, könne auf irgendeine Weise mit John in Verbindung stehen und gar nicht mit mir. Vielleicht waren es nicht meine, sondern Johns Gebete, die das Jenseits erreicht hatten. Vielleicht wurde, während ich die ganze Zeit zur anderen Seite betete, tatsächlich der Stimme meines Mannes Gehör geschenkt. Und wenn dem so war, was für ein Ansinnen verfolgte er dann mit seinen Gebeten? Gewiss wollte er mir keinen Schaden zufügen, schon gar nicht vor der Geburt seines Erben! Aber was will er dann?, frage ich mich.

Ich habe noch keine Antwort auf meine Fragen gefunden, obwohl es Beweise zur Untermauerung meiner Theorie gibt, denn Lauras Verschwinden hat meinen Mann schwer getroffen, weit mehr als das von Mrs. Fauxmanteur.

John befahl Thomas sogleich, sämtliche dreiunddreißig Bediensteten (Laura ist die vierunddreißigste!) im großen Ballsaal zu versammeln. Alle hüllten sich in Schweigen, denn in diesem Haus sprechen sich Neuigkeiten schnell herum, wie du mir glauben kannst. (Es gibt keine Privatsphäre mehr in meinem Leben – alles ist offengelegt.) Thomas und Sukeena stellten sich als die persönlichen Untergebenen von John und mir vor die Reihen der anwesenden Bediensteten. John richtete mit besorgter, vielleicht sogar angsterfüllter Stimme das Wort an sie.

»Ich muss nach dem Verbleib unserer Laura Hirtson fragen, dem Zimmermädchen, das Mrs. Watson untersteht. Wer Informationen über Miss Hirtson hat, möge nun vortreten.«

Thomas, ein großer Mann mit gebieterischer Ausstrahlung sah seine Untergebenen streng an. Einige der Mädchen weinten bereits, bemühten sich allerdings, ihre Tränen zu verbergen. Zu meiner Überraschung trat ein achtzehnjähriger Mann vor und sagte mit zaghafter Stimme: »Sir, wenn ich …«

»Rodney?«

Johns Erinnerungsvermögen versetzt mich immer wieder in Erstaunen. Ich glaube, er kennt die Namen aller Bediensteten und erinnert sich, falls erforderlich, vielleicht sogar an ihren Hintergrund. Ich selbst kenne viele Namen, aber bei weitem nicht alle.

»Ich habe Laura heute spätmorgens im Wintergarten gesehen. Ich bin nicht sicher, aber ich glaube, sie wollte in das Stallgebäude.«

John schürzte die Lippen, sah Daniel, den Stall- und Fuhrmeister, direkt an, und die beiden wechselten einen intensiven Blick. Sekundenlang hatte ich den Eindruck, Wind fege durch den Raum. »Ist das so?« John machte eine Pause. »Daniel?«, setzte er nach.

»Ich habe sie nicht gesehen, Sir, und ich habe den Pferdestall den ganzen Morgen nicht verlassen, bis ich hierher zu dieser Versammlung kommen musste.«

Daniel und John kennen sich schon sehr lange, denn dieser Mann kümmert sich nun schon seit fast zwei Jahrzehnten um Johns Pferde. Ich wusste, John schenkte Daniels Worten absolutes Vertrauen.

»Im Wintergarten also«, wiederholte John an Rodney gerichtet.

»Ja, Sir. Und wenn ich bemerken darf, Sir, schien mir ihre Anwesenheit dort … ein wenig … verdächtig. Sie war überrascht, mich zu sehen, könnte man sagen. Wollte direkt eine Erklärung abgeben, als hätte ich um eine gebeten. Dabei hatte ich gar nicht gefragt. Aber so ist Laura, nicht wahr? Das ist eine, die gern redet.«

Einige der Männer um Rodney kicherten über seine offenherzige Bemerkung. John sah jedoch keinen Grund zur Fröhlichkeit, straffte die Schultern und brachte das gesamte Personal mit eisigem Blick zur Räson.

»Sonst noch jemand?«

Niemand trat vor.

Ich erhob meine Stimme. »Es ist von größter Wichtigkeit, um es milde auszudrücken. Bitte, wenn jemand von Ihnen das Mädchen irgendwo gesehen hat …« Ich bemerkte eine Regung in Lindas Gesicht. Linda ist Mrs. Danby unterstellt und eine von Lauras Zimmerkameradinnen. Die beiden stehen sich nahe, denke ich, habe aber wenig, um diese Theorie zu stützen. Lindas Augen weiteten sich. Ich glaubte gesehen zu haben, wie ihre Hand fast unmerklich zuckte, als wollte sie sich melden.

»Linda?«, fragte ich.

»Ja, Madam?« Anspannung lag in ihrer Stimme.

»Wolltest du etwas sagen?«

Ein rascher Blick zu mir und dann zu John. »Nein, Madam.«

»Ich hatte gerade den Eindruck …«

»Nein, Madam.«

John brachte mich mit einem strafenden Blick zum Schweigen. Dies war seine Personalversammlung, nicht meine. Er teilte die Anwesenden in Gruppen auf und erklärte ihnen, wer wo suchen sollte. Nach seiner Berechnung konnten es die dreiunddreißig Bediensteten innerhalb von einer Stunde, maximal zwei Stunden, schaffen, das Gebäude gründlich zu durchkämmen und in jedem Wandschrank, jeder Wäschekammer, jedem Lagerraum und Schrankkoffer nachzuschauen. (Als mir klar wurde, dass die Suche auch unter Einsatz dieser Armee, die sich vor uns versammelt hatte, so viel Zeit in Anspruch nehmen würde, erfasste ich erst die gewaltige Größe dieses Hauses, das noch immer im Bau befindlich war. – Sogar mir, der Hausherrin, fehlt der Überblick. So habe ich zum Beispiel immer noch nicht den neuen Flügel im dritten Stock besichtigt, der bereits vor über drei Wochen fertig gestellt und eingerichtet worden ist.)

Als das Personal entlassen wurde und die Suche begann, war mein teurer John so bleich im Gesicht, wie ich es noch nicht erlebt habe. Ich bat Sukeena zu mir und wies sie an, Linda zu folgen und sie in meine Gemächer zu bringen.

»Aber die Durchsuchung, Madam!«, protestierte Sukeena in ihrem kenianischen Singsang und riss die Augen vor Besorgnis weit auf. »Mister John.«

»Vergiss John!«, sagte ich nur. »Ich möchte sofort mit Linda sprechen.«

»Sehr wohl, Madam«, entgegnete Sukeena mit der ihr eigenen Entschlossenheit, wenn es darum ging, meinen Wünschen zu entsprechen. Eine von Sukeenas vielen wunderbaren Eigenschaften ist ihre Fähigkeit, ruhig und besonnen zu bleiben. Ob jung oder alt, die Afrikaner sind in dieser Hinsicht wirklich gesegnet. Es bereitet ihnen nicht die geringste Schwierigkeit, die Vergangenheit – einen Streit, ein Zerwürfnis oder andere Probleme – einfach hinter sich zu lassen, als wäre nichts geschehen. (Trotz der Vorhaben von Mister Lincoln und dieses schrecklichen Bürgerkriegs, den unsere Eltern erleiden mussten und in dem viele von ihnen kämpften, glaube ich nicht, dass den Sklaven, die fast alle afrikanischer Herkunft sind, die Möglichkeit zu sozialem Aufstieg gegeben wurde, wie behauptet wird. Ich glaube vielmehr, die Geschichtsschreiber werden Mister Lincolns Haltung eher auf politischen Druck, denn auf seine philanthropische Einstellung zurückführen. Die Befreiten, so hat es den Anschein, stehen sich kaum besser als zuvor. Oft haben sie keine Anstellung, sie dürfen kein Land kaufen und werden aus Regionen herausgerissen, in denen sie seit Generationen leben. Wie ich höre, behaupten Frauen dieser Stadt, die sich für das Wahlrecht einsetzen, der Neger habe ein mindestens ebenso großes Anrecht darauf, für die persönliche Freiheit zu kämpfen, wie die amerikanische Frau!)

Sukeena eilte also davon. Nach nicht einmal zehn Minuten zog ich mich in meine Gemächer im Westflügel zurück und fand Sukeena mit Linda bereits wartend vor. Als ich die sehr verschüchtert wirkende Linda bat, Platz zu nehmen, zog sich Sukeena zur Tür zurück – sie ist niemals aufdringlich, eine weitere ihrer wunderbaren Eigenschaften. Ich bat sie jedoch, bei uns zu bleiben. Dann nahm ich mir einen Stuhl, setzte mich vor Linda hin, umklammerte mit meinen kalten Händen die ihren, und wir redeten.

»Mein liebes Mädchen, was war es, was du mir vorhin sagen wolltest?«

»Nichts, Madam.«

»Nun, nun, gutes Kind, wir wissen beide, dass du fast etwas gesagt hättest. Ich sah es in deinen Augen. Wenn du etwas über Lauras Verbleib weißt … Ich kann gar nicht ausdrücken, wie wichtig es ist. Vielleicht geht es sogar um Leben und Tod. Wir wollen nicht vergessen, welches Schicksal unsere teure Mrs. Fauxmanteur ereilt hat, nicht wahr?«

Das verängstigte Ding sah zuerst Sukeena an, dann mich. Tränen stiegen ihr in die Augen.

»Rede, mein Kind! Es wird dir nichts geschehen.«

»Ich … Es … es ist, wie Rodney sagte.«

»Sie war im Wintergarten?«

Linda nickte, ihre Lippen bebten, und sie senkte den Kopf.

»Es ist gut, mein Kind.«

»Nein, Madam«, flüsterte sie.

Ich sah Sukeena an, die stets so unendlich geduldig und verständnisvoll ist. Sukeena studierte das Mädchen einige lange Sekunden und sagte: »Du hast Miss Laura im Wintergarten gesehen?«

Linda schüttelte den Kopf. »Nein.«

»Gesehen, wie sie Haus verlässt«, hakte Sukeena nach. Wie ich von unseren Gesprächen her wusste, ging sie im Gegensatz zu der Polizei nicht davon aus, dass Mrs. Fauxmanteur unser Haus je verlassen hatte.

Linda nickte verschüchtert.

Sukeena fragte: »Welche Kleidung?«

Das Mädchen sah mit feuchten, traurigen Augen auf.

»Trug sie einen Schal?«, fragte ich. »War sie für draußen angezogen?« Es war letzthin sehr frisch geworden, der Nordwind blies kalt übers Meer, was für die Jahreszeit nicht besonders ungewöhnlich war.

Das Mädchen schüttelte den Kopf.

Sukeena sagte: »Also zum Stall?«

Ich erschauderte, weil mir die Frage meines Gatten an

Daniel wieder in den Sinn kam und ich an die Verbundenheit der beiden Männer denken musste. Was hatten sie zu verbergen?

Lindas Augen weiteten sich vor Schreck. Sie biss sich auf die Unterlippe und sprang vom Stuhl auf, um sich so rasch aus meinen Gemächern zu entfernen, dass man fast den Eindruck haben konnte, sie sei gar nicht da gewesen.

»Oh je«, stammelte ich.

»Das hat mit ihm zu tun, Madam.«

»Mit Daniel?«, fragte ich, obwohl ich sehr gut wusste, auf wen sie sich bezog.

»Nein, Madam«, sagte Sukeena und sah mich eindringlich mit ihren schwarzen Augen an. »Mit *ihm*«, erklärte sie nachdrücklich.

Rose Red wurde gründlichst durchsucht, vom Keller bis zum Dach. Von Flügel zu Flügel. Von den Dielen bis zu den Schornsteinen. Mit jedem neuen Versuch wuchs Johns Verzweiflung. Ich spürte es. Er nahm wirklich sehr großen Anteil an Lauras Verschwinden, wie ich feststellen musste, mehr jedenfalls als an dem der teuren Mrs. Fauxmanteur. Vielleicht trug die Wiederholung der Ereignisse zu seiner Besorgnis bei. (Ich ziehe diese Möglichkeit der anderen, wahrscheinlicheren Begründung vor, die nun meine Gedanken beherrscht!) John war richtig gehend besessen von der Suche nach dem Mädchen, ließ das Personal immer wieder an anderen Orten nachschauen und die ganze Suche noch einmal von vorn durchführen. Gleichzeitig ließ er seine Jagdhunde in den Wald hinter dem Haus, um die Spur des Mädchens aufzunehmen – dazu wurde aus ihrem Schrank ein Wäschestück geholt.

Nun dauert die Suche bereits acht Stunden an, und es gibt immer noch kein Lebenszeichen von unserer süßen Laura.

Am meisten besorgt mich die Entscheidung, die John vor wenigen Augenblicken traf: Er will die Polizei nicht informieren. Mit blutunterlaufenen Augen und grauem Gesicht trat mir mein Mann entgegen und sagte mit unheimlich gefühlloser Stimme: »Dienstmädchen laufen immer wieder davon.«

»Aber nicht bei uns, nein«, entgegnete ich. »Wir haben noch keinen solchen Fall erlebt. Du zahlst die besten Löhne in der ganzen Stadt, John.«

»Es gibt immer ein erstes Mal.«

»Aber was ist mit ihren Sachen? Mit ihren Kleidern? Nichts fehlt. Nichts ist angerührt! Wer läuft denn weg, ohne etwas mitzunehmen?«

»Es könnte mit einem jungen Mann aus den Reihen des Personals zu tun haben, teure Gattin. Irgendein Liebeskummer. Du weißt doch, wie diese Kinder sind.«

»Laura ist kein Kind, John. Sie ist knapp drei Jahre jünger als ich.«

»Ein junger Mann. Eine Romanze. Ein gebrochenes Herz, darauf könnte ich wetten.«

»Aber die Polizei nicht einzuschalten …«

»Wir müssen an unsere Position denken, meine Teure. An unsere Stellung in der Gesellschaft. Gleich zweimal in einem Jahr die Polizei im Haus? Meinst du, wir würden einen solchen Skandal überleben?«

»Wenn es ums ›Überleben‹ geht, John, sollte uns da nicht Lauras Verbleib viel mehr Sorge bereiten als unser Ruf? Böse Zungen kann man in Schach halten. Sie werden nicht zu unseren Ungunsten reden.«

»Wie kannst du dir so sicher sein? Da ist immerhin schon unser Altersunterschied. Du weißt sehr gut, dass die Leute darüber reden – sie räumen uns geringe Aussichten ein, gemeinsam alt zu werden und die Jahre zu genießen.«

»Wir haben doch schon in unserem ersten Jahr viel ausgehalten.« Ich ließ meine Worte einen Augenblick in der Luft hängen. »Wir werden uns über alles hinwegsetzen, auch wenn Laura nie gefunden wird.«

»Sag so etwas nicht!«, fuhr er auf und sah fast aus wie der leibhaftige Tod.

»John?«

»Was ist nur mit diesem Haus?«

»Es hat nichts mit diesem Haus zu tun. Es ist alles nur Zufall«, sagte ich, obwohl ich insgeheim natürlich eine ganz andere Meinung vertrat. Entweder ist mein Mann verantwortlich, dachte ich, oder die beiden Vermisstenfälle müssen auf irgendeine Weise mit dem Kind zu tun haben, das ich in meinem Bauch trage. Weil ich mich zu sehr davor fürchtete, die mögliche Rolle meines Gatten zu untersuchen, konzentrierte ich mich auf letztgenannte Möglichkeit. Waren die Verschwundenen Opfer? Vielleicht erhielt ich längst Antworten auf meine Gebete an die dunkle Seite und verstand nur ihre Sprache noch nicht. Ich fragte mich, ob ein weiterer Besuch bei Madame Lu angebracht sei. Oder waren die Ereignisse vielmehr ein Resultat meines kürzlichen Besuchs bei der Großen Dame? Eines ist gewiss: Das Gebet ist eine mächtige Waffe, und wenn man Verwünschungen gegen den Ehemann ausspricht, muss man schrecklich vorsichtig sein.

»Zufall?«, schnaubte John. Speichel flog von seinen Lippen, als er mich anbrüllte. »Sie war doch eben noch da, und nun ist sie weg.«

Nie war ich ruhiger gewesen. Ich sprach mit Zurückhaltung. »Wo war sie denn, John? Hast du selbst sie vielleicht heute noch gesehen?«

Meine Worte machten ihn noch wütender. »Was!?«, bellte er und klang wie einer seiner Hunde. »Was ist das für eine Beschuldigung?«

»Gar keine. Es geht um Beobachtungen, das ist alles. Ich wollte nur wissen, ob du die arme Frau vielleicht gesehen hast?«

»Und wenn ja?«, donnerte er.

»Es ist doch nur eine Frage.«

»Und du, du bist so ruhig, so gesammelt! Was ist mit dir, Ellen? Hast *du* Laura heute nicht gesehen?« Sein großer Kopf bewegte sich ruckartig von links nach rechts, und es sah fast so aus, als würde er sich jeden Moment vom Rumpf lösen. »Sie ist doch in diesem Flügel beschäftigt. In unseren Gemächern. Sie ist praktisch ständig um uns, diese Frau. Steht immer zu unserer Verfügung, Tag und Nacht. Sie dient uns beiden zu gleichen Teilen.«

Ach, liebes Tagebuch, der Ausdruck in seinen Augen! Seine panische Angst. Sein schlechtes Gewissen. Eine Frau erkennt so etwas, und eine Ehefrau besser als alle anderen. »Zu unserer Verfügung, Tag und Nacht.« Ich für meinen Teil habe Laura noch nie nachts in meine Gemächer gerufen. Sukeena natürlich schon – öfter als ich zählen kann. Aber die kleine Laura? Ich wusste kaum von ihrer Existenz, nur ihre ungewöhnliche Schönheit war mir aufgefallen. Die durchscheinende Haut. Die edle Nase. Wie mir in diesem Augenblick klar wurde, war auch meinem Mann ihr Liebreiz nicht entgangen, und ich sprach ihn darauf an.

»Es war ein bezauberndes Mädchen, nicht wahr, John?«

»Du sprichst von ihr in der Vergangenheit?«

»Ich spreche von ihrem Aussehen. So unschuldig. So jung und … schön«, sagte ich. »Vielleicht war sie aber gar nicht so unschuldig. Das Äußere kann täuschen.«

Ich sah nackte Panik in den Augen meines Mannes. Nun war es klar. Wir wussten es beide.

Vielleicht werde ich einen »Unfall« haben. Oder vielleicht sollte ich Sukeena bitten, für mich Kräuter zu mischen, um den zukünftigen Erben aus meinem Bauch zu treiben, in dem er zusammengerollt kauert. Dies ist die einzig wahre Strafe, die mir für John einfällt. Lauras Verschwinden mag ein unglücklicher Zufall sein, es geschah jedoch nicht völlig grundlos. Vielleicht wollte Sukeena mich beschützen, und so werde ich sie nicht fragen, ob sie weiß, was mit dem Mädchen geschehen ist. Möglicherweise hat Laura *Rose Red* aus freien Stücken verlassen. Vielleicht ist Sukeena eingeschritten und hat das Mädchen ohne Gepäck fortgeschickt. Ich bin mehr und mehr davon überzeugt, dass meine treue Zofe über Fähigkeiten verfügt, die weit über Geheimwissen und Kräuter hinausgehen. Sie hat Vorahnungen und kann hellsehen und die Gedanken anderer lesen. Ich frage nicht nach, weil ich es gar nicht wissen will. Wenn die unschuldige Laura doch nicht so unschuldig war, dann ist mir ihr Weggang auf jeden Fall nicht unrecht. Ich habe es in meinen Gebeten so gesagt: »Verflucht sei die Frau, die meinen Mann nimmt.« Und ich werde heute Abend, wenn ich mich zurückziehe, wieder beten, wie ich es allabendlich tue. Wenn Sukeena meine Gebete mitgehört hat – dank ihrer bedeutenden Fähigkeiten oder weil ich unvorsichtig war –, und nun mein Schicksal auf gewisse Weise beeinflusst und mich schützt, warum sollte ich mich dann beschweren?

Warum Nachforschungen anstellen? Laura hat uns verlassen. Die Polizei wird es nicht erfahren. So mancher Riegel wird heute Nacht in diesem Haus vorgeschoben.

Und viele Fragen bleiben offen.

9. SEPTEMBER 1909 – ROSE RED

Ich schreibe mit schwacher Hand, aber ich will es mir nicht nehmen lassen, den wichtigsten Tag in meinem kurzen Leben festzuhalten. Vor elf Stunden, in den frühen Morgenstunden, habe ich einen Sohn zur Welt gebracht. Ich habe ihn Adam genannt, weil er der erste ist. Die Frauen, die mir beistanden, sagten, es sei eine »leichte Geburt« gewesen. Drei Stunden Wehen und eine schnelle Niederkunft. Aber wenn das »leicht« gewesen sein soll, möchte ich das Gegenteil nie erleben! Noch nie habe ich solche Schmerzen gehabt, noch nie meine weiblichen Körperteile in einem solchen Aufruhr erlebt, dass ich mich gar nicht wieder erkannte. Muskeln und Krämpfe und Kontraktionen, abwechselnd wach und bewusstlos, Schmerzensschreie, Freudenschreie und dann lag dieses feuchte, rosafarbene Wesen auf meinem Bauch und bewegte sich bereits auf meine Brust zu. Sein Instinkt trieb es dazu, noch bevor die Nabelschnur durchtrennt wurde. Nun liegt er in feinstes Leinen gehüllt friedlich schlafend in einem Korb neben meinem Bett, die kleinen blauen Augen geschlossen, die kleinen Hände fest zusammengeballt, als sei er tief in Gedanken. Oh, was für ein Schatz! Was für eine Freude!

Wie mir gesagt wurde, herrscht freudige Stimmung auf *Rose Red*; alle Bediensteten lächeln und den Hausherrn hörte man in seinen Gemächern singen. Bereits zweimal hat er sich wohl Champagner bringen lassen. Ein Sohn! Als Adam das Licht der Welt erblickte, küsste mich sein Vater so zärtlich wie noch nie. Er dankte mir mit Tränen in den Augen und versprach mir – uns allen – ein Leben voller Freude und Wohlstand. Als Familie – »Als Familie!«, brüllte er – sollten wir niemals

Schmerzen, Verlust oder Trauer erleiden müssen. (Er war gewiss zu diesem Zeitpunkt schon betrunken, aber seine kleine Rede trieb auch mir die Tränen in die Augen.)

Sukeena betätigte sich als Hebamme. Sie saß in der langen Nacht der »Vorwarnungen«, wie sie die ersten Wehen nannte, an meiner Seite und auch in den frühen Morgenstunden, als die Schmerzen stärker wurden. Und in ihre verlässlichen Hände presste ich schließlich ein letztes Mal und verspürte diese Erleichterung, die nur eine Gebärende empfinden kann. Die neun langen Monate waren vorbei. Schon das allein war ein Grund zum Feiern.

Nun habe ich mit der Milch zu kämpfen, die aus meinen Brüsten quillt, mit dem Ausfluss zwischen meinen Beinen, der jedoch, wie Sukeena mir versichert, normal ist, und mit einer Unmenge Haut, wo eigentlich mein Bauch sein sollte. Ich habe keinen Appetit, und fühle mich wie ausgetrocknet. Ich trinke das kälteste Wasser, das man mir bringt, und zwar in Mengen, wie ich es nicht für möglich gehalten hätte. Ich schlafe stundenlang, wie man mir sagt, aber mir erscheinen die Stunden wie Minuten. Alles ist so neu. So ein Wunder. Ich blicke auf dieses friedliche Gesichtchen herab und wundere mich, wie es sein kann, dass der Kleine erst vor einem Tag noch in mir war, abgeschnitten von der Luft. Dieser kleine Junge, dieses atmende Wesen. Dieser Rimbauer.

Ich hörte Musik aus den Quartieren der Bediensteten, und Sukeena sagte mir, dort werde kräftig gefeiert – mit Essen und Tanz. John hat dem Personal Spirituosen und Wein spendiert. Mir zu Ehren wird großer Aufwand betrieben. (In Anbetracht des Zustands, in dem sich unsere Bediensteten heute Abend befinden, befürchte ich, auf *Rose Red* wird morgen nichts funktionieren, aber das spielt keine Rolle.) Die Neuigkeit hat sich rasch in der Gesellschaft herumgesprochen. Tina Colemans Kutscher brachte eine Karte von ihr mit der Bitte, mich besuchen zu dürfen, und ich fürchte, ich werde in den kommenden Tagen mit solchen Anfragen überschüttet. Ich bat darum, dass Sukeena mir ein Bad einlässt und die Mädchen mir helfen, mein Haar zu waschen, aber sie sagte, es sei noch zu früh. Mehr als eine Wäsche mit dem Schwamm will sie mir nicht gestatten, bis ich besser bei Kräften bin. Das Haar darf man mir waschen, aber nur in der Schüssel. Im Verlauf des Morgens werden wir das Beste aus mir machen.

Der kleine Adam ist so ein Schatz! Wenn er an mir trinkt, fühle ich mich so gut, platze fast vor Glück und könnte grundlos in Lachen ausbrechen. Sein Hunger ist eine große Erleichterung, da meine Brust vor Muttermilch überzulaufen droht. Wir haben bereits einen Rhythmus zwischen Schlafen und Füttern gefunden, aber der Kleine hat sich noch nicht erleichtert, und Sukeena wartet so bang auf das Kindspech wie ich auf meine Niederkunft. Ich glaube, sie hat schon zwei Tage nicht geschlafen. Sie war immer an meiner Seite, wenn ich aufwachte, hielt stets meine Hand, wenn ich wieder einschlief. Was für eine teure Freundin ist sie mir doch geworden! Wie konnte ich je ohne diese, meine Schwester leben? Wie sie mit ihren Händen in mir war, um eine gute Niederkunft sicherzustellen. So zart, so liebevoll. So vorsichtig und voller Verständnis für meine Schmerzen. Eines Tages werde ich vielleicht wagen, sie nach Details zu fragen, aber jetzt noch nicht. Jetzt schlafe und wache ich abwechselnd; Adam an meiner Brust, in seinem

Körbchen, an meiner Brust … Ich sehe Sukeenas blauschwarzes Gesicht, das im Schein der Gaslampe glänzt. Ich sehe die Liebe in ihren Augen. Ich kann ihre Liebe spüren. Ich sehe Hoffnung und Güte. Ich werde mich immer an diesen Tag erinnern – die Weitergabe des Lebens von einer Generation an die nächste. Ich höre meinen Mann im Korridor vor meinen Gemächern. »Ich habe einen Sohn!«, ruft er. »Ich habe einen Sohn!«

Endlich kehren Glück und Freude in dieses Haus ein. Ich kann nur hoffen und beten, dass dieser Zustand anhält.

23. SEPTEMBER 1909 – ROSE RED

Gütiger Gott im Himmel, ich fürchte, dieses Haus hat einen eigenen Willen.

In den vergangenen zwei Wochen bin ich mit Adam und Sukeena die langen Korridore dieses großen Hauses entlangspaziert; gerade heute haben wir den Ostflügel besucht, einen Teil des Hauses, den ich bislang kaum kannte. Hier liegt der große Ballsaal, der zuletzt bei der Einweihungsfeier genutzt wurde, aber von unserem hingebungsvollen Personal wunderbar frisch und blitzsauber gehalten wird. Ich kann mich immer noch an den Tanz erinnern, kann noch immer die Musik hören (zum Glück ist der Geruch des Alkohols längst verflogen, denn seit Adams Geburt sind meine Sinne äußerst empfindlich – ich höre besser denn je und rieche die Zigarre meines Mannes, selbst wenn er am anderen Ende des riesigen Anwesens raucht), erinnere mich an den flotten Kapellmeister und sehe noch all die herrlichen Frauenkleider vor mir.

Während Sukeena Adam hielt, schlenderte ich durch den großen Saal und erinnerte mich an dieses wunderbare Fest. Vorfreude auf das zweite Ereignis dieser Art, das in wenigen Monaten stattfinden wird, erfasste mich. In ein, zwei Wochen beginnen bereits die Vorbereitungen. Ich werde das Personal zusammenstellen, und wir werden beginnen, uns um die Dekoration, die Unterhaltung, das Essen, die Einladungen und all die Details zu kümmern, die für diesen fünfzehnten Januar erledigt sein wollen. Dies war der eigentliche Grund meines heutigen Besuchs im Ballsaal: Ich wollte wieder ein Gefühl für diesen Raum bekommen, wollte mir die mit Walnussholz verkleideten Wände des Korridors ansehen, der zu ihm führt, und die großen Ölgemälde – Porträts und Landschaften –, die John und ich während unserer Hochzeitsreise in Paris und London erworben hatten. Ich möchte frische Blumen in den mediterranen Vasen aufstellen, ein Ansinnen, das unsere Gärtner monatelang beschäftigen wird. Um diese Jahreszeit kann man frische Blumen nur aus vorgetriebenen Zwiebeln bekommen, und ich werde einige Hundert davon benötigen. (Das hiesige Klima scheint für Blumenzwiebeln besonders geeignet zu sein, und ich sehe schon den Tag nahen, an dem Bauern große Mengen davon anpflanzen werden. Ich habe John bereits vorgeschlagen, Land im Norden der Stadt zu kaufen und zu diesem Zweck roden zu lassen, und er überlegt, ob er ein Geschäft mit den Holzbaronen abschließen soll. Vielleicht kann er das Land, das sie bereits abgeholzt haben, zu einem günstigen Preis übernehmen, da es, erst einmal gerodet, praktisch wertlos für sie ist.)

Nachdem ich einige Runden in diesem wunderbaren Raum gedreht und Adam dabei erklärt hatte, wo ich mir den Getränkeausschank vorstellte, die Sitzgelegenheiten und die Bühne, verließen Sukeena und ich (und Adam in ihren Armen) den großen Saal wieder und kehrten in den beeindruckenden Korridor des Ostflügels zurück.

Sukeena schrie auf. Nur weil sie Adam in den Armen hielt, während ich in Ohnmacht fiel, blieb der Kleine unverletzt. Hätte ich ihn gehalten, wäre er mit mir gestürzt.

Dort am anderen Ende des Korridors, gleich an der Treppe, stand die hübsche Laura, unser verschwundenes Hausmädchen. Nach so vielen Monaten! Ihre Bluse stand offen, und ihre nackte Brust und die dunkle Haut waren teilweise unverhüllt. Einen Rock trug sie nicht, und ihre verknitterte Unterwäsche war aufgeschnürt und hing ihr lose um die Knie. Ihre Weiblichkeit war entblößt, wie ich es mir bei den Huren an der Straßenecke vorstelle. Sie bot einen unsagbar traurigen Anblick: eine zerstörte Frau, das Haar zerzaust, die Haut fleckig. Ich hörte ihre Stimme nicht, aber ich sah, wie sich ihre Lippen bewegten, und verstand ihre Worte. »Mein Rock«, sagte sie, sah mich an, dann an sich herunter und tat so, als wolle sie sich wieder anziehen. So Mitleid erregend. So gespenstisch!

In diesem Augenblick verlor ich das Bewusstsein und stürzte zu Boden. Sukeena schrie – weniger aus Angst als vielmehr, um jemanden zu Hilfe zu rufen. Als ich wieder zu Kräften kam, war Laura fort. Verschwunden in diesem Haus oder von ihm verschlungen.

An diesem Abend gab ich Adam hinter verschlossenen Türen in die Obhut eines Hausmädchens und verließ zum ersten Mal seit der Geburt das Haus. John war »geschäftlich« unterwegs, also in der Stadt zu einem Pokerspiel, einem Geschäftsessen oder an einem Ort, über den ich lieber nicht nachdenken möchte. Mit Sukeena an meiner Seite zog ich sodann zu einem Abenteuer aus. Wir folgten einer logischen Spur: Wenn Laura tatsächlich auf dem Weg in das Stallgebäude gesehen worden war, und wenn ihr nun der Rock fehlte, wie groß war dann die Wahrscheinlichkeit, dass wir dieses Beweisstück finden und dem armen Wesen helfen konnten? Vielleicht hielt allein der fehlende Rock sie in der Geisterwelt gefangen, in der wir sie gesehen hatten. (Denn ich schwöre, es ist wahr: Diese Frau am Ende des Korridors war ein Geist gewesen, kein Wesen aus

Fleisch und Blut. Frage mich nicht, wie das möglich ist, liebes Tagebuch, denn ich weiß es nicht, ich schreibe es jedoch mit absoluter Gewissheit nieder!)

Ich muss gestehen, ich fühlte mich ein wenig in die Jugend zurückversetzt. Das Herz schlug mir bis zum Halse, als Sukeena und ich aufbrachen, um den Westflügel heimlich über die schmale Dienstbotentreppe zu verlassen, die in einen kleinen Flur im Erdgeschoss zwischen Salon und westlichem Hauptkorridor führt. Von dort aus gingen wir zuerst in die Waffenkammer, Sukeena als Späherin einige Schritte vor mir, dann in den Außenkorridor zwischen der Wandteppichgalerie und der südlichen Außenmauer des Hauses. Den langen Steinkorridor verließen wir durch eine Tür, hinter der eine Wendeltreppe liegt, über die man nach oben ans äußere Ende des Westflügels gelangt, zu Johns Gemächern. (Selbstverständlich benutzt er diese versteckte Treppe, um das Haus ohne mein Wissen zu verlassen.) Unser Weg führte uns sodann über die Bowlingbahn ins Badehaus. Wir schlichen rechts um das Becken zum östlichen Ausgang, der in den Garten von *Rose Red* führt. Sukeena hat die Gabe, sich vollkommen geräuschlos bewegen zu können. Meine afrikanische Königin schien regelrecht über die Steine zu schweben, bewegte sich geschmeidig um jede Ecke und blieb fast völlig unsichtbar. Als wir den Garten erreicht hatten, hielten wir an, um zu verschnaufen (für mich weit nötiger als für sie) und warteten, bis sich unsere Augen an die Dunkelheit gewöhnt hatten. Aber ach, mir schmerzte die Brust vor Nervosität und Anspannung! Das Geräusch des Springbrunnens war deutlich zu hören; er lag nur einige Meter entfernt – zwischen uns und dem Stallgebäude. Wir wählten jedoch nicht den perfekt ausgelegten Steinpfad, sondern hielten uns im Schutze des Badehauses und benutzten einen Schleichweg zwischen Bäumen, Sträuchern und Beeten hindurch.

»Ich kümmere mich morgen darum!«, ertönte plötzlich eine Männerstimme, die ich nicht erkannte. Ganz bestimmt war es aber einer der zahlreichen Stallburschen, der sich verabschiedete, um das Anwesen auf ein Bier zu verlassen oder sich in sein Schlafquartier zurückzuziehen.

Sukeena und ich hatten den Zeitpunkt mit Bedacht ausgewählt. Wie wir wussten, hatte das in Pferdestall und Wagenschuppen beschäftigte Personal in der Regel eine Stunde nach Rückkehr der letzten Pferde oder Gespanne sein Tagewerk beendet und durfte gehen. John war mit dem Automobil zu seinen »Geschäften« aufgebrochen, und daher sollte es nun ruhig im Stallgebäude werden. (John würde natürlich später wiederkommen und den Wagen wie immer in einer der umgebauten Pferdeboxen abstellen.) Ich hatte angenommen, als Stallmeister stünde Daniel persönlich bei der Rückkehr meines Mannes zur Verfügung, aber wie Sukeena herausgefunden hatte, wollte er an diesem Abend an einem Würfelspiel teilnehmen, das in einem der Kellerräume stattfinden sollte. (Von diesem Raum aus werden sonst die Tontauben in die Luft katapultiert, damit man sie von der Loggia aus abschießen kann, die im Erdgeschoss nördlich des Billardzimmers liegt.) Falls dies stimmte, hatte sich Daniel einen der am weitesten vom Stallgebäude entfernten Aufenthaltsorte ausgesucht, die es auf dem Anwesen gab. Wie ich ihn einschätzte, hatte er deshalb gewiss irgendwo einen jungen Späher postiert, der ihm Meldung machen musste, wenn der Hausherr verfrüht zurückkehrte. Wahrscheinlich den Sohn eines seiner Untergebenen – jemanden, den er mit einem Stück Wurst oder ein paar Münzen bezahlte. Diesem Späher wollten Sukeena und ich unter allen Umständen aus dem Weg gehen.

Wir kauerten uns hinter einen gepflegten Rhododendron in der nordwestlichen Ecke des Gartens. Zwischen dem Springbrunnen und unserem Versteck lagen nun die Beete des Rosengartens. Gleich gegenüber von uns stand das dunkle, bedrohliche Stallgebäude, in dem nun bis auf die Geräusche der vierbeinigen Bewohner Ruhe herrschte. (Zwischen Badehaus und Pferdestall liegt die einzige Zufahrt von Westen her, ein riesiger Hof, vor dem wir uns nun verschanzt hatten.) Wir warteten eine Ewigkeit, so kam es mir zumindest vor; ich mit Schmerzen in den von der Geburt strapazierten Muskeln, Sukeena so starr wie schwarzer Stein. Als wir sicher waren, keine menschliche Stimme mehr zu hören, wagten wir uns vor und überquerten eilig eine kleine Rasenfläche, um zum Westeingang des Stallgebäudes zu gelangen, den man vom Wohnhaus aus nicht einsehen kann. Sollten wir jetzt noch jemandem begegnen, dann höchstens im Stall selbst. (Ich hatte mir einige ziemlich schlaue Ausreden für unser unangekündigtes Erscheinen in den Stallungen zurechtgelegt, von denen eine oder zwei sogar helfen würden, unser Treiben vor meinem Mann geheim zu halten. Wie sich herausstellte, mussten wir nicht auf sie zurückgreifen. Wenigstens nicht gleich …)

Als mich Sukeena über die freie Fläche in den Schutz des großen Gebäudes führte, hatte ich das Gefühl, mir zerspringe das Herz. Nachdem wir geduckt über die mit Kies ausgelegte Einfahrt geeilt waren, drängten wir uns zitternd an die kühle Wand des Stallgebäudes und versuchten, wieder zu Atem zu kommen. Ich sah Sukeena an und wäre, nervös wie ich war, fast in lautes Lachen ausgebrochen. Ihre Miene blieb jedoch stoisch und gelassen – undurchdringlich. Ich weiß nicht, ob sie das Abenteuer nur halb so sehr genoss wie ich. Vielleicht fürchtete sie, ihre Anstellung zu verlieren, und mir wurde erst in diesem Augenblick bewusst, in was für eine schwierige Lage ich sie gebracht hatte. Sie würde mir niemals etwas abschlagen – nie und nimmer, dessen bin ich gewiss –, und nun hatte ich sie in die unangenehme Situation hineinmanövriert, mich in die Höhle des Löwen führen zu müssen. (Es ist mir zwar nicht untersagt, das Stallgebäude zu betreten, aber dort nach dem vermissten Kleidungsstück einer verschwundenen Frau zu suchen, ist etwas ganz anderes!)

Schließlich nahmen wir all unseren Mut zusammen und betraten ruhigen Schrittes den Pferdestall durch die großen Tore an der Westseite, als wäre nichts dabei. Den Eingang hatte man wohl für Johns Rückkehr am späteren Abend offen gelassen. Schon standen wir auf dem Holzboden der herrlichen, in gedämpftes Licht getauchten Stallungen. Strohstaub unter den Schuhen, kein Mensch zu sehen. Ich habe den Geruch der Pferde immer geliebt und fühlte mich in diesem Augenblick in meine Kindheit zurückversetzt.

Die Schiebetüren der Boxen sind aus geschnitztem Redwoodholz mit schmiedeeiserner Einfassung und lassen sich fast geräuschlos öffnen und schließen. (Vielfach wird behauptet, Daniel sei der beste Stallmeister im ganzen Staate.) Im Erdgeschoss des großen, zweistöckigen Gebäudes befinden sich die Pferdeboxen, die Abstellplätze für mehrere Kutschen, ein Raum für Sattel- und Zaumzeug und Daniels Schreibstube. Auf dem Speicher in der oberen Etage wird überwiegend

Stroh und Heu gelagert, obwohl es auch einige größere Räume zur Kühllagerung gibt. Ich vermute, sie stehen überwiegend leer, da wir noch kein ganzes Jahr auf *Rose Red* wohnen und diese Räume als »Zusatzlager« gedacht sind. (Ich kann mir nicht vorstellen, dass uns im Kellerlager von *Rose Red* je der Platz ausgeht – er hat die Größe eines Schulhofs.)

Bei jedem Geräusch hielten Sukeena und ich lauschend inne, um abzuschätzen, ob es von einem Menschen oder einem Tier stammte. Zum Glück kam niemand, und so drangen wir weiter in dieses große Stallgebäude vor. Wie ich hier auf diesen Seiten gestehen kann, denen ich meine innersten Geheimnisse offenbare, rechnete ich mit dem Schlimmsten. Wenn Laura der Rock fehlte, konnte nur ein Mann für diesen Umstand verantwortlich sein. Muss ich noch mehr sagen? Ich befürchtete Daniels Beteiligung an dieser Sache, da seine Loyalität zu meinem Mann außer Frage steht. Mir war Daniels Aussage vor dem ganzen Personal noch in bester Erinnerung. Er habe Laura nicht gesehen, hatte er gesagt.

Wir passierten zahlreiche Boxen, in denen die besten Pferde standen, die man in diesem Teil des Landes finden kann: Summertime und Rex sind meine Lieblinge, denn ich war bei ihrem Kauf dabei, aber alle Tiere hier lassen sich sehr gut reiten und sind ausgesprochen elegante Vertreter ihrer Art. John kennt sich sehr gut mit Pferden aus.

Den Sattelraum in der Mitte des Gebäudes fanden wir fest verschlossen vor. Enttäuscht fuhren wir mit der Suche fort. Auch Daniels Schreibstube war zugesperrt. Schweigend bewegten wir uns den Mittelgang hinunter, und Sukeena spähte alle paar Sekunden misstrauisch über ihre Schulter zu den offen stehenden Türen an der

Westseite, aus Sorge, jemand könne uns hier finden und eine Erklärung von uns verlangen.

An der Ostseite des Stallgebäudes befinden sich hinter großen Schiebetüren geräumigere Einstellplätze. Hier stehen mehrere Kutschen – sechs insgesamt, drei auf jeder Seite: zwei Prunkwagen, ein Ein- und ein Zweispänner, dann eine Ponykutsche und der Schlitten und zuletzt zwei große Heuwagen. Auf den zweiten kann bei Bedarf eine Löschpumpe montiert werden.

Wir sahen uns die Wagen an und Sukeena blieb unvermittelt vor dem vorletzten Tor stehen. Warum sie das tat, warum sie eben diesen Heuwagen wählte, weiß ich nicht. Ich kann nur sagen, sie ist eine Frau mit einer unheimlichen Wahrnehmungsgabe, mit einer fast magischen Fähigkeit, mehr zu »sehen« als andere Normalsterbliche. Sie blieb stehen, als sei sie gegen eine unsichtbare Wand gestoßen, legte den Kopf schräg und bohrte ihre Augen in die Finsternis hinter diesem Tor.

»Hier ist es, Miss«, flüsterte sie mir fast tonlos und unheilverkündend zu.

Ihre Stimmlage, ein Zeichen für höchste Dringlichkeit, ließ mich alarmiert aufhorchen. »Sukeena?«

»Ich denke, wir suchen hier. An diesem Ort.«

»Also gut.«

Ich half ihr, das große Tor in seiner Schiene zur Seite zu schieben. (Die Abteile auf dieser Seite des Stallgebäudes sind so geräumig, weil sie auch als Zuchtboxen gedacht sind.) Ich hatte längst gelernt, den Instinkt meiner Schwester nicht in Frage zu stellen, und beabsichtigte in keinster Weise, meine teure Sukeena in eine Debatte zu verwickeln. Die Tür öffnete sich fast geräuschlos, und wir standen vor dem Heuwagen, den ich sehr gut kenne. Er besitzt für John großen sentimentalen Wert, da er bereits viele Jahre im Besitz seiner Familie ist. Ich erstarrte vor Entsetzen, als mir klar wurde, dass dies auch der Wagen war, den Mister Corbin an dem Tag benutzt hatte, als er den Mord an Mister Williamson beging. Es waren noch immer Blutflecken von dieser grausamen Tat zu erkennen. Ich erschauderte, als Sukeena das Tor hinter uns schloss. Ein kleines Fenster mit schmiedeeisernen Stäben war nun die einzige Verbindung zum helleren Mittelgang des Gebäudes. Ich wollte hinaus! Ich wäre am liebsten weggelaufen. John hatte mir schon oft von diesem Heuwagen erzählt – um ihn ranken sich etliche Kindheitserinnerungen, zum Beispiel die Geschichte von den ersten paar Dollar, die er sich verdiente. Er bekam sie von einem Nachbarn, weil er für diesen Müll abtransportierte. (John unterhält die Dinnergäste immer mit dieser Geschichte – wie er es vom Müllfahrer zum Ölmagnaten brachte.)

Sukeena umkreiste den Wagen, als hätte er sie in seinen Bann gezogen. Sie berührte ihn und schloss die Augen, und ich sah, wie sich auf ihren Armen eine Gänsehaut bildete, als hätte sie ein Fenster hinaus in die Kühle geöffnet. Mir ging die Angst durch Mark und Bein, als sie die Augen öffnete und ihren Blick auf mich richtete.

»Was?«, keuchte ich.

»Wir sind am richtigen Ort, Miss Ellen«, sagte sie nur. Sie ging ans hintere Ende des Wagens und legte ihre großen schwarzen Hände an die hölzerne Ladeklappe. Ich glaube, einen Augenblick lang erzitterte der ganze Wagen unter ihrer Berührung. Sukeenas Gesicht begann urplötzlich zu glühen, als wäre sie von Fieber befallen. Ihr Mund klappte auf, und es drang das unmissverständliche Stöhnen einer Frau heraus, die Schmerzen hat.

Und ich schwöre, es ist wahr: Es war nicht Sukeenas Stimme, sondern die einer anderen Frau. Ich hielt mir die Ohren zu, so schrecklich waren diese Laute, die keine Frau je zu hören gezwungen sein sollte. Da drehte Sukeena – oder wer immer sie geworden war – so rasch ihren Kopf, dass es mir vollkommen unwirklich vorkam, denn so weit kann höchstens eine Eule ihr Haupt nach hinten wenden.

Dort, an einem kräftigen Haken, hing eine dicke Pferdedecke. Vielleicht war es auch ein wattierter Überwurf, mit dem beim Beladen empfindliche Waren eingeschlagen werden. Wie in Trance ging Sukeena auf diese dunkelgrüne Decke zu, griff mit beiden Händen danach und riss sie vom Haken. Als sie das tat, begann sich der Boden des Wagens hinter uns von ganz allein zu bewegen, auf und ab, auf und ab.

An dem Haken, zuvor verhüllt von der Decke, hing ein schwarzer Frauenrock!

Als der Wagen quietschte, drehten wir uns gleichzeitig um –, und ich für meinen Teil erstarrte vor Angst. Auf dem hölzernen Boden des Wagens lag, unzüchtig zur Schau gestellt, die geisterhafte Gestalt der jungen Laura. Ihre Bluse war aufgerissen, die Brust entblößt, und es sah aus, als hielte ihr jemand die Arme fest. Ihre Beine waren gespreizt, und sie wiegte ihre Hüften auf höchst unziemliche, hässliche und unmissverständliche Weise. Sie wurde eindeutig zu diesem Akt gezwungen, und ihr Bedränger – der jedoch für uns unsichtbar blieb – verging sich an ihr.

Sukeena hielt Gott sei Dank ihre fünf Sinne beisammen. Sie riss den schwarzen Rock vom Haken und schleuderte ihn zu der gespenstischen Gestalt, die dort mit groteskem, schmerzverzerrtem Gesicht auf dem

Wagenboden kauerte. Sie warf das Kleidungsstück, als wolle sie ein Feuer löschen. Sobald es gelandet war, löste es sich mitsamt dem armen Mädchen in Luft auf, und der Wagen hörte auf zu schaukeln. Ich schwöre, ich sah es mit eigenen Augen! Einen Augenblick später hörten wir Stimmen näher kommen, Männerstimmen, tief und bedrohlich. Ich glaube, in diesem Moment fiel ich in Ohnmacht, denn aus der Ferne war zudem das Brummen eines herannahenden Automobils zu hören.

Nachdem Sukeena mich offenbar aufgefangen und mir vorsichtig eine Hand auf den Mund gelegt hatte, damit ich nicht losschreien und uns verraten konnte, rüttelte sie mich wach. Es war uns sofort klar, dass Daniel und einer seiner Bediensteten Johns Automobil gehört hatten und nun herüberkamen, um das Gefährt für die Nacht einzuschließen und den Hausherrn, meinen Gatten, zu begrüßen. Nun lief alles annähernd gleichzeitig ab – die ausgelassene, lebhafte Diskussion der beiden Männer über das Würfelspiel, das sanfte Tuckern und Klappern von Johns Automobil, wie es die lange Einfahrt heraufkam und in den Mittelgang des Stallgebäudes fuhr, der ölige Gestank der Auspuffgase. Die plötzliche Stille.

»Hallo, Daniel!«

»Sir, früher als erwartet!«

»Nur ein kurzer Besuch an den Docks und ein Brandy. Ich sage dir, Daniel, nichts macht mich zufriedener als dabei zuzusehen, wie die Ölfässer sicher verladen und auf den Weg in die Südsee geschickt werden. Sie bedeuten Geld auf der Bank für den kleinen Adam. Geld auf der Bank. Vorausgesetzt, das Schiff hat eine sichere Überfahrt.«

»Bestimmt hat es das, Sir.«

»Erwartest du ›Besuch‹, Daniel? Soll ich vielleicht bleiben?«

»Sie könnten die Aussicht aus dem Sattelraum unterhaltend finden, wenn ich dies bemerken darf.«

»Wer ist sie?«

»Eine Blondine, Sir. Eine neue. Arbeitet in der Küche. So jung wie ein grüner Apfel, Sir. Hab sie mit dem Angebot von reinem irischen Whiskey angelockt. Wird jeden Augenblick da sein, Sir.«

»Sehr schön.«

Als ich das Gespräch der beiden Männer verfolgte, wusste ich sofort, dass Daniel derjenige gewesen war, der Laura auf dem Wagen drangsaliert hatte. Möglicherweise hatte mein Mann zugesehen – denn ich weiß sehr gut, wie viel er für Voyeurismus übrig hat. (Sukeena hat zwei Verstecke im Haus gefunden, die mit Spiegeln ausgerüstet sind und von denen aus man das Quartier der weiblichen Bediensteten und die Badezimmer beobachten kann. Ich muss wohl nicht erwähnen, dass diese geheimen Verstecke nicht in den Hausplänen eingezeichnet waren, die mir während der Hochzeitsreise von meinem Mann vorgelegt wurden!) Verzweifelt klammerte ich mich an die Hoffnung, Daniel möge sich an der jungen Laura vergangen haben und nicht mein John. Immerhin war dies Daniels Stallgebäude. Möglicherweise wusste mein Mann von der Sache und wollte nur einen seiner loyalsten Untergebenen decken.

Sukeena schob mich hinter den Wagen, als die Stimmen näher kamen. John und Daniel blieben direkt vor dem Tor zu unserem Versteck stehen. Da erschien der Geist von Laura erneut in dem schwachen Licht direkt vor uns. Sie hatte sich wieder angezogen, aber ihre Kleider waren zerrissen und zerfetzt. Sie stand am Kutschbock und zeigte anklagend auf die beiden Männer. Offenbar konnte sie uns sehen! Und sie wollte unsere Hilfe!

John sah auf, er hatte etwas gespürt. Und ich schwöre, er sah mich direkt an, sah direkt in meine Augen. Durch dieses geisterhafte Mädchen hindurch. Er schaute mich direkt an, aber da er mich nicht an diesem Ort erwartete, nahm er mich nicht wahr. Falls doch, machte er sich gewiss rasch klar, dass es sich um eine Illusion handeln musste.

Ich glühte vor Zorn. Er hatte das arme Ding benutzt und angesichts seines Verschwindens gelogen! Der schreckliche gespenstische Anblick des Mädchens auf dem Wagen ging mir nicht aus dem Kopf. Vielleicht hatte er vorgehabt, ihr ein paar Münzen für ihre Dienste zuzuwerfen. Vielleicht hatte er ihr eine Beförderung versprochen. Aber das spielte keine Rolle mehr, denn nun war sie verschwunden. Von *Rose Red* verschlungen genau wie Mrs. Fauxmanteur. In diesem Augenblick begann ich etwas zu ahnen, über das ich noch vollkommene Gewissheit erlangen muss. Stellt es sich als wahr heraus, werde ich in der Zukunft Vorteil daraus ziehen. Ich habe nämlich den Eindruck, *Rose Red* ist auf meiner Seite.

Rose Red ist meine Freundin.

24. SEPTEMBER 1909 – ROSE RED

Ich schöpfe Trost aus meinem kleinen Sohn Adam, aus seiner süßen Unschuld. So kurz erst ist er auf der Welt. Was für ein Segen, mit so reiner Weste zu beginnen. Die Gedanken an Mrs. Fauxmanteur und die betörende Laura verfolgen mich. Ebenso Mister Corbins Spiel mit Mord und Wahnsinn. Was für ein Haus ist das? *Rose Red* rangiert, wie es scheint, die Männer aus und holt sich die Frauen. Sukeena macht sich Sorgen um mich, und wir sprechen nun oft darüber. (Ich stehe kurz vor einem Nervenzusammenbruch – beim heutigen Abendessen zitterten meine Hände so sehr, dass ich die Suppe ablehnen musste. Ich gab vor, mir nichts daraus zu machen, obwohl ich in Wahrheit den Löffel nicht stillhalten konnte. John bekommt nichts davon mit; Sukeena sieht alles.)

Sukeena und ich, wir fragen uns, warum und wie dieses große Haus seine Wahl trifft. Warum wurden Sukeena und ich verschont, nicht aber unsere beiden Schwestern? Warum nimmt es nicht alle Hausmädchen – es gibt davon über zwanzig? Warum kommt nicht »durch einen Unfall« ein Gärtner oder ein Stallbursche um? Warum ausgerechnet der Vormann der Baustelle und einige Arbeiter? Ich suche noch nach einem tieferen Sinn hinter alldem, während Sukeena bereits sehr überzeugt ihre ganz eigene Meinung vertritt.

Rose Red, wie es sich in Sukeenas Augen darstellt:

Das Haus wird bewohnt von den Seelen der Indianer, deren Gräber bei den Bauarbeiten zerstört wurden. Für diese Gräueltat wurden der Vorarbeiter und die Handwerker zur Verantwortung gezogen, aber nun, da das Haus erbaut ist und in seiner ganzen Größe hier steht, werden seine Bewohner und Gäste den Frevel bezahlen, und zwar teuer. Das Haus ist mir und Sukeena freundlich gesonnen, weil wir – wie *Rose Red* auch – Opfer der Männer sind, die es gebaut haben. Die Wahrheit über Mrs. Fauxmanteur kennen wir noch nicht, aber Laura wurde, wie Sukeena glaubt, wegen ihrer Affäre mit Daniel oder meinem Mann ausgewählt. *Rose Red* hat im ewigen Kampf von Mann und Frau Position bezogen, wagt jedoch nicht, John zu töten, weil er der Motor hinter dem Wachstum des Hauses ist – er macht es größer und mächtiger. Mir stößt nichts zu, weil ich diejenige bin, die den Weiterbau von ihrem Mann fordert. John und ich sind der Garant für den Fortbestand des Hauses. Laut Sukeena erhalten wir es durch die fortgesetzten Anbauarbeiten am Leben. Die Seelen der verstorbenen Indianer legen keinen Wert auf Krieger – und Männer sind, nach Sukeenas Ansicht, in den Augen der Stammesführer allesamt Krieger. Frauen stellen jedoch nur eine geringe Bedrohung dar und sind überdies diejenigen, von denen die wahre Geschichte eines Stammes weitergetragen wird, denn sie leben viel länger als die Krieger. Sukeena sagt, dem Haus geht es nicht nur darum, John und seine Mätressen zu bestrafen, es nimmt die Frauen auch gefangen, um von ihnen zu lernen, um Gesellschaft zu haben. So lange die Bauarbeiten anhalten und John und ich hier leben, wird *Rose Red* immer mächtiger, und es werden noch mehr Männer sterben und weitere Frauen verschwinden. Davon ist Sukeena überzeugt. Sie riet mir, ich solle meinen Mann auffordern, die Bauarbeiten stoppen zu lassen und das Haus zu verkaufen. »Von diesem Ort kommt nichts Gutes, Miss Ellen. Eine Frau sollte ihre Kinder nicht hier aufziehen.«

Im Laufe der vergangenen beiden Jahre haben Sukeena und ich uns kaum gestritten. Unsere gelegentlichen Meinungsverschiedenheiten haben eher die Form ungezwungener Diskussionen angenommen; ein Argument folgt auf das nächste, ohne erhobene Stimmen oder harte Worte. Aber als sie mir an diesem Morgen ihre Theorie über *Rose Red* vorstellte, machte ich meinem Ärger mit einem Wutanfall Luft (den ich nun bereue!). Ich sagte ihr, sie fuhrwerke mit afrikanischer Hexerei herum und verließ abrupt und ohne Erklärung den Zeichenraum. Seitdem habe ich sie nicht mehr gesehen.

Liebes Tagebuch, was für eine Närrin ich war! Meine Freundschaft mit dem einzigen Menschen auf dieser Welt, der mich versteht, aufs Spiel zu setzen, wo ich doch in meinem tiefsten Innern weiß, dass mein Widerstand auf die Befürchtung zurückgeht, sie könne die Wahrheit sagen. Ihre Erklärungen lassen mir keine Ruhe, denn sie ergeben Sinn. Damit sie jedoch Sinn ergeben, muss ich akzeptieren, dass ein Haus – ein Gebilde aus Stein, Holz und Glas – auf gewisse Weise von Geistern besessen sein kann, und dies ist für mich eine zutiefst verwirrende Vorstellung. Das Auge sieht, aber das Herz will es nicht glauben. Ein lebendes Haus? Wie groß es auch sein mag, und auch wenn es auf einem heiligen Friedhof erbaut wurde, so kann es doch nicht zu den lebendigen Wesen zählen! Oder doch?, frage ich mich gequält und rastlos. Meine Gedanken irren umher, ich bin nicht in der Lage, mich auf einen bestimmten zu konzentrieren. Liegt es an der Mutterschaft, oder ergreift *Rose Red* bereits Besitz von mir, ohne dass ich mir dessen bewusst bin?

Ich fühle mich versucht, meine liebe Freundin Tina Coleman anzurufen und einen weiteren Besuch bei

Madame Lu zu arrangieren, um der Großen Dame (in zweierlei Hinsicht) diese Theorie vorzustellen und hoffentlich ihre Meinung zu erfahren und Rat zu bekommen. Mit Hilfe ihrer »Verbindung zur anderen Seite« kann mir Madame Lu höchstwahrscheinlich Aufschluss über die Stichhaltigkeit von Sukeenas Theorie geben. (Ich werde Sukeena dabei nicht erwähnen, denn die Chinesen haben für die Afrikaner wenig übrig, so viel ist gewiss.)

Trotz meiner Vorbehalte hege ich die absolute Überzeugung, dass Sukeena eine Wissensfülle hat, die sogar Madame Lu nicht übertreffen kann. Sukeena ist mein dunkler Engel. Sie hat mich damals in Afrika ins Leben zurückgeholt und ist mir zur Freundin geworden, zur Schwester. Wie ich hier vertraulich gestehen muss, werde ich manchmal, wenn ich einen Blick auf ihren Rücken oder die Rundungen ihrer Hüften erhasche, an meine schändliche Begierde nach dem indonesischen Zimmermädchen erinnert. Sukeena massiert mir den Bauch mit Ölen, um ihm zu seiner alten Form vor der Geburt zu verhelfen, und ich stelle mir vor, wie ihre starken Hände meinen Körper erkunden. (Mein Mann und ich waren seit Monaten nicht mehr zusammen, und seit der Geburt mag ich nicht einmal an unsere Vereinigung denken.) So sündhaft sind diese Gedanken, dass ich sie kaum aufzuschreiben wage. Aber wenn ich sie nicht hier niederlege, bleiben sie weiter in meinem Kopf und richten dort weitaus größeren Schaden an. (Du wirst nie ermessen können, liebes Tagebuch, was für eine große Hilfe du mir bist. Wenn meine Gedanken ihren Weg auf deine Seiten gefunden haben, ist es wie ein Neubeginn für mich. Dann bin ich gereinigt. Zum Beispiel werde ich sicherlich gleich, wenn ich den Stift zur Seite lege, nach Sukeena rufen, und sie wird kommen, und alles wird vergessen sein. Man redet zur Zeit viel über diesen Europäer Freud und über seine beeindruckende Kenntnis des Menschen – aber ich habe nicht das Bedürfnis, anderen etwas mitzuteilen, was ich deinen Seiten anvertrauen kann. Du bist meine Rettung, denn du hörst mir zu!) So sieht also meine Beziehung zu Sukeena aus, ein Geheimnis, das sich – ebenso wie das dieses Hauses und der Menschen, die es bewohnen – erst noch vollständig enthüllen muss.

Nach einer kurzen und wunderschönen Zusammenkunft mit Sukeena kehre ich kurz zu dir zurück, liebes Tagebuch. Sukeena hatte keine Einwände gegen meinen Vorschlag, Madame Lu zu besuchen, und wird sich zu meiner großen Erleichterung selbst um die nötigen Vorbereitungen kümmern, da sie sich ein wenig mit Tinas Zofe Gwen angefreundet hat, die uns beim letzten Mal begleitete.

Ich bemerke, wie Johns Begeisterung für seinen Erben allmählich nachlässt. Er verträgt die Gerüche, das Weinen, das Aufstoßen, ja sogar das Stillen sehr schlecht. (Und dies trotz des Kindermädchens und der Amme, die Adam nachts stillt.) Vermutlich kehrt die Zuneigung meines Mannes zurück, wenn Adam acht oder neun Jahre alt ist – im richtigen Alter also, um auf die Jagd oder angeln zu gehen –, aber im Augenblick glänzt er durch Abwesenheit und zeigt keinerlei Interesse an dem Jungen. Auch die Zuneigung und Aufmerksamkeit, die er mir während der Schwangerschaft schenkte, gehören der Vergangenheit an. Ich habe sein Kind ausgetragen. Sein Erstgeborenes ist ein Junge. Ich habe meinen Zweck erfüllt, so fürchte ich. Hätte ich gewusst, dass mir ein derartiges Schicksal bevorsteht, hätte ich vielleicht doch Bedenken gegen diese Heirat gehabt. Aber nun ist es viel zu spät für solche Überlegungen. Ich kann nur das Beste – oder Schlechteste – aus meiner Lage machen. Ich strebe nach innerem Frieden und vermeide die Konfrontation, denn ich habe Angst vor den Folgen, wenn John und ich uns in ein ausgedehntes Gefecht verstricken.

Ich werde meinen Mann wieder in mein Bett bitten, sobald sich mein Körper vollkommen von der Geburt erholt hat. Ich sehe nun, dass es Kinder sind, die meinem Leben Glück und Freude geben. (Adam macht mir mehr Freude, als ich je empfunden habe. Er ist wirklich ein Wunder. Ich habe Grund zu leben, Grund zu lieben!) Wenn ich hier bin, um Kinder zu bekommen, werde ich Kinder bekommen, obwohl ich zwischen Liebe und Verachtung für John schwanke. Adam Rimbauer hat einen ganz besonderen Platz in meinem Herzen, den ihm niemand nehmen kann. Ich kann mir gar nicht vorstellen, wie es sein muss, dieses Gefühl in vier-, fünffacher Ausfertigung zu erfahren! Ich bin voller Vorfreude! Ich sehne mich nach dem Getrappel vieler kleiner Füße in den Korridoren dieses Hauses! Zum Teufel mit John Rimbauer! Ich werde mir trotz seiner Schürzenjägerei mein Leben einzurichten wissen.

Als wir bei Madame Lu eintrafen, fühlte ich mich schon viel besser als bei der ersten Fahrt in diesen Stadtteil. Ich würde zwar nicht so weit gehen zu sagen, ich hätte mich mit Chinatown angefreundet, aber wenigstens kenne ich nun einen Teil des Viertels und habe daher weniger Angst. Madam Lu hieß uns überaus freundlich willkommen. Ich kam wieder in Begleitung von Tina Coleman, und sie übernahm auch erneut den Smalltalk zu Beginn (die Chinesen bestehen auf diesem Geplauder, bevor man zum Geschäftlichen übergeht). Schließlich sah Madame Lu in meine Richtung und sprach mich an.

»Ein weiterer Besuch, mein Kind?«

»Ja, Große Dame.« (Ich halte mich so gut es geht an Tinas Ratschläge.)

Sie betrachtete mich prüfend. »Etwas macht Ihnen große Sorgen.«

»Unser Haus«, antwortete ich. »Unsere Residenz.«

Sie nickte, und ihr riesiger Kopf kippte dabei wie ein Stein nach vorn. Ein Großteil ihres Haares war am Hinterkopf zu einem Knoten gebunden, und doch war der Zopf, der aus diesem Nest heraushing, bestimmt über einen halben Meter lang. Nach meiner Schätzung betrug die Gesamtlänge ihres Haares gut und gerne einen Meter fünfzig, vielleicht sogar noch mehr.

»Ich habe Kontakt mit Menschen, mein Kind, nicht mit Häusern.«

»Zwei Frauen sind in unserem Haus verschwunden. Eine davon ist ein Zimmermädchen, eine junge Frau. Sie ist immer noch da, aber nicht mehr aus Fleisch und Blut. Ich sah sie mit eigenen Augen. Meine Zofe hat sie auch gesehen«, sagte ich und zeigte auf Sukeena. Aber die Große Dame wollte Sukeenas Anwesenheit nur ungern zur Kenntnis nehmen.

Tina Coleman schnappte nach Luft. Bis zu diesem Augenblick hatte sie wohl vermutet, meine Frage habe etwas mit meiner Ehe oder dem Kind zu tun – schlimmstenfalls mit dem Verschwinden von Mrs. Fauxmanteur. Ein zweiter Vermisstenfall (von dem sie nichts gewusst hatte) und eine Geistererscheinung waren mehr, als sie verkraften konnte. Sie ergriff ihren Fächer und wedelte so heftig damit, dass ihr einige Haare zu Berge standen.

Die dicke Dame sagte: »Ich kann nicht viel helfen. Nicht von hier. Muss ins Haus, muss mit verschwundenen Frauen sprechen.«

»Eine Séance?«

»Muss im Haus sein. Aber unmöglich für mich. Madame Lu verlässt Viertel nie. Gefährlich draußen.«

»Ich könnte eine Kutsche schicken«, schlug ich sogleich vor.

Tina beugte sich vor, um mir zuzuflüstern, dass Madame Lu Chinatown niemals verließ, denn wenn einer von den mächtigen Chinesen außerhalb seines Viertels geschnappt würde, könne er leicht der Willkür der Stadtpolizei zum Opfer fallen. Madame Lu sei nicht so dumm, solche schon ewig bestehenden Gesetze durchbrechen zu wollen. Im gesamten politische Apparat der Stadt herrschten Korruption, Erpressung und Vetternwirtschaft. Da es jedoch den Geschäftsleuten in dieser Stadt außergewöhnlich gut gehe, so Tina, wolle niemand die alten Strukturen in Frage stellen.

Ich wollte von alldem nichts hören, es ging mir schließlich um die Vorgänge auf *Rose Red*, aber ich musste wohl oder übel einsehen, dass wir trotz des großen Respekts, den der Name meines Mannes in gewissen Kreisen genießt, in der Welt von Madame Lu kaum existierten.

Tina sprach mit der Großen Dame und fragte nach einer geeigneten Person, die eine Séance durchführen könnte.

»Ich kenne nur eine«, sagte Madame Lu. »Madame Stravinski. Nur die. Keine andere. Kommt nach Seattle nicht oft. Ich schreibe Brief und wir sehen.«

»Das wäre wirklich sehr freundlich«, sagte ich.

»Sie verdächtigen Ehemann«, platzte sie unverblümt heraus.

Mir stockte der Atem.

»Sagen Sie, warum«, forderte Madame Lu mich auf.

Ich sah Sukeena an, die genauso überrascht dreinblickte wie ich. Tina schaute nicht in meine Richtung. Ich fragte mich, ob ich offen vor meiner Freundin sprechen konnte, aber ich sah keine andere Möglichkeit. Ich erzählte Madame Lu also von unserem kürzlichen Erlebnis im Stallgebäude und von der jungen Laura, die halb ausgezogen mit gespreizten Beinen auf diesem Heuwagen gelegen hatte. Ich berichtete, wie Sukeena den Rock geworfen und wie Laura später auf meinen Mann und seinen Stallmeister gezeigt hatte.

Madame Lu saß mit unbewegter Miene da und sah mich gelassen an. »Gab es kürzlich Tanz oder Feier im Haus?«

»Mein Gatte ist großzügig, was den Ausschank von Alkohol betrifft, und am Wochenende gibt es oft Musik in den Quartieren der Bediensteten.«

»Hat Gatte oder Stallmeister junges Mädchen gesehen, wie es tanzt?«

»Die Dienerschaft feiert manchmal die ganze Nacht hindurch, wie mir gesagt wurde.« Wieder sah ich prüfend zu Sukeena. Und wieder tat Madame Lu so, als existiere sie gar nicht. Mir schnürte sich der Hals zu.

»Und andere vermisste Dame. Kennt sie Gatten oder Stallmeister?«

»Mrs. Fauxmanteur?«, sagte ich. »Bestimmt nicht. Sie ist mit Melissa Ray befreundet.« Ich zeigte auf Tina, um mir meine Aussage bestätigen zu lassen. »Sie kamen nur zum Tee.«

Tina Coleman jedoch sah mich plötzlich mit leichenblassem Gesicht an. Alle Farbe war aus ihren Wangen gewichen. Ihre Lippen sahen trotz des aufgetragenen Rots gelblich aus.

»Liebe Freundin?«, fragte ich.

»Ich muss Ihnen etwas offenbaren, süße Ellen.«

»Tina?«

»Es betrifft Ihren lieben Gatten John und meine teure Freundin Melissa Ray.«

»Sie kennen sich?«

Die Farbe kehrte in Tinas Wangen zurück, weil sie errötete. »John … nun, also, er war geschäftlich oft in unserem Hause, verstehen Sie. Viele Male. Mein Mann ist einer seiner Investoren, das wissen Sie doch, oder?«

Mir schwirrte der Kopf. »Vielleicht«, murmelte ich.

Mir schien, ich hatte es gewusst, aber nicht den Zusammenhang gesehen, den ich hätte sehen sollen.

»Sie sind sich einige Male begegnet, mehrmals. Mrs. Ray, die Witwe Fauxmanteur und Ihr Gatte.«

»Die Witwe!?«, rief ich aus.

»Sie wurden Freunde«, informierte mich Madam Lu, als könne sie Tinas Gedanken lesen. »Ihr Gatte sehr verständnisvoll, ja? Tröstet Frau, die Mann verloren hat. Freundschaft entsteht.«

Tina gestand: »Es gab mehrere Dinner … während Sie das Kind austrugen und sich nicht gut fühlten … Dinner, zu denen John ohne Sie erschien.«

Madame Lu schloss die Augen und ergänzte: »Mann bietet an seine Kutsche.«

»Und Melissas Besuch bei uns?«, fragte ich wie betäubt. »Zum Tee. Es war doch Ihre Idee, die Freundin mitzubringen. Sagen Sie mir, dass es so ist.«

Tinas Lippen zitterten. Sie sah zu Boden. »Connie Fauxmanteur bat Melissa, diesen Besuch zu arrangieren. John … Anscheinend hat John Connies Briefe nicht beantwortet, und das empfand Melissa als ungerecht … Denn sehen Sie, sie hatte mir die Natur der … Freundschaft der beiden anvertraut.«

»Mein Mann und Mrs. Fauxmanteur?« Ich bekam keine Luft mehr. »Verstehe ich das richtig?«

Tina brach in Tränen aus. Madame Lu blickte versteinert drein. Dann sagte die Große Dame: »Man darf nicht suchen, was man nicht sehen will.« Es klang für mich, als zitiere sie jemanden. Bislang hatte ich noch keinen so vollständigen Satz von ihr gehört.

»Ich … will … die Wahrheit«, sagte ich langsam. Und ich schwöre, ich hörte, wie meine Worte durch den Raum hallten.

»Madame Stravinski«, bemerkte Madame Lu ohne zu zögern. »In Europa. Ich schreibe Brief. Ich rufe sie.«

»Wie lange werden wir warten müssen?«, fragte ich. »Wochen? Monate?«

»Jahre«, antwortete Madame Lu. »Geduld, meine Liebe. Für den Geist ist Zeit von geringer Bedeutung.«

16. JANUAR 1910 – ROSE RED

Gestern fand die zweite herausragende Feierlichkeit auf *Rose Red* statt, der Jahrestag unseres Einzugs. Zu meinem großen Entzücken befindet sich das Haus weiterhin im Bau, was mit großen Kosten für meinen Mann verbunden ist. Die Fassade des Hauses hat sich seit letztem Jahr nicht verändert, und so wird dem flüchtigen Betrachter vielleicht nicht viel auffallen, aber tatsächlich hat sich einiges getan. Ich habe den kompletten Umbau des Ostflügels im dritten Stock angeordnet, eine Fläche von fast sechshundert Quadratmetern, die nun »Adams Flügel« heißen soll. Es wird eine Kinderbibliothek mit etwa zweitausend Büchern geben, einen Freizeitraum, ein Zimmer für die Spielzeugeisenbahn (Johns Beitrag), eine kleine Turnhalle und ein Unterrichtszimmer.

Ich trug dasselbe Kleid wie letztes Jahr – nach der Aufarbeitung sah es wie neu aus – und hoffe, dies zur Tradition machen zu können. (Es hat mich sehr gefreut, den anderen Frauen zeigen zu können, dass ich bereits vier Monate nach Adams Geburt meine alte Figur wiedererlangt habe! Manchen Frauen gelingt dies nie!) Die Kleider der weiblichen Gäste zählen zu den schönsten, die ich je gesehen habe; blauer Samt war in diesem Jahr das beliebteste Material. Wir hatten fünfundsiebzig Paare mehr als beim ersten Mal eingeladen, da die Gästeliste mit dem Bekanntheitsgrad des Ereignisses gewachsen war. Zum Glück verschwand niemand, und es ging auch niemand verloren. Wie albern dieser Gedanke anmutet, wenn ich ihn dir anvertraue, liebes Tagebuch, aber ach, was machte ich mir für Sorgen! Ich war den ganzen Abend sehr unruhig, schritt die Korridore ab, führte Gäste durch das Haus und hatte Angst, *Rose Red* könne uns den Spaß verderben. Obwohl alle Gäste die Feier sehr zu genießen schienen, benötigte ich drei große Flöten Champagner, bevor ich mich entspannte. Doch unser Haus ließ es zu, dass wir uns an seiner Existenz erfreuten. (Ich frage mich, ob es die Anwesenheit der vielen Gäste spüren konnte. Ob es mit uns feierte?)

Außer den üblichen Gerüchten über Mätressen und Verfehlungen gibt es wenig zu berichten. Was bringt die Gesellschaft nur für Übel hervor! Wie unsere Oberkammerzofe Mrs. Watson mir heute Morgen berichtete, ist in einem der Gästezimmer im Ostflügel ein vollständiges Set Damenunterwäsche unter einem Bett gefunden worden. (Als die Dame unsere Feier verließ, trug sie offenbar nichts unter ihrem Kleid außer dem, was ihr Gott mitgegeben hatte!) Derlei Dinge ereignen sich zu Hauf auf allen größeren Feierlichkeiten. John war den Großteil des Abends an meiner Seite geblieben. Ich bin mir sicher, nicht einmal er ist Schurke genug, um ein solches Stelldichein auf der eigenen Feier zu versuchen, und so darf ich erleichtert davon ausgehen, dass er weder an dieser Sache beteiligt noch in eine ähnliche verwickelt war.

Nachdem die Gäste gegangen waren (um fast vier Uhr morgens), fand mein Mann sogar – ein wenig beschwipst – den Weg in meine Gemächer und hielt uns beide in Atem, bis die Sonne aufging. Er ist ein recht spektakulärer Liebhaber, mein Gatte, und ich muss sagen, es war an der Zeit, wieder einmal als Mann und Frau zusammenzukommen. Wie ich weiß, hegt er durch das Wissen, wie ich bei der Geburt gelitten habe, eine gewisse Zurückhaltung gegen meine Weiblichkeit. Er findet anscheinend die Vorstellung ein wenig abstoßend, mich zu berühren, wie ein Mann seine Frau berührt, aber der Brandy tat offenbar seine Wirkung. John zeigte vergangene Nacht keine Zurückhaltung, und ich revanchierte mich mit großem Enthusiasmus, um meine Zufriedenheit über seine Entscheidung, mich in meinem Bett zu besuchen, zum Ausdruck zu bringen. Hoffentlich vergehen nicht noch einmal vier Monate, bevor er sich erneut dazu entscheidet. Wie ich hier auf deinen Seiten einräumen muss, wäre ich sofort bereit. Allein der Gedanke an Johns Umarmung weckt das Feuer in mir. (Ich verabscheue mich dafür, dass ich mich dieser Macht beuge, die er über mich hat. Nach all seinen Verfehlungen liege ich in meinem Bett und hoffe – zitternd, wie ich gestehen muss –, sein Klopfen an der Tür zu hören! Was für eine Krankheit treibt Frauen zu einem solchen Verhalten? Ich wage nicht, das Thema bei meinen Freundinnen anzuschneiden, obwohl es bei Tina, die mittlerweile schon so viel weiß, sicher aufgehoben wäre!)

Unsere Feier war vollkommen. Und die Zeit, die wirdanach in meinen Gemächern verbrachten, war es ebenfalls. Ich frage mich, ob nun alles wieder seinen gewohnten Gang geht. Ist diese Macht plötzlich wieder verschwunden, die so viel Tragisches über dieses Haus brachte? Vielleicht ist *Rose Red* doch nur ein Haus, ein Gebäude und sonst nichts.

Ich habe nichts zu befürchten. Diesen Satz wiederhole ich in meinen Gebeten und glaube doch nicht recht daran, denn die Erinnerung an Lauras Geist hält sich hartnäckig in meinem Kopf.

Ich möchte so gern daran glauben, dass ich *nichts zu befürchten* habe. Könnte ich es doch nur!

10. JULI 1910 – ROSE RED

Johns Geschäftspartner Douglas Posey und seine Gattin Phillis waren heute zum Dinner bei uns. Wir hatten sechs weitere Gäste, aber sie sind für die Geschichte, die ich erzählen möchte, nicht von Belang. Unter anderem hatten wir geladen, um die Änderung der Staatsverfassung im Sinne der Suffragetten-Bewegung zu feiern. In dieser Woche führte Washington als erster Bundesstaat das Frauenwahlrecht ein. Bis dahin war es ein harter Kampf, der von vielen meiner Freundinnen im Krankenhaus-Komitee mitgetragen wurde, und John hat zur Feier des Tages Champagner aus dem Keller geholt. Wir haben den Tisch mit amerikanischen Fahnen dekoriert und werden von roten Tellern essen (aus dem Fernen Osten), die mit weißen Servietten auf blauem Leinen arrangiert sind. Es ist ein sehr festlicher Anlass!

Schon beim Eintreffen der Poseys bemerkte ich eine gewisse Spannung zwischen John und Douglas. (Douglas hat ein großartiges neues Automobil gekauft, das bei John einigen Neid weckt.) Kurz nach ihrer Ankunft nahm John Douglas recht grob am Arm und führte ihn durch den westlichen Hauptkorridor in die Waffenkammer. Ich hörte – wie die anderen Gäste auch – erhobene Stimmen. Die Waffenkammer ist eine kleine Männerstube mit Holzvertäfelung und unzähligen Glasvitrinen, die Johns Waffensammlung beherbergen. Die beiden begannen ihr Gespräch in diesem Raum, aber nach wenigen Minuten ertönten ihre Stimmen aus dem Rauchsalon. Offenbar hatten sie den Weg durch das Nebentreppenhaus gewählt und nicht durch den großen Salon, sonst hätten Phillis und ich sie gesehen. Den übrigen

Gästen wurde einstweilen in der Wandteppichgalerie geräucherter Lachs, Käse aus Wisconsin und Drinks gereicht. Wie sich herausstellte, wünschte Phillis genauso dringend mit mir zu reden wie John mit seinem Partner.

Ich hatte vermutet, die Spannung zwischen Douglas und John ging auf einen europäischen Vertrag zurück, den John hatte abschließen wollen, Douglas aber durch gewisse juristische Verhandlungen hinauszögerte. Es ist gut möglich, dass es um Spanien ging. Weil der Vertragsabschluss aufgeschoben wurde, konnte ein anderes Unternehmen – ausgerechnet Standard Oil! – einen Vertrag aushandeln, der die Marktanteile von Omicron von achtzig auf ganze fünf Prozent reduzierte und John und der Firma Zehntausende Dollar Verlust pro Jahr bescherte. Es ist schon merkwürdig: Manchmal ist man sich einer Sache so sicher und liegt doch so falsch. Für mich stand der Grund ihres Streits nicht mehr in Frage. In der Tat hatte Douglas Posey den Vertragsabschluss hinausgezögert und John dadurch große Verluste zugefügt, aber der wahre Grund ihrer Meinungsverschiedenheit sollte sich mir in dem vertraulichen, hitzigen Gespräch mit Phillis enthüllen, der verzweifelten Gattin von Douglas.

Nun, sie ist zwar seine Gattin, jedoch an die fünfzehn Jahre älter als ihr Mann. (Auf gewisse Weise sind sie als Paar genau das Gegenteil von John und mir. Während Phillis den Geschäftssinn hat, ist Douglas derjenige, der sich um die gesellschaftlichen Kontakte kümmert. Phillis, die schon einmal verheiratet war und Mutter fünf erwachsener Kinder ist, weiß, wie es in der Welt zugeht. Für Douglas sind Ehe und Elternschaft genauso neu wie für mich. An dieser Stelle hören allerdings die Gemeinsamkeiten auf.)

Phillis ist eine unelegante Frau mit erheblichem Leibesumfang und tiefer Stimme. In ihr schwarzes Kleid hätte ich zweimal hineingepasst. Sie hat zudem die Angewohnheit, die Hand ans Ohr zu legen, wenn man sie von der linken Seite anspricht. Ihre Hörschwäche ist die Folge einer Verletzung in der Kindheit; ein Junge hatte sie mit einem Schneeball beworfen, der mehr aus Eis denn aus Schnee bestanden hatte. Dazu kam, dass sie ihr Parfüm zu verschwenderisch benutzte, und obwohl es ganz gewiss ein angenehmer Duft war, wirkte er an ihr doch eher bitter – etwas streng und scharf. (Sie hätte besser darauf verzichtet.)

»Ich bin so bedrückt«, stieß sie hervor, und mich traf ein kräftiger Windstoß wie aus einem Blasebalg. »Und außer Ihnen, meine Teure, habe ich niemanden, dem ich mich anvertrauen könnte. Ich glaube, wir sind recht gut befreundet.«

Diese Äußerung verriet ihr mangelndes Geschick im Umgang mit anderen, denn ich kannte die Frau eigentlich kaum. Ihr Mann war derjenige mit der diplomatischen Zunge. Sie hätte der Geschäftspartner meines Johns sein sollen. Wenn die Gesellschaft dergleichen erlaubte, hätte John diese Möglichkeit vielleicht sogar in Betracht gezogen.

»Um was geht es denn?«, fragte ich, obwohl ich es eilig hatte, zu meinen Gästen zu kommen.

»Hat John es Ihnen nicht erzählt? Oh … Ach, wie ich sehe, hat er das nicht …« Sie ist ein wenig Furcht einflößend, wenn sie sich aufregt – ich denke, es liegt an ihrer Leibesfülle. »John … Es liegt an Douglas, sehen Sie. Vielleicht mein Fehler, wenn man es ganz genau nimmt.« Sie sah mich an, errötete und blickte zur Seite. »Ach je.«

Nervös, weil ich von meinen Gästen fern gehalten wurde, sprach ich unverblümter, als es sonst meine Art war. »Wenn es nichts zu bereden gibt …«

»Oh, aber das gibt es!« Sie zog ein Taschentuch aus dem Ärmel, tupfte sich die Augen ab, obwohl keine Tränen zu sehen waren, und fuhr fort: »Es liegt bestimmt am Altersunterschied.«

»Sie sind eine junge Frau, Phillis«, sagte ich so freundlich wie möglich. (Sie sieht ein wenig verhärmt aus.)

»Im Grunde fing alles mit dem Internat an.«

»Ich verstehe nicht recht …«

»Douglas … Also, nun … er hat den Umkleideraum der Jungen immer dem der Mädchen vorgezogen – wenn Sie mir folgen können, meine Liebe.«

Ich konnte ihr folgen. Und ich hoffe, ich wurde nicht zu rot. Es hatte Gerüchte deswegen gegeben. Aber nun sprach Phillis es zum ersten Mal direkt an.

Sie sagte: »Es war ein junger Mann in der Firma.« (John, Douglas und alle, die mit Omicron zu tun haben, nennen es »die Firma«.) »Ein Buchhalter«, ergänzte Phillis. Sie senkte ihre Stimme, und ich konnte sie kaum noch verstehen, obwohl ich in unmittelbarer Nähe war. »John ist hereingeplatzt, verstehen sie? In einer solch kompromittierenden Situation. Noch dazu ausgerechnet in Douglas' Büro.« Nach dieser Offenbarung fasste sie sich recht schnell und war plötzlich wieder ganz die Alte. »Ich wusste es schon vor unserer Hochzeit. Er war recht offen damit, der gute Mann. Er brauchte für den gesellschaftlichen Aufstieg eine Frau an seiner Seite; zum Beispiel, um Partner Ihres Mannes zu werden. Ich war genau die Richtige, trotz der Jahre, die ich ihm voraus habe. Ich für meinen Teil frage nicht viel. Ich hole mir selbst dann und wann einen jungen Mann.« Sie zwinkerte mir zu, und ich hätte fast laut gelacht. Sich diese Frau mit jemandem vorzustellen war absolut lächerlich. »Eine erfahrene Frau nutzt die Heirat zum gesellschaftlichen Aufstieg. Den körperlichen Bedürfnissen kann man auch außerhalb dieser Übereinkunft Rechnung tragen.«

Sah das mein Ehemann genauso? War unsere Ehe nur als Fassade gedacht, während sich seine Gelüste in ganz andere Richtung orientierten? Ich teilte die Meinung meiner robusten Freundin nicht, behielt aber meine Gedanken zu diesem Thema für mich. »Fahren Sie fort!«, sagte ich nur.

»Nun, das ist schon alles. John hat ihn erwischt. Mit dem jungen Mann. Heute erst.«

Das erklärte natürlich Johns schlechte Laune. Normalerweise war er, wenn eine Dinnerparty anstand, ein recht unterhaltender und angenehmer Gesellschafter. Heute Abend hingegen war er knurrig und schroff gewesen.

»Ich fürchte, er wird meinen Douglas hart bestrafen wollen«, sagte Phillis mit bebendem Unterkiefer. »Und was ich Ihnen sagen möchte, was ich Sie bitten möchte, Ihrem Mann zu erklären, ist folgendes: Douglas kann nichts dagegen tun, er ist hilflos in dieser Sache. Es ist ein bisschen wie mit mir und dem Gärtner«, sagte sie mit einem weiteren irritierenden Augenzwinkern. »Ich hoffe, John ist nicht zu streng mit ihm … geschäftlich gesehen, Ellen. Douglas arbeitet sehr hart.«

»Meinen Sie, er will ihm kündigen?«, platzte ich heraus.

»Sie sind Partner, er kann ihn nicht feuern!«, protestierte Phillis. »Nicht weil er vom anderen Ufer ist.«

Ich sage dir, liebes Tagebuch, nie hätten meine Mutter und ihre Freundinnen über solche Dinge gesprochen. Niemals! Nicht einmal unter Cousinen diskutiert man derartige Verfehlungen. Dass sich mancher Mann einen Jungen nimmt, ist nichts Besonderes – es sei denn, es handelt sich um jemanden, der zu den eigenen Gästen zählte. Solche Geschichten hat es schon immer gegeben, die eigenen Freunde jedoch tun solche Dinge nicht. Aber da ich selbst einst angesichts des dunkelhäutigen Zimmermädchens in teuflische Versuchung geraten bin, weiß ich um die Existenz solcher Gelüste. Und ich weiß, inbrünstiges Beten ist das einzige dauerhafte Gegenmittel. (Mir ist bewusst, dass ich Sukeena manchmal heimlich anschaue und diese Blicke eher einem Mann geziemen.)

Als Phillis über ihren Scherz lachte, bekam ich Mitleid mit ihr. Ich griff nach ihrer Hand und versprach, mit John zu sprechen.

»Sie sind ein Schatz!«

»Aber ich muss Sie warnen, John hat seinen eigenen Kopf.« Das war Phillis Posey vermutlich nicht neu. »Besonders, wenn es um das Geschäft geht. Und was diese andere Angelegenheit angeht … den Buchhalter: Ich vermute, John wird eher verärgert sein, dass ein Angestellter involviert war und … dass es im Büro stattfand … und so weiter.« Ich fasste mich kurz, denn derartige Bilder wollte ich nicht in meinem Kopf haben. »Es geht nicht so sehr um die Wahl, die Douglas getroffen hat.«

»Aber es ist keine Wahl. Nicht bei Dougie. Er ist schon so, seit er ein kleiner Junge war. Er ist schwimmen gegangen, tauchen … Die Anzüge, verstehen Sie?«, sagte sie, als erkläre sie damit irgendetwas. Ich wollte nicht darüber nachdenken. »All die nackte Haut.« Sie ging mit dem Problem ihres Mannes auf höchst ungewöhnliche Weise um, und ich nahm an, ihre Neigung zu Witzeleien rührte von ihrer Nervosität her, der Angst, sich dem Thema zu nähern.

Mir persönlich verdeutlichte dieses Gespräch einmal mehr meine eigene Position. Ich kann John unmöglich in dieser Frage beeinflussen und werde es auch nicht versuchen. John hat mir gegenüber schon oft seine Abneigung gegenüber Homosexuellen geäußert. Er sagt immer wieder, es sei ein unsittliches Verhalten, wenn Männer sich auf solch intime Weise berühren. Zärtlichkeiten unter Frauen findet er anscheinend weniger beunruhigend, denn wir sprechen hier von dem Mann, der versteckte Spiegel in den Quartieren der weiblichen Bediensteten installiert. Ich kann mir gut vorstellen, wie er voller Wonne zusieht, wenn ein Mädchen einem anderen den Rücken einseift!

Aber Phillis' Enthüllung ihrer Zweckehe schlug mir auf die Stimmung. Hatte John in mir womöglich nichts weiter als eine Zuchtstute gesehen? – Eine Befürchtung, die mich bereits viel zu lange quälte. Entschuldigte John seine Untreue damit, dass es sich bei unserer Ehe um eine Zweckehe handelte: eine Frau aus guter Familie und mit gutem Stammbaum schwängern und die eigenen Kinder aufziehen lassen, während er um die Häuser zieht, um seine Bedürfnisse zu befriedigen? Empörung stieg in mir auf, ein bitterer Nachgeschmack in der Kehle.

Derart beschäftigt mit diesen neuen Sorgen war ich beim Dinner keine besonders liebenswürdige Gastgeberin. Ich trank etwas zu viel Wein.

Nachdem John und Douglas Posey aus dem Rauchsalon gekommen waren, machten sie aus ihrer gegenseitigen Verachtung kaum einen Hehl. Ich glaube, sie wechselten den ganzen Abend kein weiteres Wort – nicht einmal einen Händedruck zum Abschied. Später zog ich mich in meine Gemächer zurück, wo Sukeena mir half, mich zur Nachtruhe bereitzumachen, dann stillte ich Adam. (Es kann nicht mehr lange dauern, bis er anfängt zu laufen! Er krabbelt umher – er ist so schnell wie der Blitz –, richtet sich auf und sieht mich mit dem süßesten Gesicht an, als wolle er fragen: »Soll ich mich schon trauen, Mama?« Sukeena und ich ermutigen ihn, denn ein Rimbauer braucht vor allem Unabhängigkeit und Stärke!)

Es regte sich kein Lüftchen, und es war schrecklich heiß. Ich lag nackt auf dem Bett, unschlüssig, ob ich in einer so drückenden Nacht ein Schlafgewand tragen sollte. (Die Kinderfrau hatte Adam in sein Zimmer gebracht.) Sukeena war in meinem Ankleidezimmer, um meine Seidenstrümpfe und die schwarzen Schuhe fortzuräumen, die ich beim Dinner getragen hatte. Der Wein hatte eine zusätzliche innere Hitze in mir entfacht.

John klopfte an, und weil er die Tür öffnete, bevor ich antwortete, sah er mich dort auf dem Bett liegen. Es mag merkwürdig anmuten, aber John sieht mich selten ohne Kleider. Wenn er nachts zu mir ins Bett schlüpft, ist es schon dunkel. Während unserer Hochzeitsreise ließ er mir viel Privatsphäre, weil er mich vermutlich für schüchtern hielt (und ich errötete in der Tat einige Male in diesen ersten Tagen mit meinem Ehemann). Aber gestern riss er die Tür auf, und als er mich dort so liegen sah, vollkommen unbedeckt, kam etwas über ihn. Er hat mir kaum je ein solches Interesse gezeigt wie in diesem Augenblick. Rasch schloss er die

Tür hinter sich und war bereits halb entkleidet, als er ans Bett kam. Ich öffnete meinen Mund, weil ich ihn über Sukeenas Anwesenheit in Kenntnis setzten wollte, aber seine Lippen lagen schon auf den meinem, bevor die Worte ihren Weg fanden. Mein Gott, wie erregt er war!

Ich war mit meinen Gedanken jedoch nicht ganz bei meinem Mann, weil meine Zofe praktisch im selben Raum war wie wir und das elektrische Licht noch brannte! Sukeena hatte keine Fluchtmöglichkeit, denn vom Ankleidezimmer gibt es keinen anderen Ausgang als durch mein Schlafgemach. Sie konnte unserer Vereinigung beim besten Willen nicht entrinnen (was sie bestimmt gern getan hätte!). Als John mir mehr Leidenschaft entgegenbrachte als vielleicht jemals zuvor, hatten wir eine Zeugin. Versuchte er damit, seine Gedanken an Douglas Poseys Vorliebe für junge Männer auszulöschen? War er so betrunken, dass der Anblick einer nackten Frau auf frischem Leinen zu viel für ihn war? (Selbst wenn es sich um die eigene handelte!) Wie auch immer, seine Liebkosungen und die Mühe, die er sich gab (worüber ich hier nicht näher sprechen möchte!), zeigten mir, dass Mann und Frau auch dann noch Entdeckungen machen können, wenn sie schon eine Weile verheiratet sind. Ich biss in mein Handgelenk und stopfte mir schließlich den Zipfel eines Kissens in den Mund, um nicht die halbe Stadt aufzuwecken. Mitten im Moment der höchsten Erregung sah ich über Johns Schulter und erblickte Sukeenas dunkles Gesicht in der Tür zum Ankleidezimmer. Sukeena, die mich anlächelte. Und ich kann es nicht erklären, aber zu wissen, dass sie zusah, steigerte meine Lust noch. Schließlich ließ ich mich gegen das Kopfteil des Bettes sinken, schwitzend und schnaufend und rot gescheuert von der Brust bis zu den Knien.

Wortlos zog sich John wieder an, gab mir einen Kuss auf die Stirn und verließ meine Gemächer.

Einen Augenblick später schlich sich Sukeena aus dem dunklen Ankleidezimmer Richtung Tür.

»Geh nicht«, sagte ich.

»Sukeena tut es leid, Miss Ellen.«

»Mir nicht, liebe Freundin.«

»Ich hätte nicht sehen sollen.«

»Es hat mir nichts ausgemacht.«

Sie sah mich schüchtern an. »Sukeena tut es leid«, wiederholte sie.

»Es ist nicht immer so.«

»Die Hitze, Miss Ellen. Die Hitze tut komische Dinge mit Männern.«

Sie kam zögernd näher, denn sie hatte mich zwar schon hunderte Male entkleidet gesehen, jedoch nicht in diesem Zustand. »Ein Kissen, Miss!« Sie zeigte auf mein Hinterteil. »Nehmen Kissen, wenn Sie Kind wollen.«

Ein weiteres Kind … Mein Herz setzte einige Schläge aus. »Nehmen Kissen, wenn Sie Kind wollen.« – Ich nahm zwei Kissen, obwohl meinem Gefühl nach gar keines nötig war. Noch nie war es so mit meinem Mann gewesen. Ich musste gerade einen jener Augenblicke erlebt haben, in denen Frauen empfangen.

Und ich weiß, ich habe Recht. Ich bin schwanger. Wenn es sich als wahr herausstellt, wird es ein Frühlingsbaby.

9. APRIL 1911 – ROSE RED

Wir werden sie April nennen, denn das ist der Monat, in dem sie geboren wurde, aber der Teufel hat dieses Kind gebracht, und sie ist des Teufels. Die Geburt war unerträglich; der Arzt arbeitete fast sieben Stunden an meinem Bett, um mein Leben und das meines Kindes zu retten. Es wurde mit einem verkümmerten Arm geboren und daher war, wie man mir sagte, keine normale Geburt möglich. Sie schnitten mich auf und schnitten mich noch weiter auf und holten das Baby schließlich mit einer Methode, die nur Viehzüchter anwenden – aber zum Glück wuchs mein Arzt auf einer Schafranch auf. Sie lebt, die kleine April mit den strahlenden blauen Augen und Johns strenger Miene. Sie ist mein letztes Kind, wurde mir gesagt, und ich gräme mich darüber fast zu Tode. Man rettete mir das Leben, aber nicht die Gebärfähigkeit. Es fehlt mir nun, was für die Schwangerschaft nötig ist. Ich bin unfruchtbar. Wenn ich daran denke, habe ich keine Lust aufzustehen. Ich habe mein Bett seit einer Woche nicht verlassen (April wurde am ersten Tag des Monats geboren – dem zweiten Jahrestag von Lauras Verschwinden!). Der Arzt hat mir das Aufstehen zwar noch nicht erlaubt, aber ich würde es nicht tun, selbst wenn er es gestattete. Keine Kinder mehr. Kein Grund mehr, in dieser Familie zu bleiben; bei diesem Mann, dessen schlechter Samen sogar seine Nachkommen verkrüppelt – denn Sukeena erklärte mir, die Krankheit, die mich in Afrika ereilte, sei Schuld an Aprils Verunstaltung. Ich hasse meinen Mann. Ich hasse mein Leben. Ich hasse dieses Haus, das uns alle zu seinen Gefangenen macht. Ich werde aufhören zu schreiben, denn ich hasse sogar dich, mein Tagebuch. Ich hasse es, zurückzublättern und an die Zeit zu denken, als ich in meinem Leben noch die Wahl hatte. Was habe ich nur getan? Was ist das für ein Mensch, den ich geheiratet habe, der – vorsätzlich oder nicht – schon bei der Empfängnis unsere Kinder vergiftet hat!? Was sind das für Huren, mit denen er sich abgibt, deren Gift bis in die Wurzeln unseres Stammbaumes vordringt? Ich hasse sie. Dich, sie, alles.

21. MAI 1911 – ROSE RED

Meine Stimmung hat sich in den Wochen seit meinem letzten Eintrag verbessert. Lange Zeit konnte ich diese Seiten nicht einmal ansehen. Wollte mir nicht den Niedergang meines Lebens vor Augen führen und die Tragödie meiner Ehe. Heute sitze ich, umgeben von Frühlingsblumen und Vogelgezwitscher, im Garten. Adam spielt mit seinem Kindermädchen Ringwerfen, April liegt neben mir, und dich, liebes Tagebuch, habe ich aufgeklappt auf meinem Schoß, den Stift in der Hand.

Ich bin entzückt, das Verschwinden eines weiteren Mädchens vermelden zu können. Froh sogar. Wie Sukeena herausfand, hatte es vor jener heißen Julinacht, in der ich April empfing, ein intimes Verhältnis mit John. Ich wollte das Mädchen feuern, aber Sukeena schlug vor, es im Haus zu behalten. Ich verstand, worauf sie hinauswollte. Von da an konzentrierte ich mich in meinen Gebeten auf dieses Mädchen. In den Gebeten an die andere Seite. Ich bat um ihren Tod. Als Beispiel für das zu vergeltende Böse gab ich den verkrüppelten Arm meiner April an. Und ich wartete geduldig auf Antwort. Sukeena machte eine Puppe. Sie wickelte sie in schwarzes Papier und versteckte sie in einer Schublade.

Heute haben wir unsere Antwort erhalten. Während John voller Sorge mit dem Personal alles nach dem jungen Ding absucht, sitze ich stolz und ruhig im sonnigen Garten. Ein kleines Lächeln umspielt meine Lippen. Die Polizei soll nur kommen. Ruhig auch mit Hunden. Sie werden sie nicht finden. Sie können so viele Fragen stellen, wie sie wollen – sie sind nicht in der Lage, die Wahrheit zu erfassen. Die Polizei weiß nichts von dem Geist, der dieses Haus beherrscht – wüsste man davon, würde es bis auf die Grundmauern abgebrannt. Vernichtet wie eine Hexe. *Rose Red* hat sich ein weiteres illoyales Subjekt geholt. Und ich schwöre, sie ernährt sich davon! Sie wirkt heute größer. Das tut sie wirklich! Imposanter denn je. Aber vielleicht ist das auch nur mein Eindruck.

Was für ein schöner Tag! Ich vermerke es hier auf deinen Seiten, damit die kleine April eines Tages weiß, dass ihr Arm gerächt wurde. Wenigstens zum Teil.

Ich bin nicht sicher, ob ich mit meinen Gebeten bereits zu Ende bin.

Ich lache in die Sonne. Der kleine Adam sieht auf und stimmt in mein Lachen ein. Das Kindermädchen wirkt leicht irritiert angesichts dieser Heiterkeit, wo doch gerade jemand verschwunden ist. Aber ich lache trotzdem. Sollen sie mich doch für verrückt halten! Ich stehe mit *Rose Red* in Verbindung.

Ich glaube, ich beginne sie zu verstehen.

23. JUNI 1912 – ROSE RED

Nun ist die liebe kleine April schon ein Jahr alt, und der junge Adam wächst wie Unkraut. Ich denke über das vergangene Jahr nach. Unser Leben hier auf *Rose Red* ist endlich zur Ruhe gekommen. Vielleicht liegt es daran, dass John fast vier Monate in Europa und im Fernen Osten war, um neue Möglichkeiten für die Firma zu erschließen. (Seine Geologen meinen, es gibt – ausgerechnet! – in der Wüste von Saudi-Arabien Öl, und John hat mit diesem und den Nachbarländern Verträge geschlossen, damit Omicron sie erforschen kann.) Als John fort war, legte das Haus eine Ruhepause ein, und ich hatte einmal mehr das Gefühl, man könne *Rose Red* für ein lebendiges Wesen halten.

Heute habe ich etwas Furchtbares geträumt. Ich habe nicht die leiseste Ahnung, ob dabei ein Zusammenhang zu uns und *Rose Red* besteht. In meinem Traum stürzte eine Brücke ein. Sie war sehr hoch und überspannte einen Wasserfall, der den Niagarafällen recht ähnlich war, die John und ich nach unserer Auslandsreise bei der Rückkehr nach New York besuchten. Die Brücke stürzte in den Wasserfall, und Dutzende Menschen, deren Schreie sich in dem Gebrüll des tosenden Wassers verloren, wurden getötet. Es ist nicht meine erste Vision und wohl auch nicht meine letzte.

Ich muss gestehen, liebes Tagebuch, dass es mir wegen des kleinen Flittchens, das ich mit meinen Gebeten in die Hände des Hauses getrieben habe, nicht besonders gut geht. Sukeena hat – Gott segne sie! – die Wahrheit über diese Delora (so lautet ihr christlicher Taufname) herausgefunden, die ganz anders war als von mir angenommen. (Wegen meiner Gebete lastet nun eine gewaltige Schuld auf mir!)

Wie eines unserer orientalischen Mädchen, Kathy heißt es, berichtete, hatte sich Delora White bei ihr über den Stallmeister beschwert, denn sie wusste nicht, was sie tun sollte. Anscheinend hatten ihre Aufgaben sie, wie seinerzeit die junge Laura, ein, zwei Mal pro Woche in die Stallungen geführt. Hier fing Daniel an, Fragen zu stellen – oft gleich im Anschluss an einen Besuch meines Mannes im Stall, wenn er mit dem Automobil oder dem Pferd aufbrach oder zurückkehrte. Die Fragen kamen Delora ein wenig eigentümlich vor – wie oft sie ausging, ob sie mit männlichen Bediensteten befreundet war, wo sie herkam, wie viel Kontakt sie zu ihrer Familie hatte. Am merkwürdigsten fand sie jedoch die Fragen über ihre Loyalität zur »Familie«, den Rimbauers. Zu John und mir. Zu John. Da soll sie geantwortet haben, sie verdanke der Familie alles und sei bereit, alles für uns zu tun.

Bis hierher reicht Sukeenas Wissen, aber ich fürchte, ich habe diesem Mädchen mit meinen Gebeten Unrecht getan. Für mich klingt es, als habe Daniel – und möglicherweise auch John selbst – die jungen Hausmädchen in die Mangel genommen, um zu prüfen, wie weit ihre Loyalität reicht. Zu welchem Zweck, steht außer Frage. Was sonst könnte Daniel von Mädchen wie Delora wollen als sie den männlichen Bedürfnissen zu unterwerfen? Sie etwa zum Diebstahl anstiften? Dieses Haus braucht kein Geld. Zu Betrügereien? Zu welchem Zweck? Nein, ich denke, es ist recht eindeutig, was Daniel von ihr wollte.

Nun interessiert mich, ob die Annahme, meine Gebete seien für Deloras Verschwinden verantwortlich, falsch war. Vielleicht liegt es nicht an den Gebeten. Möglicherweise kenne ich dieses Haus doch nicht so gut wie ich dachte. Vielleicht hat *Rose Red* Mitleid mit diesen jungen Mädchen und hält sie in ihren Armen, während sie diese unaussprechlichen Dinge erdulden, zu denen sie von ihren Arbeitgebern gezwungen werden. Vielleicht ist es ein Zeichen der Gnade, nicht der Verdammung, wenn ein Mädchen verschwindet! Was ist, wenn das Haus sie tatsächlich beschützt? Vielleicht verursacht die blinde Loyalität der Mädchen, die sie dem Haus geschworen haben, bei ebendiesem Haus Schuldgefühle? Hat *Rose Red* eine andere Wahl als die Mädchen vor sich selbst zu schützen und sie irgendwo in ihren Wänden zu verstecken, wo sie für immer sicher sind? Dies wäre auch eine Erklärung dafür, warum auf dem Anwesen Männer sterben und Frauen verschwinden.

Ich wünsche mir mehr denn je, mit *Rose Red* kommunizieren zu können, zu ihr durchdringen zu können und Antworten auf die offenen Fragen zu bekommen. Als Madame Lu mir seinerzeit angeboten hatte, mich mit Madame Stravinski zusammenzubringen, war es sehr nachlässig von mir, ihr Angebot nicht wahrzunehmen. Ob in einem Monat oder in einem Jahr, eine Séance ist absolut notwendig. Hier. In diesem Haus. In Anwesenheit meines Mannes. (Zu meinem Erstaunen hat John Interesse bekundet und zeigt seine Neugier ganz offen. Er und Douglas Posey möchten gern dabei sein.) Vielleicht können wir Kontakt zu Laura aufnehmen und mir ihr sprechen. Oder zu Delora. Vielleicht wird auch die große Residenz selbst sich herablassen, mit denjenigen unter uns zu sprechen, die verantwortlich für ihr Entstehen und ihr Wachstum sind.

Wenn ich daran denke, wird mir ganz schwindelig! Eine Séance! Die Aussicht, der Stimme lauschen zu können, die hinter den Mauern dieses gewaltigen Anwesens lauert. *Rose Red.* Hier. Höchstpersönlich.

Ich werde keinen weiteren Eintrag in dieses Buch vornehmen, bis dieser Tag gekommen ist!

24. JUNI 1912 – ROSE RED

Ich habe gelogen, wie ich beim Zurückblättern feststelle! (Ich schreibe ja schon wieder! Ich kann dich nicht in Ruhe lassen!)

Ach, liebes Tagebuch, ich wünschte, es wäre nicht wahr! Zuerst mein Tagtraum von der Brücke, als ich gestern ruhte. Dann in den heutigen Zeitungen auf der ersten Seite die Nachricht, dass die Brücke über den Niagarafällen gestern zusammengebrochen ist. Siebenundvierzig Menschen stürzten in den Tod. Wie konnte ich das wissen? Wie konnte ich es voraussehen? Was für eine Macht wohnt in mir? Was geschieht mit mir?

Ich kenne die Antwort: *Rose Red* hat sich Zugang zu meinen Träumen verschafft … zu meiner Seele … und ich bin machtlos dagegen.

23. JULI 1912 – ROSE RED

John zeigt sich recht begeistert angesichts der Möglichkeit eines Krieges. Ich werde die Männer nie verstehen. John verspricht sich durch den Krieg einen erheblichen Aufschwung für seine Geschäfte, und wenn es irgendwo eine Möglichkeit gibt, den Wohlstand zu mehren, dann lässt sie sich John Rimbauer natürlich nicht entgehen. Den heutigen Berichten zufolge haben die Briten in Mobilmachung gegen die Deutschen ihre starke Kriegsmarine in die Nordsee entsandt. Wie zu lesen war, haben die Deutschen versucht, die Briten zu einer gegenseitigen Neutralitätserklärung zu zwingen, aber die Briten wollten nichts davon hören. John hält eine Geschäftsreise nach Europa für dringend erforderlich, vielleicht für sechs Monate, und er hat den Kindern und mir vorgeschlagen, ihn zu begleiten! Frei von *Rose Red* zu sein! Ich habe sein Angebot sofort angenommen, aber da informierte er mich, Sukeena könne nicht mitreisen und müsse ihren Platz den Kindermädchen überlassen.

Ich weiß nicht recht, wie ich das interpretieren soll. Hat er begonnen, Sukeena und ihren Einfluss zu fürchten? Weiß er, dass sie einige Bedienstete zu Deloras Verschwinden befragt hat? Will er sie zurücklassen und von mir trennen, damit ihr etwas zustoßen kann? Oder lüftet er nur die Röcke eines der Kindermädchen, und ich weiß nichts davon? Ich widerrief meine Zusage sofort, aber John blieb eisern: Sein Angebot die Europareise betreffend stand – aber Sukeena müsse zu Hause bleiben.

Ich bat mir ein, zwei Tage Bedenkzeit aus. In dieser Zeit werde ich Sukeena einiges zu tun geben. Hinter dieser Geschichte steckt mehr als es auf den ersten Blick scheint.

10. NOVEMBER 1912 – ROSE RED

Ich schreibe, während der kleine Adam auf meinem Schoß einschläft. Er schmiegt sich mit seinem warmen Gesichtchen an meinen Busen, und seine kleinen Finger zucken, weil er unschlüssig ist, ob er tatsächlich schlafen oder lieber aufstehen und umherlaufen will. Ich habe sein Kindermädchen, Miss Susan McConnell, für einen Augenblick fortgeschickt, weil ich gern mit meinem Kind allein sein möchte, dem Erben von *Rose Red.* Oh, mein Herz, wie ist nur eine so große Liebe möglich? Meine Kinder erfüllen mich zutiefst, und mein Innerstes singt vor Zufriedenheit und Freude. Wenn ich gewusst hätte, wie befriedigend das Leben sein kann! Ich fürchte, ich habe aus ganz falschen Gründen geheiratet – gesellschaftliche Stellung und Wohlstand –, dabei sollte man, wie ich nun weiß, eigentlich aus Liebe heiraten und um eine Familie zu gründen.

Diese Gedanken kommen mir zweifelsohne in den Sinn, weil John immer noch in Europa ist. Ich hatte überlegt, mit ihm zu reisen und die Kinder mitzunehmen, benutzte aber letztendlich eine dort wütende Grippe-Epidemie als Ausrede, um zu Hause zu bleiben (aus Protest gegen seine Weigerung, Sukeena als Begleiterin mitzunehmen). Ich bete für das Wohlergehen meines Mannes. Ich habe ein paar Briefe von ihm erhalten. Er schreibt über die Geschäfte und die wahrscheinliche Ausweitung des Krieges, von der er als einer der wenigen profitieren kann. Außer der gelegentlichen Erwähnung eines Dinners mit einigen unserer Bekannten teilt er mir nur wenig über seine gesellschaftlichen Aktivitäten mit, und in meinem Innersten befürchte ich das Schlimmste. Ich weiß, was für ein Mann er ist. Die

Erfahrung hat es mich gelehrt. Es beunruhigt mich, ihn mir allein in seiner Fünf-Zimmer-Hotelsuite vorzustellen, mit seinen Automobilen nebst Chauffeur, den Dinnereinladungen und dem Brandy.

Was das Leben hier auf *Rose Red* angeht, bedauere ich, vom Tod unseres Stallmeisters Mitteilung machen zu müssen. Daniel war einer der ergebensten Diener meines Mannes. Ich habe John von diesem Verlust berichtet (ich weiß, die Nachricht wird ihm arg zusetzen!), aber er wird den Brief frühestens in ein paar Wochen erhalten, und dann wird Daniel bereits beerdigt sein und fast vergessen.

Nun ist es so, dass man immer wieder einmal von einem tödlichen Unfall im Pferdestall hört, und dank der schnellen Reaktion von Daniels Untergebenen blieb diesem Haus ein weiterer Skandal erspart. Aber eines will ich festhalten: Der schreckliche Tod des Stallmeisters war kein Unfall! In Wahrheit hat *Rose Red* eingegriffen und das Leben eines weiteren Mannes gefordert – der vierte derartige tödliche »Unfall« innerhalb von etwas mehr als zwei Jahren.

Er wurde zu Tode getrampelt, wie im offiziellen Ermittlungsbericht der Polizei zu lesen steht, denn man fand ihn im Stall eines jungen Hengstes, der dazu neigt, übermütig zu werden, wenn man ihn ausschließlich mit Hafer füttert. Ein unerfahrener Stalljunge machte den Fehler, ihm einen Eimer davon zu fressen zu geben. Man fand Daniel ausgerechnet in der Box, in der Sukeena und ich die geisterhafte Erscheinung der unglückseligen Laura gesehen hatten. Bedenke, liebes Tagebuch, in dieser Box steht kein Pferd, das Daniel hätte zu Tode trampeln können. Wie ich schon bemerkte, rettete uns nur der scharfe Verstand eines Stallburschen (der Daniels zertrümmerten Körper in die Box von Black Thunder legte und die andere Box mit Stroh auslegte, um die Blutlache zu verdecken) vor dem übermäßigen Interesse von Polizei und Gesellschaft. Diese Familie und ihr Personal haben schon so viele bizarre Ereignisse erlebt, dass wir begonnen haben, einander zu schützen. Der clevere Stallbursche, ein Junge namens Dirk, den die Ereignisse des Abends vollkommen erschüttert hatten, bekam mehrere Flaschen Rotwein, mit denen er sich bis zur Bewusstlosigkeit betrank. (Es war Sukeenas weiser Rat, mir rasch das Schweigen des Jungen zu erkaufen, um mir einen Plan zurechtzulegen. In Johns Abwesenheit lastet die Verantwortung für das Haus auf meinen Schultern. Ich habe vor, dem Burschen morgen früh einen zusätzlichen Monatslohn und die Beförderung zum Stallmeister für sein Schweigen anzubieten.)

Früher habe ich gedacht, ein Unglück kommt selten allein, aber mittlerweile glaube ich, das Unglück ist einfach da. Man lernt nur, ihm aus dem Weg zu gehen. Daniel hat es regelrecht angezogen und war, zumindest nach der Meinung dieser großen Residenz, entbehrlich. Mein Mann indes, schuldig oder nicht (die Beweislage spricht für schuldig!), ist zu wertvoll für *Rose Red*, um geopfert zu werden. Mögen die anderen glauben, was sie wollen – ich bin der Überzeugung, *Rose Red* steckt hinter alldem: Sie bringt das Schlechteste in den Männern zum Vorschein, und sie verschlingt Frauen – sie richtet, straft und verdammt. (Mir wurde gesagt, Daniel sei so schrecklich zugerichtet gewesen, dass er nur anhand seines Gürtels und der Stiefel identifiziert werden konnte. Er wurde nicht getötet, er wurde hingerichtet.)

Ein weiteres Leben ist auf *Rose Red* geendet. Ein weiteres Leben wurde genommen. Wie die Heilige Schrift prophezeit, kommen diejenigen, die sündigen, in die Hölle. Daniel wird dies sicherlich bestätigen können. Warum mich das so erfreut, weiß ich nicht. Tatsächlich plagt mich wegen des Gefallens, den ich an diesen Dingen finde, ein schlechtes Gewissen. Dieselbe Macht, die Mrs. Fauxmanteur und die anderen Frauen verschwinden ließ, raubte auch den vier Männern das Leben (fünf, wenn man den armen Mister Corbin dazurechnet), um sie für ihre Beteiligung an den wie auch immer gearteten Aktivitäten in den langen Nächten auf *Rose Red* zu bestrafen.

Sie beobachtet uns alle. Und obwohl John den Titel für sich beansprucht und mir in seiner Anwesenheit das Zepter übergeben hat, wären wir alle gut beraten anzuerkennen, dass es in Wahrheit nur einen Hausherrn gibt. Eine Hausherrin eigentlich. Sie bestimmt alles. Niemand geht ohne ihre Erlaubnis.

4. SEPTEMBER 1914 – ROSE RED

Inzwischen sind fast zwei Jahre vergangen, und es ist viel geschehen. Aus Sorge, meine Tagebucheinträge könnten etwas mit den Verschwundenen und Toten von *Rose Red* zu tun haben, hielt ich mich zu lange von diesen Seiten fern. Es sind jedoch inzwischen zwei weitere Frauen von unserem Anwesen verschwunden – eine Gärtnerin und ein »Zigeunermädchen«, dessen Anwesenheit hier nicht einmal erwiesen war. Das Verschwinden des Mädchens rief erneut die Polizei auf den Plan, diesmal auf Johns Verlangen, da der Vorwurf laut wurde, John sei in der Nacht zuvor mit dieser Frau im Hafenviertel gesehen worden (zum Glück konnte dieses Gerücht aus der Welt geschafft werden!). Tatsächlich war John an jenem Abend nicht einmal in der Nähe des Hafenviertels: Er war mit mir bei einem Krankenhausdinner, von dem wir erst nach Mitternacht mit dem Automobil zurückkehrten, woraufhin wir uns in unsere Gemächer zurückzogen.

Nun, da der Krieg in Europa tobt, John mehr unterwegs ist als zu Hause und Sukeena behauptet hat, sie habe alle verschwundenen Frauen zusammen im großen Ballsaal tanzen sehen, muss ich meine Feder wieder zur Hand nehmen und schreiben. Du, liebes Tagebuch, hattest niemals Schuld an den Unglücksfällen, und ich war eine Närrin, dies zu glauben. Und so offenbare ich dir wieder meine privatesten Gedanken und vertraue darauf, dass einzig meine Augen diese Worte lesen. (Wehe dem, der jemals das Geheimnis dieser Seiten verletzt! Er sei verflucht! Sollte jemand etwas davon gelesen haben, wird er wissen, dass diese Seiten nur für mich bestimmt sind und für niemanden sonst.)

Gestern wurde in Rom ein neuer Papst gewählt: Benedikt XV. Ich bin protestantisch, genau wie John, aber ich wünschte, der Papst könnte unser Haus besuchen und mir erklären, von was oder von wessen Geist es besessen ist. Von dem der Indianer? Ich befürchte es. Sie haben Gräber aufzufüllen (die wir geöffnet haben). Ich denke, die Ersatzmänner erfüllen ihren Zweck. »Bitte stellen Sie sich in einer Reihe auf …« – wie an der Theaterkasse.

Wie Sukeena mir erzählte, hält mich das Personal für verrückt und denkt, ich hätte den Verstand verloren (darüber kichern wir gemeinsam). Ich verbringe viel Zeit in meinen Gemächern, da ich immer wieder an meiner afrikanischen Fiebererkrankung leide, manchmal tagelang, manchmal sogar über Wochen. Die übrige Zeit verbringe ich im Garten oder allein mit den Kindern – ich nehme nur selten das Dinner gemeinsam mit John ein und zeige mich kaum im Haus. Wenn es mir gut geht, gilt den Kindern meine ganze Aufmerksamkeit und Sorge – das Personal kann denken, was es will. Niemand sollte solche Fieberschübe erleiden müssen – und ich fürchte, meine April, die ebenfalls schreckliche Krankheiten erdulden muss, wird an dem abscheulichen Gift meines Gatten sterben, wenn ich nicht außerhalb der Errungenschaften der Medizin nach einem Heilmittel suche.

Sukeena ist nun meine Schwester und hat in den vergangenen Jahren deinen Platz eingenommen, liebes Tagebuch. Sie hört sich stundenlang meine Beschwerden, Ängste und Träume an. Wir sind enger zusammengerückt als ich mir je von zwei Menschen habe vorstellen können. Sie kennt jeden meiner Gedanken, bevor ich ihn nur denke, ahnt jeden meiner Wünsche voraus, bevor ich ihn ausspreche. Wenn ich es nicht besser wüsste, müsste ich annehmen, sie könne meine Gedanken lesen.

Der Grund, warum ich den Stift wieder aufnehme, ist jedoch folgende Neuigkeit: Nach fast dreijähriger Wartezeit, nach drei Jahren immer neuer Gesuche wurden meine Wünsche endlich erhört: Madame Stravinski wird in unserer Residenz eine Séance abhalten, noch heute Abend. Ich bin so aufgeregt! Wir haben inklusive der Poseys acht Gäste dazu eingeladen. John hat seine Teilnahme zugesagt (Ich denke, er kommt um vor Neugier). Natürlich werden manche der Eingeladenen – bis auf John und Douglas allesamt Frauen – ein solches Unterfangen für töricht halten. Dies ist meiner Meinung nach auch notwendig, denn ich möchte ihre ehrlichen Reaktionen sehen. Sollte Madame Stravinski Kontakt zur anderen Seite aufnehmen, möchte ich meine Meinung mit dem Urteil, das sich die anderen bilden, vergleichen können. Sukeena hat offen ihre Feindseligkeit gegenüber allen Madams dieser Welt bekundet – ob sie nun Stravinski oder Lu heißen. (Sukeenas Kräfte und Fähigkeiten in dieser Hinsicht stehen außer Frage.) Es liegt zum Teil an Sukeenas Misstrauen, dass ich nur gute Freundinnen eingeladen habe, auf deren Urteil ich mich verlassen kann, ob sie nun an das Übernatürliche glauben oder nicht. Bald werden wir den Erfolg dieser Séance zu beurteilen wissen. Aufregung liegt in der Luft. Bis auf vier wurden alle Bediensteten gebeten, in ihren Quartieren zu bleiben. (Madame Stravinski wünscht keine Störungen durch Menschen im Haus, wenn sie versucht, Kontakt aufzunehmen.)

Ich freue mich genauso sehr auf diesen Abend wie April und Adam sich auf die Geschenke unter dem Weihnachtsbaum freuen!

4. SEPTEMBER 1914 – ROSE RED, AM ABEND …

Ich musste rasch noch einmal nach oben kommen, um diese Notiz zu machen, denn was ich zu berichten habe, soll mir später nicht wegen der Séance verloren gehen, die augenblicklich beginnen wird. Sie findet in der Damenbibliothek nördlich der Haupttreppe statt, hinter der das Billardzimmer liegt (wir hätten dieses weibliche Refugium und das Reich der Männer nicht nebeneinander legen sollen, selbst wenn man auf die Tür dazwischen verzichtet hätte!). Sukeena und ich wollten nach Madame Stravinski sehen. Die hutzelige alte Frau, die in bunte Seidengewänder und Schals gehüllt war und übertrieben viel Schmuck an den Handgelenken trug, der bei jeder Bewegung klapperte, hatte darum gebeten, allein in diesem Raum gelassen zu werden, um sich auf die Séance vorzubereiten. (Sukeena unterstellte ihr betrügerische Absichten und meinte, sie bereite wohl weniger sich selbst als vielmehr den Raum vor.) Als wir die Bibliothek betraten, um der Frau auf die Finger zu sehen, hörte ich durch die Bücherregale und die Zwischenwand, wie mein Mann Douglas Posey im Billardzimmer scharfe Vorhaltungen machte. Mit deutlichen Worten verkündete er, dass er und Douglas offenbar nicht länger dieselben »Interessen« hätten. Dieser Krieg eröffne unvergleichliche Möglichkeiten, fuhr er fort, und man missverstehe das Wesen des Krieges völlig, wenn man nicht bereit sei, aus solchen Zeiten Profit zu schlagen, nur weil man befürchte, als rücksichtslos angesehen zu werden.

»Gewinn und Verlust sind das Wesen des Krieges«, donnerte er, »ob man es unter wirtschaftlichen Aspekten betrachtet oder im Hinblick auf Menschenleben.

Gewinn und Verlust! Auf welche Seite der Gleichung sollen wir uns denn deiner Meinung nach stellen? Ja, wir haben die Konkurrenz im Würgegriff! Ja, wir haben Verträge mit den Europäern abgeschlossen! Aber doch nicht mit den Deutschen, Douglas. Wir sind keine Opportunisten, wir sind Geschäftsleute. Auf der einen Seite das Angebot verknappen und auf der anderen große Profite machen.«

»Und das auf Kosten unserer eigenen Armee«, wandte Posey ein. »Wir machen Profite, weil wir einen freien Markt verhindern, wir ziehen Nutzen aus den Kriegsmitteln der Regierung und manipulieren den Markt gleichzeitig zu unserem Vorteil. Ich möchte das nicht. Ich möchte daran nicht teilhaben.«

»So läuft nun mal das Geschäft! Gewinn und Verlust. Eine Ölgesellschaft ist dazu da, Geld zu machen.«

»Ich will aussteigen. Ich werde meine Anteile verkaufen.«

»Nein!«

»Ich habe das Recht dazu. Lies in den Vertragspapieren nach!«

»Wenn du deine Anteile jetzt verkaufst, werden die Leute an der Stabilität der Gesellschaft zweifeln. Das ist schon immer so gewesen. Und ausgerechnet jetzt! Nein, Douglas, das darfst du nicht tun.«

»Du kannst mich nicht daran hindern.«

»Ich werde dir deine Anteile abkaufen.«

»Was?«, fuhr Posey schockiert auf.

»Auch das ist in den Vertragspapieren vorgesehen.«

»Womit willst du denn bezahlen? Jeder Cent steckt doch in dieser texanischen Pipeline.«

»Das lass mal meine Sorge sein«, sagte mein Gatte, und ich spürte, er beging einen großen Fehler. Douglas

Poseys Anteile müssen Millionen wert sein. John wird jeden Bankier aufsuchen müssen, den er kennt. Am Ende stürzt er uns noch in den Bankrott! »Ich werde bar bezahlen. Den Behörden müssen wir den Verkauf zwar melden, aber die Presse erfährt davon kein Wort. Weder aus deinem, noch aus meinem Mund. Das bist du mir schuldig, Douglas. Wo stündest du denn ohne Omicron?«

»Ich wäre vermutlich ein gutes Stück zufriedener«, entgegnete Posey. »Ich bin dir nichts schuldig.«

»Du bist mir deine Anteile schuldig«, erwiderte mein Gatte mit einer Stimme, von der sogar ich – einen Raum, eine Welt entfernt – eine Gänsehaut bekam. Wären die beiden in der Waffenkammer und nicht im Billardzimmer gewesen, hätte nun, wie ich befürchte, mindestens einer von ihnen tot auf dem Boden gelegen.

»Die sollst du auch bekommen«, versprach Douglas Posey.

Eilig huschten Sukeena und ich in den östlichen Hauptkorridor, bevor mein Mann mit seinem Partner aus dem Billardzimmer kam, dessen Tür sich mit einem Klicken hinter uns öffnete. Wir eilten den herrlichen Korridor hinunter und versteckten uns im großen Ballsaal, um nicht Gefahr zu laufen, am Fuß der Haupttreppe entdeckt zu werden. John wäre nicht sonderlich erfreut, wenn er auch nur den Verdacht hätte, wir könnten gelauscht haben – er hielt seine Geschäftsangelegenheiten streng geheim und schrieb dieser Gepflogenheit auch seinen großen Erfolg zu.

Gehetzt und außer Atem schoben Sukeena und ich uns mit den Rücken an den großen Ölgemälden entlang, die den Ballsaal schmückten. Nun konnten wir durch die Tür zu unserer Rechten in die Empfangshalle gehen und weiter in den Salon, wo unsere Gäste auf den Beginn der Séance warteten.

Ich bin nur schnell die Treppe hinaufgeschlichen – »um mir die Nase zu pudern« –, um diese Begebenheit auf deinen Seiten festzuhalten. Ich werde nun die Damenbibliothek aufsuchen und mich unseren Gästen und unserem Ehrengast anschließen.

Ich weiß nicht, was uns erwartet, aber bis jetzt war es bereits ein ereignisreicher Abend – dabei hat er im eigentlichen Sinne noch nicht einmal begonnen!

5. SEPTEMBER 1914 – ROSE RED

Ich konnte das erste Licht des Morgens kaum erwarten, um endlich die Ereignisse des Abends zu Papier zu bringen! Ich erschaudere vor Furcht und Begeisterung angesichts meiner Erlebnisse und werde mich bemühen, alles exakt so niederzulegen, wie es geschehen ist – vom Anfang bis zum Ende.

Madame Stravinski hatte sich bereits gesetzt, als meine Gäste und ich in die Damenbibliothek gerufen wurden. Wir waren ein wenig nervös, vielleicht auch ängstlich. Die verhutzelte Frau wies uns an, Platz zu nehmen und absolute Stille zu bewahren. Sukeena blieb der Anweisung zum Trotz stehen (direkt hinter unserem Ehrengast). Die beiden musterten sich gegenseitig, Sukeena gewann, und Madame Stravinski ließ sie gewähren. In diesem Augenblick – ausgerechnet – erhob sich mein Gatte von seinem Stuhl und fing an, energisch im Raum auf und ab zu schreiten. Madame Stravinski, die sehr wohl wusste, aus wessen Tasche ihr saftiges Honorar bezahlt wurde, verspürte offensichtlich keine Lust, sich mit John anzulegen – angesichts seiner offensichtlichen Erregung und schlechten Stimmung eine gute Entscheidung. Somit war Douglas Posey der einzige Mann am Tisch. Ich saß Madame gegenüber am anderen Kopfende. Zwischen uns, in der Mitte des großen ovalen Tisches und von ihr mit ausgestreckten Händen zu erreichen, stand ihre Glaskugel, so groß wie ein menschlicher Schädel. Sie ruhte auf einem mit Juwelen besetzten Fuß aus Gold oder einem ähnlichen Metall.

Madame bat darum, die Kerzen anzuzünden und alles elektrische Licht im Haus zu löschen. Zum Glück hatte sie diese Anweisungen bereits bei ihrer Ankunft erteilt, denn drei der vier verfügbaren Bediensteten hatten fast vierzig Minuten benötigt, um das Haus abzudunkeln. Nun dauerte es nur noch ein, zwei Minuten, bis das Personal die Räume im Erdgeschoss kontrolliert hatte und zurückkehrte, um in der Bibliothek die Kerzen anzuzünden und die elektrische Lampe auszuschalten. Sogleich bat unser Medium um absolute Stille. Nur unsere Atemgeräusche und Johns rastlose Schritte störten den Frieden.

Als Nächstes mussten wir uns im Kreis die Hände reichen. Nur Sukeena widersetzte sich Madame Stravinskis Anordnung. Sogar John schloss sich an. Er schob sich mit seinem Stuhl zwischen mich und Tina, ergriff unser beider Hände, wobei er seine Finger jedoch nur mit denen von Tina verschlang. (Ich war zum ersten Mal eifersüchtig, was Tina angeht. Ist da etwas zwischen meinem Mann und meiner besten Freundin? Darf ich an so etwas überhaupt denken? Ist es ein begründeter Verdacht, oder sehe ich mittlerweile hinter jeder Ecke Betrug und Täuschung lauern?)

Als wir uns alle an den Händen hielten und das gedämpfte flackernde Kerzenlicht zitternde Schatten an die Bücherwände warf, schloss Madame Stravinski die Augen und bat uns, die Köpfe zu senken. Dann sprach sie mit eisiger, monotoner Stimme: »Großes Haus, das uns umgibt, öffne deine Tore für eine Besucherin, die dich begrüßen möchte!« Als Nächstes sprach sie auf Russisch oder Deutsch. Ob sie ihre Worte lediglich in der anderen Sprache wiederholte, weiß ich nicht. Vielleicht hat mein Mann, der diese Sprachen ein wenig kennt, etwas von ihrem Gemurmel verstanden.

Ich muss ein gewisses Maß Ehrfurcht eingestehen. Ich

schwöre, die Temperatur im Raum sank erheblich. Ob dies nur mein Eindruck war oder Madame Stravinski es tatsächlich bewirkt hatte, sei dahingestellt. Auch schwöre ich, dass die flackernden Flammen der Kerzen tanzten, als wäre die Tür aufgeflogen und ein Windstoß in die Bibliothek gefegt.

Madame Stravinski befand sich mittlerweile in einer Art Trancezustand. Ihr Kopf kippte leicht nach vorn, die Augen waren geschlossen. Ich sah über den Tisch hinweg meine Gäste an, meine Freundinnen, und registrierte, wie erstaunt sie waren, denn sie hatten ganz gewiss einen Schabernack erwartet und nichts in der Richtung, wie wir es gerade erlebt hatten.

Das Gemurmel des Mediums wurde lauter und klarer, während es immer schneller vor sich hin sprach. Die Worte purzelten in einem Wasserfall von Silben und Halbsätzen aus Madames Mund. Sie rief das Haus an, die »Residenz«, und bat darum, durch Türen und Mauern eingelassen zu werden. Mitten in diesem Sprechgesang öffnete sie einen Spalt breit die Augen und streckte die Hände nach der Glaskugel aus. Sie sah nun ganz verändert aus, jünger vielleicht. Wieder erfasste eine Kältewelle den Raum und kroch meine Beine hinauf. Die Glaskugel begann zu leuchten – ich schwöre, es ist wahr! –, und Lichtblitze schnellten daraus hervor, die bis unter die Decke reichten. Plötzlich löschte der Wind die Kerzen. Die einzige Lichtquelle waren nun die zuckenden blauen und grünen Blitze und diese leuchtende Glaskugel in den knorrigen Händen des Mediums. Ich dachte an meine arme Tochter April und ihr verkümmertes rechtes Ärmchen, ich dachte an meine Gebete vor so vielen Jahren, als ich mich dem Komitee für das Kinderkrankenhaus anschloss. Ich hatte mir nicht vorstellen können, wie es ist, ein verkrüppeltes Kind zur Welt zu bringen. Habe *ich* dieses Leid über April gebracht? Oder war es mein Mann, indem er den afrikanischen Fluch an mich weitergab? Kann ich meine Kinder retten? Sollte mein Mann nicht für seine Sünden bezahlen? Eine Frage nach der anderen ging mir durch den Kopf, während ich still dasaß. Meine Gäste hingegen konnten nicht ruhig sitzen. Nur Madame Stravinski, Sukeena und ich blieben unbewegt und zuckten mit keiner Wimper. Sogar John war sichtlich aufgeregt, löste seine Hand von meiner und sprang auf.

In diesem Augenblick entstand ein großes Chaos im Raum. Einige Regale klapperten, und Bücher fielen zu Boden. Zuerst nur ein, zwei Stück, dann zwanzig oder mehr. Schon flogen die nächsten zwanzig durch die Luft, segelten durch den Raum auf John zu und krachten dann in die gegenüberliegende Bücherwand.

»Setz dich bitte!« Diese Anweisung an meinen Mann kam aus meinem Mund, und doch stammte sie nicht von mir. Diese Stimme, dunkel und verhangen, sprang von mir zu Madame Stravinski und dann wieder zu mir. »Da schon der Anfang Sünde war, soll auch das Ende Sünde sein. Baut mich in den Himmel, sonst ist bald der Nächste mein.« Zuerst ertönte der Satz aus meinem Mund, dann aus dem von Madame Stravinski. Einen Augenblick später sagten alle am Tisch unisono den Vers auf, und mein Mann saß zitternd auf seinem Stuhl, zu dem er zurückgekehrt war. Douglas Posey stand auf, um den Raum zu verlassen, aber da flog eine Salve Bücher gegen die Tür und schlug sie zu, bevor er fliehen konnte. Ich sage dir, liebes Tagebuch, alles, was ich hier schreibe, ist wahr, obschon es sehr weit von allem entfernt ist, was ich bisher erlebt habe.

Nun begannen die elektrischen Lampen im Raum zu pendeln. Zuerst langsam. Dann in immer größeren Bögen, vor und zurück, vor und zurück. Und wieder kam dieser Wind auf.

»Baut mich in den Himmel, sonst ist bald der Nächste mein!« Nun riefen wir alle sehr laut, sogar John. Sein Kiefer schien sich von ganz allein zu bewegen, ohne dass er es wollte.

Unvermittelt streifte Madame Stravinski nun eine dunkle Schattenhülle ab; es sah aus wie bei einer Schlange, die sich häutet. Dieser dunkle Schatten stieg aus ihr auf und erhob sich. Er war teils Geist (wie der, den ich in den Stallungen gesehen hatte, nur schwarz und nicht weiß), teils lebendiges Wesen. Bedrohlich schwebte er über dem Tisch, und wir hörten alle auf zu sprechen, denn er schien etwas vorzuhaben, und was immer es war, es würde auch die am Tisch Sitzenden betreffen. »Komm zu mir …«, sagte der dunkle Schatten mit so kratzender, tiefer Stimme, dass sich mir die Nackenhaare aufrichten.

Sukeena trat vor und griff nach Madame Stravinskis Glaskugel, um sie vom Tisch zu reißen. Aber da wurde sie von einem plötzlichen Lichtstrahl ergriffen, in dessen Helligkeit sie nur noch als verschwommener Schatten erkennbar war.

Augenblicklich wurde Sukeena von den Beinen gerissen und segelte durch die Luft wie zuvor die Bücher. Sie wurde gegen die geschlossene Tür geschleudert und sank benommen und keuchend zu Boden. Ich sprang auf und ging instinktiv vor den Büchern in Deckung, deren Angriff jedoch zu meiner Überraschung ausblieb.

Als wäre das noch nicht genug gewesen, ebbte in dem Augenblick, als ich mich aus dem Kreis löste, um meiner teuren Freundin zu Hilfe zu eilen, der Wind vollkommen ab – als habe jemand ein Fenster geschlossen –, und die Kerzen entzündeten sich wieder auf wundersame Weise. Schweigen breitete sich aus. Der dunkle Schatten, der über unserem Medium geschwebt hatte, war verschwunden. Madame Stravinski wachte wieder auf. Mit weit aufgerissenen Augen starrte sie John Rimbauer an.

»Was?«, rief mein Mann sehr laut, denn er hatte das Pfeifen des kalten Windes offenbar noch in den Ohren.

Das Medium starrte ihn nur an und schwieg.

»Was?«

Sie gab keine Antwort.

John stürmte aus dem Zimmer, und Douglas Posey heftete sich sofort an seine Fersen. »Blödsinn!«, rief er noch beim Hinauseilen, aber es klang nicht sonderlich überzeugt. Ihm war der Schreck genauso in die Glieder gefahren wie uns anderen auch.

»Mein Gott!«, rief ich und befühlte die Beule an Sukeenas Schädel. »Was haben Sie ihr angetan?«

»Alle hinaus!«, befahl Madame Stravinski. »Sie bleiben hier«, fügte sie hinzu und zeigte auf mich und Sukeena. »Es war die Tür«, sagte sie, als die anderen gegangen waren (die Gäste waren ihrer Aufforderung nur allzu gern nachgekommen).

»Sie haben sie verletzt!«, klagte ich.

»Sie hat sich eingemischt«, erklärte Madame Stravinski ohne eine Spur von Reue. »Aber ich habe die Botschaft trotzdem empfangen.«

»Was für eine Botschaft?«

»Die Botschaft für Sie, mein Kind. Die Botschaft von *Rose Red*.«

Ich sah mich in der verwüsteten Bibliothek um. Gut die Hälfte der Bücher lag nun auf dem Boden. Der Wind hatte Wachstropfen von den Kerzen über die Regalbretter gesprüht. Ich erschauderte. Durch diese Wachsflecken wurde der Wind im Nachhinein für mich sehr real.

»Was für eine Botschaft?«, wiederholte ich, schwächer diesmal.

»Das Haus hat Ihnen Leben versprochen. Ewiges Leben. Leben ohne Angst vor dem Tode. Leben ohne Angst vor Krankheiten. Das Fieber wird niemals wiederkehren. Solange Sie weiterbauen, werden Sie leben. Dies, so glaube ich, ist die Antwort auf ein Gebet, das Sie einst sprachen. Ihre Gebete werden nun erhört. Leben ohne Tod. Leben … ohne … Angst.«

Madame Stravinski sank auf ihrem Stuhl zusammen und kippte halb über die Armlehne, halb auf den Tisch. Sie schien bewusstlos zu sein.

»Nicht hören, Miss Ellen«, murmelte Sukeena. »Nicht auf das Böse hören!«

»Leben ohne Angst«, flüsterte ich. »Leben ohne Tod.« Ich sah mich in dem verwüsteten Raum um, hielt meine Freundin fest in den Armen und drückte sie an mich. »*Rose Red* hat meine Gebete erhört!«

10. OKTOBER 1914 – ROSE RED

Heute weihte Lyman C. Smith, der sich mit der Smith-Corona-Schreibmaschine einen Namen gemacht hat, das höchste Bürogebäude von ganz Seattle ein, den Smith Tower. Zugleich begann der Bau des neuen Flügels der größten Privatresidenz von ganz Seattle. (Ich denke oft, Männer wie Lyman sind neidisch oder eifersüchtig auf John und wollen ihn mit diesen Errungenschaften der Baukunst herausfordern!) Hier beim Haus brachen die von Pferdegespannen gezogenen Pflüge die Erde auf, während Horden von Chinesen eifrig schaufelten und Fuhrwerk um Fuhrwerk füllten. Es ist, als wäre die Energie aus meinen früheren Fieberschüben – ich bin seit der Séance nicht mehr krank geworden – in die Arbeiten übergegangen. Ich habe im letzten Monat kaum geschlafen und rund um die Uhr unermüdlich an den Plänen für den Ausbau von *Rose Red* gearbeitet. Ich fürchte, ich überlasse die Kinder zu häufig der Gouvernante – wie mir berichtet wurde, sitzt April manchmal stundenlang vor dem großen Arbeitsmodell von *Rose Red* und spricht mit dem Haus in Worten, die niemand sonst versteht. Mir wurde gesagt, sie befinde sich dann in einem tranceartigen Zustand, aber ich sehe das anders. Alle Kinder verbringen viel Zeit in ihren Traumwelten, April vielleicht ein wenig mehr als andere. Sie ist ein ungewöhnliches Mädchen, und daran ist nichts auszusetzen. Viel wichtiger ist jetzt, dass ich für meine Kinder weiterlebe, dass ich lebe, um ihnen durch ihr eigenes Leben zu helfen. *Rose Red* hat ein Versprechen gegeben, und ich bin nicht geneigt, es so leicht abzutun wie meine teure Sukeena. (Sie ist immer noch wütend über meine Zustimmung zu dieser Séance und über Madame Stravinskis »Auftritt«, wie sie diesen spannenden Abend nennt. Wir waren für Wochen *das* Gesprächsthema in der Stadt!)

Stunde um Stunde plagen sich die Arbeiter draußen vor dem Fenster ab. Der neue Flügel wird hinter dem Badehaus und der Bowlingbahn liegen, damit man ihn von vorn nicht sieht und die jetzige Vorderansicht der Residenz erhalten bleibt. Wir bekommen je sechshundert Quadratmeter Wohnfläche auf zwei Etagen hinzu, zwölfhundert insgesamt. Dies ist jedoch nur eine Kleinigkeit im Vergleich zu dem, was noch kommt! Wir vergrößern die Residenz um drei Gästesuiten, eine Vier-Zimmer-Wohnung für Sukeena mit eigener Küche, eine Voliere, einen Landkartenraum und weitere schulische Einrichtungen für die Kinder sowie einen Projektionsraum, damit wir gemütlich zu Hause Filme sehen können. Es wird ein weiteres Bad geben – mit heißem Wasser und Salzen aus Europa zur Reinigung des Geistes und zur Behandlung der Arthritis, an der ich seit der Geburt unseres zweiten Kindes leide. Zu diesem Badehaus werden nur Frauen Zutritt haben, so diejenigen meiner Freundinnen, die sich von den Übeln des Stadtlebens reinigen möchten. John hat bestimmt schon ein neues Beobachtungsversteck eingeplant, aus dem er dieses Frauenbad bespitzeln kann, und obwohl ich mich dem nur ungern beuge, sehe ich keinen Weg, dies zu verhindern, denn das letzte Wort mit dem Vorarbeiter ist John vorbehalten und nur John. (Da gibt es nichts zu verhandeln.) Ich weiß, dass nun ein Kämmerchen gebaut werden wird und ich seinen Eingang niemals finden werde. Ich kann mir vorstellen, wie mein Mann darin sitzt und meine teuren Freundinnen begafft, ohne Wäsche (denn das Salz schadet den Stoffen) und wie Gott sie geschaffen hat. Mein Mann mit seinen lüsternen Blicken, der nicht weiß, dass ich weiß. (Vielleicht werde ich, wenn möglich, das eine oder andere Schauspiel zu arrangieren versuchen, um ihn in seiner Neugier zu schockieren! Ich bin durchaus nicht abgeneigt, John Streiche zu spielen.) Ich werde ihm für diese Verfehlungen keine Vorwürfe machen, denn ich bin nicht ganz unschuldig daran: Ich verweigere ihm jeden Zugang zu meinen Gemächern. Diese Zeiten sind vorbei. Da nach Aprils schwieriger Geburt keine Schwangerschaft mehr für mich möglich ist, sehe ich keinen Grund für die Vereinigung mit diesem schrecklichen Mann. Er mag woanders auf seine Kosten kommen. (Und das kommt er, da bin ich sicher!) Ich schöpfe meine Freude aus der Mutterschaft. Sie genügt mir und füllt mich mehr aus als es ein Mann je könnte. Und wie es ein Mann nie wieder tun wird.

Der neue Flügel soll sich aus dem Loch in der Erde erheben, das gerade geschaufelt wird. Er wird wachsen und mir das Leben verlängern, wie *Rose Red* versprach. Ich schwöre, manchmal kann ich sie hören. Nicht nur das Knarren im Gebälk des Hauses, sondern die Stimme, die ihm innewohnt. Eine Frauenstimme, leise und geheimnisvoll. Eine Stimme, die ich aus meinem eigenen Munde hörte. Eine Stimme, die vielleicht auch meine kleine April hört, wenn sie vor dem Modell sitzt.

Diesbezüglich nimm Folgendes zur Kenntnis, liebes Tagebuch: Wegen der Beschwerden über meine Tochter und wie sie ständig vor dem großartigen Modell von *Rose Red* brütet, beschloss ich, den Tee auf der oberen Loggia zu nehmen. Ich ließ April mit dem Modell zu mir bringen, um zu beobachten, wie sie damit spielt, und um mir ein Bild von dem Verhalten zu machen, über das die Gouvernante berichtete.

Tochter und Mutter verbrachten einen wunderbaren Nachmittag in der Herbstsonne, die sich angenehm warm auf der Haut anfühlte. Ich hatte Tee und Scones, und April aß ebenfalls von dem Backwerk, eine seltene Freude für mich, denn es ist schwer, April überhaupt zum Essen zu bewegen. Sie spielte mit dem großen Arbeitsmodell des Hauses, während ich meinen Korbsessel nach Westen ausrichtete, wo ein Teil der Ausschachtung für den neuen Flügel zu sehen war. Ich muss eine ganze Weile so gesessen haben und erklärte April, die gleich hinter mir saß, den neuen Bau. Ich beschrieb, wie sich der neue Flügel dort erheben würde, wo vorher nur Rasen gewesen war, wie er wachsen würde, um unsere Träume wahr werden zu lassen und unserer Liebe ein Zuhause zu geben.

Schließlich wurde es kühler, und ich bekam leichtes Fieber, wie es häufig am späten Nachmittag geschieht. Ich wandte mich meinem kleinen Wunderkind mit dem verkümmerten Ärmchen zu, um ihm zu sagen, dass es an der Zeit sei, wieder ins Haus zu gehen. Ich wollte April meine Hand reichen und ihr beim Aufstehen helfen, aber als ich mich umdrehte, blieben mir die Worte im Halse stecken.

Dort auf dem mit roten italienischen Kacheln ausgelegten Boden der Loggia stand das Modell des Architekten, das April schon vor langem zu ihrem Puppenhaus erklärt hatte. Ich griff nach der gesunden Hand meiner Tochter, und mir stockte der Atem, als ich erkannte, was unter dem ausgestreckten Zeigefinger meines Kindes zu sehen war, das ein teuflisches Grinsen im Gesicht trug.

Das Arbeitsmodell von *Rose Red* war erweitert worden; vollständig und perfekt, und jedes Fenster, jeder Kamin befand sich an der richtigen Stelle. Es war der neue Flügel, genau wie ich ihn mir vorgestellt hatte!

Und dieser Flügel war zu Beginn unserer Teestunde ganz gewiss noch nicht Teil des Modells gewesen! Das Modell selbst hatte ihn unter der Fürsorge meiner Tochter aus eigener Kraft wachsen lassen. Die Miniatur von *Rose Red* ist lebendig – ebenso lebendig wie die Residenz selbst!

12. OKTOBER 1914 – ROSE RED

Mit schwerem Herzen muss ich von der jüngsten Tragödie berichten. Als Ehefrau und Mutter seiner Kinder weiß ich John Rimbauers Geschäftssinn und das Vermögen, das er angehäuft hat, zu schätzen, und ich vermeide es so gut es geht, ihm in dieser Hinsicht zu widersprechen oder ihm unaufgefordert einen Rat zu geben. Dies tue ich, obwohl ich keine große Achtung vor dem Mann selbst habe. Heute jedoch entsetzte er mich mit seinem Verhalten gegenüber seinem ehemaligen Partner Douglas Posey über alle Maßen. Obwohl viele denken, er sei immer noch Teilhaber, wurde Douglas durch den geheimen Verkauf seiner Anteile zu einem simplen Angestellten degradiert (allerdings zu einem sehr reichen!). Ich fürchte, das Verhalten meines Mannes hat eher mit der Missbilligung von Douglas' privaten Neigungen zu tun als mit irgendwelchen geschäftlichen Dingen. Oh, wenn da nicht ein Esel den anderen Langohr schimpft! John hebt die Röcke der Huren im Hafenviertel und verurteilt Douglas für seinen Umgang mit blassen jungen Männern.

Heute Morgen erschien Douglas, der von seinem Diener angemeldet wurde, am Eingang von *Rose Red.* Ein Butler eilte durchs Haus, um John zu suchen, und fand ihn schließlich in seiner Bibliothek, die an seine Gemächer anschließt und in der er viel Zeit verbringt. John ließ eine ganze Weile auf sich warten und kam schließlich sehr gemächlich die Haupttreppe hinunter. Ich bin sicher, er tat dies mit Absicht und verhielt sich bewusst herablassend gegenüber seinem ehemaligen Partner.

Gleich hinter der Haupttreppe liegt die Küche. Ich hatte dort einen meiner seltenen Besuche gemacht, um die Suppe zu kosten, die bei meinem Damenlunch serviert wird (ich bin Gastgeberin beim nächsten Treffen des Komitees für das Kinderkrankenhaus), und konnte so hören, wie der Herr und Meister von *Rose Red* unseren Gast begrüßte.

»Was gibt's, Posey?«, rief John Rimbauer von der Treppe in die Empfangshalle hinunter. Die Halle mit ihren afrikanischen Jagdtrophäen ist ein sehr männlicher, bedrohlich wirkender Raum – all die Glasaugen, die auf einen herunterstarren! Die toten Köpfe ehemaliger Raubtiere. Tote Seelen. Nachts hasse ich diese Halle, in der man sich so beobachtet fühlt. Dazu die gefletschten Zähne! Das Arbeitsmodell des Architekten hat seinen Platz auf einem Ecktisch neben der Eingangstür und wird nur auf Aprils Wunsch bewegt und jeden Tag von den Butlern für sie im Haus umhergetragen. In der ägyptischen Vase auf dem Sideboard im Mittelteil der Empfangshalle steht immer ein Blumenstrauß (neun Dutzend frische Blüten), der jeden dritten Tag erneuert wird. Diese Blumen bringen wenigstens etwas Farbe in die Empfangshalle. Die Vase habe ich an dem Tag gekauft, als die Ganoven uns auf dem Kairoer Markt ausrauben wollten und vor Sukeena zu schreienden Nervenbündeln verkümmerten, wodurch wir uns in Sicherheit bringen konnten. Wie sie dort steht, dient sie mir als Mahnung, dass solche Kräfte, wie Sukeena sie besitzt, anzuerkennen sind. Nichts ist wie es scheint. Die afrikanische Zofe ist eine Hexe. Das Haus ist lebendig. Die Dame des Hauses ist halb verrückt – oder vielleicht ganz, das wechselt von Tag zu Tag.

Mein Mann blieb also auf halbem Wege hinunter in diese große Halle stehen, seine Augen waren so tot wie die der ausgestellten Trophäen. »Der Dienstboteneingang ist hinten.«

»Ich habe Fehler gemacht, John«, ließ sich eine zitternde Stimme vernehmen. »Ich würde gern mit dir besprechen, ob ich vielleicht zurückkommen könnte.«

»Geht nicht. Ich habe eine Firma zu führen. Ich bin beschäftigt.«

»Du hast mich betrogen!«

»Unsinn!«

»Du hast mich dazu gebracht, meine Anteile zu verkaufen. Und nun, nach nur sechs Monaten …«

»*Du* hast damit gedroht, deine Anteile zu verkaufen, Douglas. Ist dein Erinnerungsvermögen so schlecht? Ich habe angeboten, sie dir abzukaufen – über Marktwert, wie du dich vielleicht entsinnst –, damit die Aktien nicht den Markt überschwemmen und eine Verkaufswut auslösen. Du warst sehr zufrieden, verkaufen zu können. Dass der Wert unserer Aktien sich in sechs Monaten verdoppelte, ist das Verdienst eines guten Produkts und einer strengen Unternehmensleitung – einer Leitung, der du nicht mehr angehörst. Und du hast dies einzig deinen verabscheuungswürdigen Taten und den Versprechen zuzuschreiben, die du gebrochen hast. Ende der Diskussion! Walter?« John rief unseren Portier herbei, der auf wundersame Weise sogleich durch die Tür des großen Ballsaals trat. »Begleiten Sie unseren Gast hinaus.«

Walter öffnete gehorsam die Tür. Es ist kalt in diesem Oktober. Kälter denn je.

Douglas rührte sich nicht. »Ich habe mich verspekuliert, John. Ich könnte Hilfe gebrauchen.«

»Unser Gast möchte gehen, Walter.«

»Bitte.«

»Sofort!«, sagte John mit scharfer Stimme.

»Fahr zur Hölle!«, murmelte Douglas Posey, aber ich fürchte, es war nicht sein Ernst.

Adam ist mittlerweile fünf Jahre alt, April drei, und in diesem Jahr verstanden die beiden zum ersten Mal die Bedeutung des Erntedankfestes. John war reizend zu den Kindern und erzählte ihnen die Geschichte der englischen Pilgerväter und des ersten Thanksgiving in Amerika. Obwohl es zuvor schon recht kalt gewesen war, wurden wir mit einem sonnigen, erinnerungswürdigen Herbsttag gesegnet.

Die Dienerschaft hielt ihre eigene Feier im Stallgebäude ab – fast fünfzig Personen versammelten sich dort zum Essen. John hatte ihnen sieben frische Truthähne und scheffelweise Süßkartoffeln, Möhren und Erbsen spendiert sowie mehrere Kisten Wein. Es wurde kräftig gefeiert an diesem Tag, und mir fiel wieder einmal auf, wie friedlich es in diesem Haus sein kann, wenn gute Stimmung herrscht. Ich glaube, John hat mit der Trennung von Douglas Posey letztlich doch eine weise Entscheidung getroffen. Er war in den letzten Wochen viel ruhiger und neigte seltener zu unerwarteten Wutausbrüchen. Er spielte sogar mit Adam – das hatte es in den vergangenen Monaten nicht gegeben. (Er hat den Bau einer riesigen Spielzeugeisenbahnanlage in Auftrag gegeben, die ein ganzes Zimmer im Kinderflügel ausfüllen wird. Berge, Wälder, Brücken und Bahnhöfe – alles eine exakte Nachbildung der Gegend um Seattle, wozu an die dreihundert Meter Spielzeugschienen benötigt werden, eine Vierteltonne Modellierton, ein Dutzend Farbeimer und allein für eine Brücke sechstausend Zahnstocher. Adam wird das Weihnachtsgeschenk seines Lebens bekommen!)

Ach, liebes Tagebuch, ich will danke sagen, weil die guten Zeiten die schlechten überwiegen. Danke für Sukeena, für die Kinder, für unser Glück! Gesegnet seien diejenigen, die innerhalb dieser Mauern verschwunden sind. Mögen sie Ruhe finden!

Seit einiger Zeit schon gab es kein tragisches Ereignis mehr in diesem Haus. Ich hoffe und bete, dass es dabei bleibt. Vielleicht hat uns Madame Stravinski gerettet. Die Bauarbeiten gehen unvermindert weiter. Die Residenz wird mit jedem Tag größer.

20. FEBRUAR 1915 – ROSE RED

Erneut muss die Familie für die Sünden des Vaters bezahlen. Ich befürchte, meine Kinder werden sich nie von dem jüngsten Zwischenfall erholen. Wie gern hätte ich das Unheil verhindert! Aber nun ist es geschehen, und ich kann es nicht rückgängig machen. Ich selbst war nicht dabei und kann hier nur meine Interpretation der Schilderung Sukeenas wiedergeben, der sich der kleine Adam anvertraute. (Nur mit ihr wollte er sprechen und mit niemandem sonst.)

Heute Nachmittag erschien Douglas Posey auf dem Anwesen. Er meldete sich nicht an der Tür und wurde von keinem der Portiers in Empfang genommen. Will man den Ablauf der Ereignisse erklären, muss man davon ausgehen, dass Douglas sich über die Baustelle für den neuen Flügel auf der Westseite des Hauses Zugang verschaffte, denn man fand Sägemehl an seinen Schuhen. Sein Automobil wurde am Rande der Hauptstraße entdeckt, versteckt zwischen Bäumen. Von dort muss er den Berg hinaufgewandert sein, um sich, wie er hoffte, *Rose Red* unentdeckt von Westen her zu nähern, wie es wohl auch geschehen ist. Was ihm als Nächstes gelang, stellt mich als Mutter der Kinder vor ein großes Rätsel, denn wir beschäftigen immerhin zwei Gouvernanten, Miss Crenshaw und Miss Dunn, und drei weitere sehr eifrige Kindermädchen, darunter Aprils Amme Miss Helms, die wir in unseren Diensten behielten, als ihre eigentliche Aufgabe erfüllt war. Diese Frauen haben keine anderen Pflichten als über die Kinder zu wachen. Dennoch waren die beiden heute unerklärlicherweise genau zu jener Zeit unbeaufsichtigt, von der ich nun auf deinen Seiten berichten will.

Irgendwie war es Douglas gelungen, von der Baustelle erst in das Badehaus und dann über die Bowlingbahn bis zur Südtreppe vorzudringen. Geht man diese Steintreppe hinunter, kommt man ins Wildlager, wo John nach der Jagd seine Hirsche und Rehe ausweidet und aufhängt. Folgt man der Treppe nach oben wie Douglas es tat, gelangt man in den Westflügel und in unsere Gemächer – John bewohnt fünf Zimmer, darunter sein Arbeitszimmer; ich einschließlich Ankleide- und Anproberaum sieben. Es war ein schlauer Zug von Douglas Posey, denn abgesehen von den Zimmermädchen, die dort sauber machen und die Betten richten, und den Butlern, die nach den Kaminen schauen, hält sich tagsüber in diesen Räumen und Korridoren meist niemand auf – außer wenn ich krank bin natürlich, was letzthin häufiger der Fall war. Ausgerechnet heute jedoch fühlte ich mich recht gut.

Besonders ärgerlich ist, dass keiner unserer Bediensteten es gemeldet hätte, selbst wenn einer von ihnen Mister Posey begegnet wäre. John hat vor langer Zeit schon das Gesetz der Verschwiegenheit in diesem Haus eingeführt, da er oft geheime Geschäftstreffen abhält (wenigstens ist das der Grund, den er angibt!), von denen nichts nach draußen verlauten darf. (Man munkelt, er wolle in die Flugzeugfirma seines guten Freundes Bill Boeing investieren. Ich persönlich halte das für Geldverschwendung, aber John sagt, Flugzeuge werden militärisch gesehen immer wichtiger.) Hätte also einer der Bediensteten Douglas Posey gesehen, hätte er es bestimmt niemandem gegenüber erwähnt. Ob ihn jemand beim Hereinkommen gesehen hat, bleibt somit unklar. Wie er das Haus verließ, sahen wir jedoch alle.

Es ist gar nicht so einfach, unbemerkt in den Salon zu gelangen, insbesondere auf dem Weg, den Douglas Posey für sein heimliches Eindringen in unser Haus wählte. Das Haus und seine Interna zu kennen war jedoch von Vorteil für ihn. Das Fenster des Salons geht auf die U-förmige, mit Kies ausgelegte Einfahrt und den Fontänengarten hinaus, der dank unseres emsigen Personals die Besucher das ganze Jahr über mit einem farbenfrohen Anblick begrüßt. Douglas Posey war zuvor schon viele Male in der zweiten Etage gewesen, um an dem ein oder anderen von Johns zahlreichen Geschäftstreffen teilzunehmen, und einige unserer Bediensteten kannte er daher mit Namen. Es ist unbegreiflich, warum jemand so weit geht wie Douglas Posey; aber aus meinen Jahren mit John Rimbauer habe ich vor allem eines gelernt: Die Gemütslage eines Menschen ist kaum je zu durchschauen. Da kann dieser Freud behaupten, was er will (er führt, wie man hört, fast alle Phobien und Ängste auf die körperlichen Intimitäten zwischen Mann und Frau – Sex! – zurück und lässt dabei das Streben nach Nahrung, Überleben und Macht völlig außer Acht). Bestimmt wird man seine Theorien eines Tages widerlegen, wiewohl sie in Bezug auf meinen Mann durchaus zutreffend erscheinen. Ich hatte immer gedacht, Douglas möge die Kinder, und daher werde ich nie verstehen, warum er ausgerechnet den Salon wählte, wo er doch wusste, wie gern Adam dort spielt. Vielleicht entschied er sich für diesen Raum, weil dort über dem Kamin ein Ölgemälde von John hängt. Meine Porträts sind in der Empfangshalle zusammen mit Johns Jagdtrophäen ausgestellt – offensichtlich haben die Tiere und ich für ihn den gleichen Stellenwert. Diese Porträts hatten wir gegen Ende unserer Hochzeitsreise in London in Auftrag gegeben, und ich muss sagen, sie wirken vollkommen lebensecht. Es sind kunstvolle Arbeiten, wenn auch ein wenig phantasielos. Johns Porträt – auf dem er sehr ehrwürdig aussieht – ist so aufgehängt, dass er durch das gegenüberliegende Fenster auf die Einfahrt hinausschaut, als überwache er sein Anwesen und erfreue sich seiner Herrschaft.

Ich kann es kaum niederschreiben und ohne das geistige Getränk in meinem Glas gelänge es mir wohl auch nicht, aber die Geschichte muss erzählt werden, und so folgt nun, was mir berichtet wurde.

Adam kam als Erster in den Salon, auf einer seiner »Safaris«, bei der er seine Schwester April wie ein Stück Wild vor sich her durch die Korridore laufen lässt, während er versucht, sie aufzuspüren. (Natürlich versteht der arme kleine Adam nicht, was dieses Spiel für Sukeena und mich darstellt. Wie bei seinem Vater ist das Wild, das er jagt, ein junges Mädchen! Er wird sich fragen, warum wir ihn immer von seinem Spiel abbringen wollen.) Wie dem auch sei, er hatte nicht aufgepasst und April aus den Augen verloren, als sie in den Rauchsalon verschwand – den sie eigentlich nicht betreten darf, aber so sind Kinder nun einmal. Adam riss mit »feuerbereiter« Spielzeugpistole im Anschlag die Tür zum Salon auf und hatte plötzlich Douglas Posey im Visier, der auf einer kleinen Holztrittleiter stand, die in einem Wandschrank aufbewahrt wird, damit man sie zum Aufhängen der Kunstwerke zur Hand hat. Um den Hals des Mannes lag die Schlinge eines Hanfseils. Douglas starrte den kleinen Adam an, dessen Ähnlichkeit mit seinem Vater unübersehbar ist.

Einen Augenblick später kam die kleine April hinter ihrem Bruder hergerannt, das verkümmerte Ärmchen fest an den mageren Körper gepresst. Sie wollte Adam überraschen und das kleine Spiel gewinnen. Auch sie sah Johns ehemaligen Partner auf dieser Leiter stehen.

Douglas Posey warf dem Jungen seinen Hut zu (er war von Kopf bis Fuß wie ein Cowboy bekleidet!). Dann sah er das kleine Mädchen und warf auch ihm etwas zu: Eine langstielige rote Rose segelte durch die Luft. (Douglas kennt natürlich den Namen unserer Residenz.) Mit ihrer gesunden Hand fing April die Rose auf, aber sie stach sich an den Dornen und stieß einen Schmerzensschrei aus.

Douglas Posey trat von der Leiter und baumelte sogleich in der Luft. Sein Blick ruhte auf meinem kleinen Mädchen, bis ihm die Augen aus dem roten Kopf traten und sich eine blaue Blässe auf sein Gesicht legte. Adam vernahm, wie er später berichtete, ein lautes Knacken, wie von einem Ast, der von einer kräftigen Windböe umgeknickt wird. Er betätigte den Abzug seiner Spielzeugpistole, und der Korken flog durch die Luft und traf Douglas mitten in die Brust, denn Adam ist ein ebenso guter Schütze wie sein Vater. Adam sagte, Douglas habe »getanzt«, und seine Beine hätten »gezappelt wie bei den Negern, wenn sie ihre Stepptänze aufführen«. Als Douglas die Zunge aus dem Mund quoll, angeschwollen und steif, fingen die Kinder aus Leibeskräften an zu schreien.

Als man die beiden fand, stand April immer noch wie angewurzelt da, starrte den Toten an und hielt die Rose fest in den kleinen blutigen Fingern. Adam krabbelte auf allen vieren unter der Leiche herum, weil er seinen Korken einsammeln wollte. Er befürchtete, Douglas getötet zu haben, und niemand sollte den Beweis finden.

Douglas baumelte an dem Seil und starrte (wenn man so sagen kann) mit fast aus den Höhlen getretenen Au-

gen auf das lebensgroße Porträt seines ehemaligen Partners, meines Mannes, der ausgerechnet in diesem Augenblick (und manche sagen, Douglas habe dies gewiss gewusst) nach Hause zurückkehrte und die Einfahrt hinaufgebraust kam.

Vom Wagen aus blickte John also nun in das große Fenster in der Mitte des Salons und sah Douglas Posey, seinen erklärten Feind, an dem Seil baumeln. Douglas wandte ihm die Kehrseite zu, die befleckt war mit seinen letzten Ausscheidungen.

Ich denke, alle Bediensteten auf dem Anwesen hörten Aprils Schrei.

Seitdem hat sie kein Wort mehr gesprochen.

26. FEBRUAR 1915 – ROSE RED

In der vergangenen Woche habe ich jede Stunde von früh bis spät meinen Kindern gewidmet. Ich teilte meine Aufmerksamkeit zwischen Adam und April auf, verbrachte jedoch einiges mehr an Zeit mit meiner Tochter. Wie das männliche Bewusstsein arbeitet, weiß ich nicht, aber Adam schien sich binnen kurzem von dem erlittenen Schock zu erholen. Ob er dauerhaften Schaden durch das Miterleben des Selbstmords davonträgt, ist nicht zu sagen, und ich vertraue diesen Seiten meine Befürchtung an, dass Douglas Poseys Tod in ihm zurückbleibt und zu einem späteren Zeitpunkt wieder an die Oberfläche kommt. Mit der kleinen April verhält es sich ganz anders. Weder John noch ich, weder die Gouvernanten noch Sukeena können ihr ein einziges Wort entlocken. Stundenlang sitzt sie vor dem Architektenmodell von *Rose Red*, das sie vor den Kamin im Salon geschleppt hat. Wenn jemand auch nur versucht, sie oder das Modell anzurühren, fängt sie an zu schreien. Das Personal hat Anweisung erhalten, um sie herum zu arbeiten, sie in Ruhe zu lassen und bis auf weiteres nicht anzusprechen, denn ihre Anfälle sind erschütternd. Ich bin offenbar die Einzige, die sie in ihrer Nähe toleriert. Und so verbringen Mutter und Tochter ihre Zeit im Salon. Außer dem Zischen der Holzscheite im Kamin und dem Knistern des Pinienholzsafts ist alles still. Ich habe angefangen zu stricken, denn in meinem Zustand ist es mir unmöglich zu lesen. Eigentlich fixiere ich in der Hoffnung, ein Zeichen für ihre Rückkehr in die Normalität zu erhalten, die ganze Zeit den Rücken meiner Tochter. Zweimal habe ich schon die Beherrschung verloren, weil ich ihr Schweigen so frustrierend empfand und nicht mehr aushalten konnte. In den letzten Tagen war ich jedoch gefasster. Eine Zeitlang fühlte ich mich auch wie ihre Gefangene – als verhalte sich April absichtlich so und nutze den Selbstmord des armen Mannes als Mittel, um mich in ihrem Netz festzuhalten. Ich habe in dieser Woche mehr Zeit mit ihr verbracht als in den vergangenen sechs Monaten zusammen. (Ich fürchte, diese Aussage wirft ein schlechtes Licht auf mich, aber man muss bedenken, dass ich oft krank bin.)

Ich habe Abigail, eines der stellvertretenden Kindermädchen, heimlich angewiesen, das Modell von *Rose Red* jeden Abend vor dem Zubettgehen zu fotografieren, denn ich habe den beunruhigenden Eindruck gewonnen, es verändert sich Stück für Stück auf subtile Weise. Ich könnte schwören, Flügel erscheinen von einem Tag auf den anderen oder verschwinden. Das Ausmaß dieser Veränderungen steht offenbar direkt mit der Zeitdauer in Zusammenhang, die April davor sitzt. (Ich fürchte, liebes Tagebuch, sie *sitzt* im eigentlichen Sinne gar nicht *davor*, sondern *versetzt* sich vielmehr *hinein*, in das Modell und in *Rose Red*. So absurd es auch klingen mag, es ist wahr, wie ich dir versichere: Sie verfällt in Anwesenheit des Modells in eine Art Trance und wacht erst daraus auf, wenn das Feuer erlischt und es kalt im Zimmer wird.)

Dies führt mich zu einem weiteren Eintrag auf deinen Seiten, gegen den ich mich schon mehrere Abende sträube. Aber nun ist es Zeit, denn ich habe Angst vor den Folgen, wenn ich solche Dinge für mich behalte:

Meine teure Sukeena kam neulich abends mit einem völlig verängstigten Ausdruck auf ihrem tiefschwarzen Gesicht zu mir. Ich fragte sofort, was denn los sei, aber sie wollte sich mir erst anvertrauen, nachdem wir uns in meine Gemächer zurückgezogen und die Türen fest verschlossen hatten. Unser Gespräch verlief ungefähr so:

»Sukeena! Was ist los?«

»Es liegt an ihr, Miss Ellen.«

»An April?«

»An der Residenz. An *Rose Red*!«

Ich wartete ab, was sie zu sagen hatte, aber als sie nicht mit der Sprache herausrückte, drängte ich sie. Sie wirkte vollkommen entgeistert – anders kann man es nicht bezeichnen. Schließlich flehte ich sie richtiggehend an.

»Vielleicht nicht die Indianer«, sagte sie.

»*Was* nicht?«, hakte ich nach.

»Ich habe überlegt, Miss. Gehorcht. Habe April zugehört, Miss.«

»Aber April hat schon seit fast einer Woche nichts mehr gesagt.«

»Nicht zu uns, Miss.«

»Wie meinst du das, Sukeena?«

»Es ist wie ein Wind, Miss. Ein Wind um dieses Kind. Ein Wind wie eine Stimme … viele Stimmen. Wann immer sie vor diesem Spielzeug sitzt, diesem Puppenhaus von *Rose Red*. Deshalb will sie mich nicht in ihrer Nähe haben. Sie weiß, ich kann es hören.«

»Was redest du denn da?« Ich war verzweifelt. »Meine Tochter soll – ja, was denn eigentlich? – mit dem Haus reden?«

»Das Haus redet mit ihr, Miss. Ich glaube, vielleicht doch nicht die Indianer.«

»Du meinst, sie haben nichts mit den verschwundenen Frauen zu tun?«

Sie nickte, immer noch völlig aufgewühlt. In einem solchen Zustand habe ich Sukeena wirklich noch nicht oft gesehen.

»Es geht um … Miss, vielleicht stellen Sie sich es als Feuer vor. Feuer, Miss. Feuer in unserem Inneren, Miss Ellen. So ähnlich.«

»Das Leben?«, keuchte ich.

»Die Kraft des Lebens, Miss. Ja. Das Feuer. Und vielleicht … braucht das Haus dieses Feuer für sich? Wie wir unsere Nahrung brauchen. So ähnlich. Wie Feuer.«

»Nicht die Indianer?«

»Nein, Miss.«

»Nicht der Friedhof?«

»Will nicht sagen, Indianer nicht auch hier, Miss. Manchmal spüre ich, wie voll das Haus ist.«

Damit hatte sie Recht. Das hatten wir alle schon gespürt. Auch die Bediensteten. Wir waren nicht allein in diesem Haus. Dass gelegentlich auf unerklärliche Weise indianische Artefakte in unserer Sammlung auftauchten, sprach möglicherweise für die Anwesenheit von Geistern.

»Willst du damit sagen …?« Ich lächelte nervös und fühlte mich schrecklich unwohl. Mir widerstrebte es, in Worte zu fassen, was ich dachte, aber eine solche Zurückhaltung war nicht angebracht. Zwischen Sukeena und mir gibt es längst keine Schranken mehr. »Willst du sagen, die Verschwundenen …« Sie nickte, denn sie wusste genau, was ich sagen wollte. »Du meinst, *Rose Red* ernährt sich von diesen Verschwundenen?«

»Saugt das Feuer aus ihnen, Miss«. Sukeena nickte ernst.

Ich stieß ein kurzes, hilfloses Lachen aus. Nun war mir überhaupt nicht mehr wohl.

Unheil verkündend sagte sie: »Ich denke, hat mit Ihnen zu tun, Miss. Kein Zweifel daran. Dieses Haus liebt Sie. Aber ich glaube, die anderen holt es sich wegen dem Feuer, das in ihnen ist. Es lebt von diesem Feuer, Miss Ellen. Und je größer das Haus wird, desto mehr Nahrung braucht es.«

Ich erschauderte. »Aber wir sind es doch, die es größer werden lassen«, warf ich in Erinnerung an Madame Stravinskis Rat ein.

»Vielleicht hat diese Frau für das Haus gesprochen«, sagte Sukeena. »Vielleicht hat das Haus geredet, nicht sie selbst.«

»Ich kann es nicht glauben«, flüsterte ich. Der Weiterbau des Hauses ist Jahre im Voraus geplant. »Solange ich weiterbaue …« Ich sprach es nicht aus, aber ich dachte: … *bin ich unsterblich!* Zu Sukeena sagte ich: »Ich vertraue Madame Stravinski und dem, was sie uns über *Rose Red* gesagt hat. Meine Fieberschübe sind verschwunden.«

Sukeena beließ es dabei; sie kennt mich gut genug. Ich hätte mich in dieser Situation wohl nicht so störrisch verhalten sollen, denn so hatte ich jeglicher Diskussion über das Thema ein Ende gesetzt. Sukeena tut so etwas eigentlich nie, aber in diesem Augenblick starrte sie mich zornig an. Dann warf sie mir mit großen Augen einen wuterfüllten Blick zu. Ich versuchte, das Gespräch wieder aufzunehmen.

»Es lebt also von den Leben der Mädchen, die verschwunden sind?«

Sukeena gab keine Antwort.

»Und was ist mit den Männern, die gestorben sind?«, fragte ich.

»Das ist eine Sache zwischen Ihnen und dem Haus, Miss.«

»Zwischen mir und dem Haus«, wiederholte ich und fröstelte. Ich hatte das Gefühl, irgendwo stünde ein Fenster offen.

»Das Haus beschützt Sie.«

»Mister Corbin hatte aber mit mir nichts zu tun«, wandte ich ein. »Wir kannten uns gar nicht.«

»Der Mann hat den Vorarbeiter der Baustelle erschossen, Miss Ellen. Dieser Corbin wurde von den Göttern geschickt, damit er Bau des Hauses verhindert. Er sollte seine Entstehung verhindern. Hat sein Bestes gegeben.«

Es stimmte: Corbin hatte Williamson am Tag der Grundsteinlegung erschossen. Nur Zufall? Diese Tatsache unterstützte Sukeenas Theorien. »Vielleicht waren daran doch die Indianer Schuld«, bemerkte ich, obwohl Sukeena bereits ihre Zweifel an dieser Theorie geäußert hatte.

Sie wirkte nicht begeistert. »Es saugt das Feuer aus den jungen Mädchen, Madam. Je größer es wird … desto mehr Mädchen werden verschwinden. Sukeena weiß das … hier drinnen.« Sie legte sich die Hand aufs Herz.

Wieder verspürte ich Kälte, wie von einem Luftzug. Sukeena stellte ihre Meinung selten mit solcher Bestimmtheit dar. Nur wenige Male hatte sie es getan: als sie mir versicherte, dass ich schwanger war, und dann noch einmal, als sie die Gewissheit äußerte, dass die junge Laura nie gefunden würde. Und nun dies.

Ich fürchte, ich bin mittlerweile empfänglicher für derartige Vermutungen und wundere mich über die Frau, die aus mir geworden ist. Hätte ich als Neunzehnjährige geglaubt, ein Haus könne lebendig sein? Hätte ich je für möglich gehalten, dass einmal eine afrikanische Hohepriesterin meine engste Freundin sein würde, in deren Macht es steht, Wahrheiten aufzudecken, die anderen verborgen bleiben? Dass ich einmal zwei Kinder haben werde: eines stumm mit verkümmertem Ärmchen, das andere voller Bewunderung für einen Mann mit zweifelhaften Überzeugungen, dem es nacheifert? In nur sieben Jahren hat sich mein Leben so dramatisch verändert, dass ich es kaum selbst wieder erkenne. Über solche Dinge kann ich nicht mit meiner Mutter sprechen, denn sie würde mich gewiss missverstehen und mich unmäßig und kopflos schimpfen. Also bleibt mir nur die Fürsorge meiner teuren Sukeena mit ihrer scharfen Beobachtungsgabe und der Verbindung zur »anderen Seite«. Und mir bleiben meine Wünsche.

Ich wünsche mir meine April zurück. Ich wünschte, sie hätte zwei gesunde Arme. Ich wünschte, Douglas Posey wäre an einem anderen Ort gestorben und hätte dieses schreckliche Haus und uns alle in Ruhe gelassen.

Was, wenn das Modell von *Rose Red* wirklich wächst? Wenn die Stimme meiner Tochter seiner Gier zum Opfer gefallen ist? Was, wenn April eingeschlossen bleibt; halb von diesen Mauern gefangen, die uns umgeben, und halb frei? Was kann man dagegen unternehmen? Wie kann ich sie zu mir und zu ihrer Familie zurückbringen?

Ich verspüre die Notwendigkeit, das arme Mädchen mit noch mehr Liebe und Aufmerksamkeit zu umsorgen. Auf meine Anweisung schläft sie fortan bei mir im Bett. Sie soll mütterliche Wärme bekommen, wann immer sie welche braucht. Sie soll die Stimme ihrer Mutter hören, wenn sie aufwacht. Wenn ich um sie kämpfen muss, werde ich das tun. (Lass dir dies gesagt sein, *Rose Red*, wenn du diese Worte liest!)

Ich möchte weg, aber ich weiß, es ist unmöglich. Du wirst mich niemals gehen lassen. Keinen von uns. Wir sind deine Gefangenen. Unsterblich zwar, aber trotzdem gefangen. Was hat dies alles zu bedeuten? Wie lange kann ich es noch aushalten, mit John Rimbauer unter diesem Dach zu leben? Er mag zwar mächtig und reich sein, aber ich bekomme keine Liebe mehr von ihm. Adam hat wohl meinen Platz eingenommen. John bringt Geschenke für Adam mit. Baut ein Zimmer für Adams Spielzeugeisenbahn. Nimmt Adam mit auf Geschäftsreisen (dazu das hübscheste der Kindermädchen, was dem Auge einer Ehefrau nicht entgeht!). Ich bin verflucht. *Rose Red* besitzt mich und nicht umgekehrt. Ich bin eine Gefangene. Ich muss April um jeden Preis von hier fortbringen. Vielleicht zu ihren Großeltern. Ach, warum ist mir das nicht bereits früher eingefallen!

Ich hätte es schon längst tun sollen.

13. MÄRZ 1915 – ROSE RED

Die Unbarmherzigkeit der Ehe! Es ist nun einige Wochen her, seit ich meinem Gatten gegenüber den Wunsch äußerte, April von diesem Haus fortzubringen. Heute Morgen fing ich einen Brief ab, der von einem höchst ungewöhnlichen Postboten überbracht wurde: gut über einen Meter neunzig groß, mit einem Hinkebein und ganz dicken Brillengläsern! Er kam zum Haupteingang und murmelte etwas von einer italienischen Stadt … Florenz, glaube ich. Nein, Pisa! Das war es. Er sagte etwas wie: »Pisa für Rimbauer.« Ich habe keine Ahnung, woher das Postamt seine Leute bekommt! (Hoffentlich ist bald wieder unser regulärer Zusteller Floyd im Dienst.) Der Brief war drei Tage zuvor von der Cheshire Academy in Portland, Oregon, aufgegeben worden. Ich öffnete ihn sofort (unter Dampf, um ihn wieder unversehrt verschließen zu können) und fand eine Aufnahmebestätigung – für Adam. Anscheinend ist John weit mehr daran interessiert, seinen Erben und seinen kostbaren Stammbaum zu schützen als seine Tochter mit dem verkümmerten Arm und der stummen Zunge. (Seiner Ansicht nach hat Aprils »Schwierigkeit mit der Sprache« etwas mit ihrer Intelligenz und ihrem Geschlecht zu tun. Ehrlich gesagt hat John eine beschränkte, einfältige Ansicht über die Bestimmung der Frau – Frauen sind in seinen Augen lediglich dazu da, gewisse unaussprechliche Männerwünsche zu erfüllen und Kinder zu bekommen.) Ich schwanke zwischen Wut und Gram, denn ich weiß, meine Argumente stoßen bei ihm auf taube Ohren. April muss hier bleiben. Adam wird uns verlassen, wenn er in die erste Klasse kommt. April ist wie wir anderen verdammt, Adam wird gerettet.

Ich bereite mich darauf vor, meine kostbare Tochter zu verteidigen, aber wie ich schon jetzt weiß, kann ich diesen Kampf nicht gewinnen. Führen werde ich ihn dennoch. Sollte John je noch einmal mit gewissen Absichten in mein Schlafgemach wiederkehren – was er bestimmt irgendwann tut –, wird er die kleine April unter meiner Decke finden. Und so wird es bleiben, bis er seine Einstellung ändert.

Wie du mir, so ich dir. Und *Rose Red* sollte man bei diesem Spiel auch nicht vergessen. Wehe dem, der sie unberücksichtigt lässt.

Schweren Herzens musste ich mich heute von Adam verabschieden, denn er reiste mit seinem Vater ab, der ihn persönlich zur Cheshire Academy bringen wollte. Für mein Mutterherz ist ein solcher Verlust kaum zu ertragen, besonders, da meine gesteigerten Bemühungen, meiner Tochter ein Wort zu entlocken, weiterhin fehlschlagen und sie in ihrem nahezu komatösen Zustand verharrt.

Zu meinem großen Schrecken haben sich unsere Versuche, das Modell von *Rose Red* zu photographieren, allesamt als fruchtlos erwiesen, denn auf den Bildern ist dort, wo das Modell sein sollte, nur ein heller Lichtfleck. Es sieht so aus, als strahle das Modell selbst eine Energie aus, ein Licht, das die Photographien verdirbt. (Auf einer war auch die kleine April eingefangen – von ihren Händen stieg ebenfalls ein solches Licht auf und umfing ihren Kopf. Sollte dies ein Streich der Leute sein, von denen die Photographien entwickelt werden, ist es gar nicht zum Lachen, und ich bete, dass sie damit aufhören. John führt die hellen Flecken auf eine Manipulation bei der Entwicklung zurück und behauptet, es handele sich nur um einen Scherz. Aprils »Zustand« ist in der ganzen Stadt bekannt.)

Überall wird nur noch von dem Krieg in Europa gesprochen. John ist ständig auf Reisen: Denver, Portland, San Francisco – sogar Cleveland und New York –, und seine Exporte wachsen stetig. Je mehr er unterwegs ist, desto einfacher ist das Leben auf *Rose Red*. (Seiner Anwesenheit ist ein Großteil der Anspannung hier zu verdanken, denn das Personal fürchtet diesen Mann.) Die Titelseiten der Zeitungen werden vom Weltgeschehen beherrscht: Deutschland hat sich bereit erklärt, keine Ozeandampfer mehr zu versenken – ein wenig zu spät für die *Lusitania*; eine weitere polnische Stadt wurde von den österreichisch-deutschen Truppen eingenommen; Aufstände auf Haiti; in der Schweiz findet ein Treffen europäischer Sozialisten statt. Unser Leben hier zu Hause scheint dagegen völlig unbedeutend zu sein. Überall herrscht Krieg. Die deutschen U-Boote versenken wöchentlich Dutzende Schiffe. Präsident Wilson steht unter Druck, sich dem Kampf anzuschließen. Ich weiß nicht, wohin dies alles noch führen wird, aber es sieht nicht gut aus. Bei uns werden die gesellschaftlichen Anlässe seltener, denn zahlreiche Ehemänner sind mit der Mobilmachung mehr als ausgelastet. Ich habe zwar mit der Personalleitung die erste Besprechung wegen des alljährlichen Balls im Januar abgehalten, aber die Begeisterung ist in diesem Jahr weitaus geringer. Die Gästeliste ist dennoch viel länger geworden, da John sie um Dutzende Geschäftskontakte ergänzt hat. Dank meiner Freundschaft mit den Mastersons konnte ich die Einladung der berühmten Opernsängerin Elizabeth Paige arrangieren, die zu dieser Zeit in der Stadt sein wird. John sagt, William Randolph Hearst wird uns vielleicht ebenfalls beehren. Aber am meisten Begeisterung zeigt er für einen General, den er einladen möchte (dieser General hat geschäftlich mit Boeing zu tun, und John, der ein Hauptinvestor bei Boeing ist, will die beiden Männer miteinander bekannt machen, bevor irgendwelche Geschäftsverhandlungen stattfinden).

Aber viel mehr Sorgen macht mir *Rose Red* selbst. Sie war nun schon viele Monate lang »ruhig«. Ich vermute, sie verwendet zufrieden ihre Energie darauf, mit den

Bauarbeiten zu wachsen. (Man höre sich das an! Wie töricht das klingt!) Die Arbeiten sollen in diesem Winter zwar nicht ganz eingestellt, jedoch um einiges reduziert werden, da John meint, es stehe uns ein strenger Winter bevor (er liest eifrig in seinem Almanach und glaubt jedes Wort!), und er sieht keinen Grund, sich mit »Väterchen Frost« anzulegen. Welche Wirkung das auf *Rose Red* haben wird, weiß ich nicht, aber wie mir mein Instinkt verrät, holt sich ein weibliches Wesen die Aufmerksamkeit, die es benötigt. Wie wird sie wohl nach all den eifrigen, monatelangen Bauarbeiten reagieren? Wie wird sie reagieren, wenn ihre Arbeiter weggehen, ihre Männer sie verlassen?

Wie wird sich ihre Stimmung auf unser Jahresfest auswirken? Wird sie allein zurechtkommen oder wird sie Gesellschaft suchen? Einerseits denke ich, *Rose Red* hat nichts, für das sie kämpfen muss, da John so oft unterwegs ist. Vielleicht schlummert sie, weil sie mich nicht beschützen muss. Aber wenn Sukeena Recht hat – und wie könnte ich ihre Einschätzung diese Angelegenheiten betreffend bezweifeln? –, wird unser Haus vielleicht Nahrung brauchen, wenn die Bauarbeiten ihre Aufmerksamkeit nicht mehr in Anspruch nehmen. Und wenn ja, wem wird sie sich zuwenden? Und wann? Ich möchte am liebsten überhaupt keine Gäste in dieses Haus einladen. Mir steht der Sinn danach, das Fest abzusagen, weil ich Angst habe, es könnten Menschen verschwinden. Aber das alles spielt keine Rolle, liebes Tagebuch. Es soll mich nicht davon abhalten, meine Aufmerksamkeit und Kraft weiterhin auf meine kleine April und meine Versuche zu konzentrieren, sie von dem Ort zurückzuholen, an dem sie seit Douglas Poseys grausigem Ableben weilt.

Warum habe ich bis zu diesem Augenblick gebraucht, um zu begreifen, was zu tun ist? Wie konnte ich nur so blind sein? Warum musste ich mein Herz erst diesen Seiten ausschütten, um klar zu sehen? Sukeena würde es natürlich nie vorschlagen, denn sie misstraut der Sache, aber wo war ich mit meinen Gedanken, dass ich es nicht früher erkannte? Ich muss sogleich Tina anrufen! Denn nun ist mir klar, was zu tun ist, um meine liebe Tochter von dem Joch des Schweigens zu befreien: Ich muss zu Madame Lu! Madame Lu! Wenn irgendjemand dieses Geheimnis lüften kann, dann die Große Dame selbst.

Wir müssen sie sofort aufsuchen!

12. SEPTEMBER 1915 – ROSE RED

Da John immer noch bei Adam in Portland ist, zog ich Vorteil aus meiner Unabhängigkeit. Ich sagte dem Personal, April und ich würden den Sonntagsgottesdienst besuchen, und fort waren wir. Sukeena schlich sich durch den Wald hinter dem Haus zur Straße, wo ich sie mit dem Zweispänner erwartete. Dort zwängten wir uns zu dritt auf den Wagen und brachen ins Chinesenviertel auf. Sukeena hatte Gott sei Dank die Verabredung im Voraus arrangiert und Madame Lu einen Brief von mir überbracht. Heute Morgen bekam ich zur Antwort, dass wir von der Großen Dame empfangen würden, sobald es uns möglich sei zu kommen. Der Wortlaut von Madame Lus Notiz und die geübte Handschrift deuteten auf eine Übersetzung hin, denn die Syntax war weitgehend korrekt. (Ich vermute, eine ihrer jungen, zarten Bediensteten ist recht versiert in der englischen Sprache und war ihr in dieser Angelegenheit behilflich. Dies wiederum bedeutet, dass die Gespräche zwischen Tina und mir in Anwesenheit dieser Frauen wahrscheinlich besser verstanden worden sind als wir gedacht haben. Ich habe mir vorgenommen, nichts gegenüber Sukeena zu äußern, das sie besser nicht mithören sollten.)

Ich muss sagen, meine Angst ist einer gewissen Vertrautheit gewichen. Als ich zum ersten Mal bei Madame Lu vor der Tür stand, habe ich angesichts der Atmosphäre vor Furcht beinahe gezittert. Ich hatte große Angst und war vollkommen verschüchtert. Nun, bei meinem dritten Besuch, verspürte ich nichts dergleichen. Ganz im Gegenteil, ich war aufgeregt, sogar erfreut, die Große Dame wiederzusehen. Nun kann ich verstehen, warum Tina sich seinerzeit so gelassen zeigte. Bei unserer Ankunft hatte sie eine in meinen Augen fast widernatürliche Ruhe ausgestrahlt.

April für ihren Teil zeigte keine besondere Aufregung angesichts der veränderten Umgebung (worauf ich insgeheim gehofft hatte!). Ich nehme an, sie wird Chinatown in einem gewissen Rahmen zur Kenntnis genommen haben, aber sie verzog keine Miene. Sukeena, April und ich stiegen (Hand in Hand) die dunkle Treppe hinauf. Es roch durchdringend nach Sandelholzrauch, Ingwer und Tee. Die Große Dame saß wie eine Monarchin auf ihrem Thron und bat uns, auf der Strohmatte vor ihr Platz zu nehmen. Wie immer blieb Sukeena stehen, ein Stück hinter mir und April. Eine gewisse Förmlichkeit hatte sich zwischen ihr und Madame Lu entwickelt, ein Mindestmaß an gegenseitiger Achtung.

»Das also ist Kind«, sagte Madame Lu.

»April«, antwortete ich.

»Hübscher Name. Hübsches Kind.«

»Wir … Ich …«

Sie ließ mich erst gar nicht aussprechen. »Komm her, Kind. Setz dich zu Lu!« Sie streckte ihre steifen Arme aus, die mit den geschwollenen, schwammigen Händen wie an den Ellbogen zusammengeschnürte, schlauchförmige Luftballons wirkten. Zu meiner großen Überraschung stand meine Tochter auf, ging zu ihr hinüber und sprang der dickleibigen Frau auf den Schoß. Einen Augenblick lang sah es so aus, als verschwinde sie in den Gewändern der Großen Dame – als sei sie hinter einen Vorhang getreten und luge nun daraus hervor. Ich lächelte meine Tochter an, und dann blieb mir fast das Herz stehen: Sie lächelte zurück. Es war das erste Mal seit dem Selbstmord von Douglas Posey, und es trieb mir die Tränen in die Augen. (Ich werde bei den kleinsten Geschenken weich!)

Die Große Dame hatte eine übermächtige Ausstrahlung und schien plötzlich den ganzen Raum auszufüllen. Die Flammen der Kerzen im Raum beugten sich *alle* zu ihrem Thron hin (ich schwöre, es ist wahr!), als fielen sie Dutzenden gleichzeitiger Winde zum Opfer, als ströme Wasser an ihnen vorbei direkt unter den Korbsessel der Großen Dame. Der Raum wurde von zusätzlichem Licht erfüllt, und einen Augenblick lang tanzte mir das Herz in der Brust, und ich befürchtete, in Ohnmacht zu fallen.

»Mutter mir sagt, du hast gesehen, wie Mann sich Leben nahm, Kind.« Madame Lu redete wahrhaftig nicht lange um den heißen Brei herum. Es war meines Wissens das erste Mal, dass jemand so offen über Douglas' Tragödie sprach, und ich hatte Angst vor den möglichen Folgen. Aber zu meiner neuerlichen Überraschung nickte April. »Madame Lu hört, du sprichst nicht seit diesem Tag. Du hütest deine Zunge. Madame Lu denkt, schlaues Kind. Gutes Mädchen, kleine April!« April blickte auf und sah der Frau mit den geschwollenen Wangen und den wachen Schlitzaugen ins Gesicht. »Du sprichst nicht, weil Frage nicht beantwortet ist, nicht wahr?«

Ich ließ meinem Staunen freien Lauf und fing an zu schluchzen, als mein süßes kleines Mädchen erneut zu den Worten der Großen Dame nickte – dies durfte man mit Fug und Recht als Dialog bezeichnen, was das reinste Wunder war.

Da sagte Lu: »Niemand hat dir Frage beantwortet, nicht wahr, Kind?«

April sah erst zu Sukeena und dann zu mir herüber und schüttelte den Kopf.

»Solange Frage nicht beantwortet«, fuhr die Chinesin fort, »besser nichts aufs Spiel setzen und enden wie dieser Mann – tot, mausetot. Habe ich Recht?«

April nickte energisch.

»Oh ja, oh ja.«

Die Kerzenflammen richteten sich wieder auf, und der Wind ebbte plötzlich ab, vielleicht verschwand er sogar ganz. Ich hatte sogleich Sorge, Madame Lu könne ihre Gelegenheit verpasst haben, und mir wurde das Herz schwer wie Blei. Sie erriet von ihrem Sessel aus meine Gedanken und warf mir einen tadelnden Blick zu. Da erkannte ich: Die Frau war in mir – sie las jeden einzelnen meiner Gedanken! Ich setzte ein beklommenes Lächeln auf.

»Kennen Sie Frage, Mutter?«, fragte mich Lu.

Ich schüttelte den Kopf.

»Du, Schwarze?«

Sukeena blieb gelassen. Ich war nicht sicher, wo sie sich in diesem Augenblick befand – ich hatte das Gefühl, auch sie war in mir und las ebenfalls meine Gedanken. Vielleicht beschützte sie mich und stand am Tor zu meiner Seele Wache. Ich kämpfte gegen die Ohnmacht.

»Die Frage lautet«, sagte Madame Lu leise zu April, »wohin ist Mann gegangen, nicht wahr, Kind?«

April wirkte schockiert. Ich stieß einen Schrei aus, und wieder traf mich der strafende Blick der dickleibigen Frau. »Wenn er war nicht mehr da, wohin er dann gegangen war? Und wenn er war noch da, warum er sprach nicht?«, sagte sie leise und ruhig. »Deshalb redest du nicht.«

»Wohin ist er gegangen?«, fragte April, und es waren ihre ersten Worte seit dem tragischen Ereignis. Ich schluchzte vor Freude.

»Auf die andere Seite, mein Kind«, antwortete Madame Lu ruhig. »Du ihn dort gesehen, ja? Ihr redet, du und dieser Mann. Ihr redet, ohne Mund zu benutzen. Er dir gesagt, du sollst nicht sprechen mit den anderen, ja? Ist es so, mein Kind?«

»Er hat gesagt, sie würden es nicht verstehen.«

Ach, ich schluchzte in mein Taschentuch, so überwältigt von Kummer und Freude zugleich, dass ich dem restlichen Gespräch nicht mehr folgen konnte. Es war rasch vorbei, Madame lächelte und zeigte ihre Zahnlücken. April sprang von ihrem Schoß und kam fröhlich zu mir gerannt. Ich umarmte sie und muss ihr mit meinem Gebaren gewiss merkwürdig vorgekommen sein.

Ich winkte Sukeena zu mir und bat sie, das Geschäftliche mit Madame Lu zu erledigen – was immer sie auch forderte, ich würde es bezahlen. Sukeena versprach, die Botschaft auszurichten. Ich stieg unterdessen mit April die dunkle Treppe hinunter, und mein süßes, liebes Kind begann bereits hier, mir alles über den »schrecklichen Mann, der von der Leiter gesprungen ist« zu erzählen.

Und falls ich je Zweifel an der Macht der anderen Seite hegte, so wurde mein Mutterherz heute überzeugt. Seit heute bin ich bekehrt.

17. FEBRUAR 1917 – ROSE RED

In den vergangenen achtzehn Monaten habe ich, weil ich wieder den Verdacht hatte, du könntest bei den seltsamen und verwickelten Ereignissen in dieser Residenz eine Rolle spielen, meine Gedanken für mich behalten und sie dir nicht mitgeteilt, so groß die Versuchung auch war. Kein Geist kann mir über die Schulter schauen, dachte ich, wenn ich nichts zu Papier bringe. Leider nützte es wenig. Und so setze ich mich nun in einem Akt der Verzweiflung hin, um alles niederzuschreiben (dies hier ist keine von Poes blutrünstigen Phantasien – hier gibt es kein kleines Mädchen, das Schulen in Brand stecken kann; keinen Hund, der sich gebärdet, als sei er besessen; kein riesiges Pendel, das ausschlägt, um jemanden zweizuteilen!). Wenn es hier in diesem Raum einen Geist gibt, irgendeinen leibhaftigen Geist, und wenn dieser meine Gedanken lesen kann, während die Tinte von meiner Feder auf das Papier fließt, wenn dieses Wesen auch nur ein Quäntchen Mitleid hat, dann muss es doch dem Klagen einer Mutter Beachtung schenken: Mein süßes Kind ist verschwunden. Bitte, hilf mir!

Ich bin zu jeder Art von Gegenleistung bereit, wenn mir ein Zeichen der Zustimmung für einen derartigen Tausch gegeben wird. Geld. Meine Seele. Mein eigenes Leben und das meines Mannes.

Was war das?, fragte ich mich, als ich mich zum Schreiben hingesetzt hatte. War da eine Stimme? Ein Wind? (Wie mir auffiel, stand das Ostfenster offen, und ich nahm an, die Frauenstimme, die ich zu hören glaubte, wäre nur einer der vielen Tierrufe aus dem Wald, der diese Mauern umgibt.) Dennoch, liebes Tagebuch, erhob ich, nachdem ich das Fenster fest verschlossen hatte, in der Vertraulichkeit meines Zimmers die Stimme. »Hast du mit mir geredet? Ist da jemand?«

Wieder – und ich schwöre es bei meinem Leben – nahm ich ein Donnergrollen unter meinen zitternden Beinen wahr und ein Flüstern an meinem Ohr. »Hallo?«, rief ich.

Ein weiteres offenes Fenster! Diesmal in meinem Lesezimmer, einem hübschen Raum für Meditation und Bücherstudium, gleich neben meinem Schlafgemach, gegenüber dem ersten meiner beiden Ankleidezimmer. Als ich mich beeilte, das Fenster gegen Wind und Regen zu verschließen, die um dieses Haus, dieses schreckliche Grab, toben, kam mir der Gedanke, du könntest vielleicht auf diese Weise zu mir sprechen, Rose. Sind dies hysterische Anwandlungen einer Mutter, oder ist meine Annahme berechtigt? Während die »Stimme« lauter wurde, sah ich im Geiste vor mir, wie meine süße April in meinem Bett liegt, die goldenen Locken auf ein Kissen gebettet, und mir mit hoher zarter Stimme zuflüstert: »Wale haben keine Nasen.« Oder war es diese Stimme? »Bist du da?«, rief ich in meine Gemächer. »Bist du bei mir, Rose?« Ich bekam keine Antwort. Kein eindeutiges Zeichen. Keinen Hinweis darauf, dass mein Mädchen nur ausgeborgt und nicht geraubt wurde.

Ich zitterte, mir wurde schwindelig. Ich schwöre, ich hörte Laute. Sie klangen etwa wie »Irrtum«, oder »inturm« oder »intern«. Obwohl dies keinen Sinn ergab, war ich dankbar für jede Silbe, für alles, was mehr Nährwert hat als das Geräusch, das zuvor nur als Wind zu erkennen war. »Irrtum?«, fragte ich und fühle mich an meine Hochzeit erinnert.

»Ich bitte dich, hilf mir!« Als ich mich umdrehte und wieder in das leere Lesezimmer zurückkehrte, schwirrte mir alles vor Augen. Verschwommen sah ich die ledergebundenen Bücher in ihren Regalen, die vom Boden bis zur Decke reichen, die Buntglaslampe, die ich in Venedig gekauft habe, den Teppich aus Konstantinopel … All das und noch viel mehr würde ich ohne zu zögern für ein kleines Zeichen hergeben, wenn ich nur wüsste, dass meinem Kind nichts Schlimmes zugestoßen ist. Ich gebe alles für mein Kind – wenn es sein muss, mein eigenes Leben! Gib mir nur ein Zeichen!

Nun stand ich am Fenster, das der Sturm aufgestoßen hatte, und überlegte, ob ich mich, um ein Opfer zu bringen, auf die Schieferplatten des Gartenweges stürzen solle. Ich erwartete so dringlich ein Zeichen. Gib mir ein Zeichen, und ich bin dein!, dachte ich. Da, ein Lichtblitz! Ein Schrei aus dem Wald!

Aber da erkannte ich die Polizisten, die mit ihren Taschenlampen den Wald absuchen. Ich wünschte, es wäre ein Zeichen gewesen, aber es war nur der zitternde, flackernde Lichtstrahl der Lampen. Die donnernde Stimme meines Mannes, der in der Empfangshalle tobte, drang an mein Ohr, als käme sie aus einer anderen Welt: »Findet sie! Findet meine Tochter!« In seinem Wutanfall kommandierte er Personal und Polizei gleichermaßen herum (fünfzig Beamte durchsuchten das Anwesen nach meiner April). Ich befürchte, John richtet wie ich seine Gebete an dich, Rose, und bietet dir etwas zum Tausch an. Die Befürchtung, der kleinen April könne etwas zugestoßen sein, bricht Vater und Mutter das Herz.

Zunächst hatte man die Küche durchsucht, denn dort war April zuletzt gesehen worden, wie sie »Teestunde« spielte. Das große Modell des Hauses stand ein Stück von ihr entfernt. Wie Sukeena berichtete, spielte das Kind ganz allein und machte einen recht zufriedenen Eindruck. (Ich fürchte, John hat den Verdacht auf Sukeena gelenkt, denn Milicent sagte mir, Sukeena werde in der Personalküche von der Polizei vernommen. Ich versuchte zu intervenieren und sie von diesem ungerechten Verdacht zu befreien, aber John schickte mich in meine Gemächer, und in diesem Moment wagte ich nicht, meinem Mann zu widersprechen, denn er war in aggressiver Stimmung und absolut Furcht erregend.) April war einen Augenblick lang unbeaufsichtigt, während Sukeena die Speisekammer in Ordnung brachte (sie hält die Speisekammer für eine weitere Pforte des Hauses). Als sie sich wieder umdrehte, war April verschwunden. Ach, meine Welt steht plötzlich Kopf! (Sie war in der Tat schon eine Weile recht schief, aber nun trifft mich Johns Verhalten mit voller Wucht. Ich würde Sukeenas Schilderung der Ereignisse niemals bezweifeln. Ich vertraue meiner Freundin über alles.) Wie sie berichtete, hat April weder die Küche verlassen, noch etwas gerufen oder dergleichen. Es gab keinen Grund zur Besorgnis, nichts Außergewöhnliches. Als Sukeena sich jedoch umdrehte, war die Küche leer. Das Teeservice und dieses Modell, ein groteskes Abbild unserer Residenz, standen auf dem Küchentisch. Die Flügel des Hauses und seine Anbauten wachsen wie bei einer geschwulstartigen Wurzel aus dem ursprünglichen Bau heraus. Es gab keine Haarlocke, keine Faser eines Kleidungsstücks. Nur die leere Küche und natürlich Sukeena.

Einen Augenblick später ein Schrei: John behauptet, es war Sukeena; Sukeena sagt, es war das Haus.

Als ich an meinem Fenster stand, sah ich es plötzlich als Weg zur Befreiung von diesem Schmerz. Ich habe nie geglaubt, dass ein Herz so große Qualen erleiden könnte. Ich habe nicht gewusst, wie tief diese große Liebe ist, wie umfassend, ganz und vollkommen. Darf ich es hier gestehen? Ja, es hat Zeiten gegeben, da hätte ich mir gewünscht, die Kinder wären fort. Ja, es hat Zeiten gegeben, da sehnte ich mich nach dem einfachen Leben von Mann und Frau in der Kabine der *Ocean Star* zurück, mit viel Muße zwischen großen, üppigen Mahlzeiten, mit den besten Weinen und der Faszination körperlicher Entdeckungen. Aber nun macht mich allein der Gedanke an eine solche Selbstsüchtigkeit krank! Wie gern würde ich auch die leiseste Äußerung solcher Wünsche zurücknehmen! Wie einfach das Fenster als Lösung auf mich wirkte. Wie mühelos, das Leben zu beenden!

Ich zog das Louis-XVI-Sofa vor mein Fenster und dachte daran, mir die Schuhe auszuziehen, bevor ich auf das rot-grüne Seidenpolster stieg und mein Kleid um die Hüften raffte. Beklommen zwängte ich mich in den offenen Rahmen und blickte hinab in die bedrohliche Finsternis. Schwankend stand ich da, halb im Zimmer, halb draußen, flüsterte immer wieder Gebete, während mir das Blut in den Ohren pochte und Bilder von der süßen April in meinem Kopf herumwirbelten und die Leere in meiner Brust füllten, wo sich einst mein Herz befand. »Ach, Wind, sprich zu mir! Hol mich! Sag nur ein Wort: spring!, und ich werde für immer dir gehören, jedenfalls das, was von mir übrig ist.« Ich konnte über das Schieferdach des Badehauses hinweg zu dem Flügel schauen, den ich auf Anweisung von Madame Stravinski bauen ließ, und hätte ihn sofort abreißen lassen für die Bestätigung, dass mein kostbares Kind noch lebt. Ich erschauderte bei dem Gedanken an eine Unsterblichkeit, die meinen Kindern und denen, die ich liebe, nicht vergönnt ist – weder Sukeena noch meinen Eltern. Wer könnte sich den Fluch eines endlosen Lebens ohne Familie wünschen, eines Lebens ohne Liebe? Wenn Rose mein liebes Kind genommen hat, tat sie es, weil ich zu langsam baute oder weil ich überhaupt damit anfing? Weil ich mit meinem süßen Kind fast zwei Jahre das Bett teilte oder weil ich zuließ, dass mein Mann den Jungen ins Internat schickte? Was ist das Ergebnis meiner Einflussnahme und was nicht?

War nun der Zeitpunkt gekommen, meine Sünden zu offenbaren, dort in der schwindelnden Höhe, am offenen Fenster, während unten die Taschenlampen wie Leuchtkäfer im Wald blinkten? »Er ist untreu!«, rief ich von meiner Kanzel. »Ich bin untreu!« Ich zögerte. Da hörte ich eine Stimme. War es *Rose Red*? Ich rief: »Ich lebe in der Qual der Begierde, verdorben von der zärtlichen, liebevollen Berührung einer Frau.« Sukeena sollte es hören. Sie sollte es verstehen. Die Schuld war unerträglich geworden. *Rose Red* bestrafte uns für das, was wir so viele Monate heimlich getan hatten. Sie nahm mein Kind, um mir zu zeigen, wohin eine solche Lasterhaftigkeit führt. Eine so süße Lasterhaftigkeit! Liebe wie ich sie nie erfahren habe. Mein Mann sollte es hören, und ich wollte ihn damit verletzen, wie er mich vor so vielen Jahren verletzt hatte.

Aber es kam anders. Als mein Rufen von meinem Hochsitz aus über die vielen Dächer hallte, entdeckte ich Sukeena unter dem Glasdach des Wintergartens. Sie hatte sich offenbar von ihren Peinigern befreit und appellierte nun stumm und mit gequälter Miene an mich. Der einzige Mensch, dem ich nicht gleichgültig bin. »Tu es nicht!«, sagte ihr Gesicht. »Spring nicht!«

Ich beobachtete, wie sich ihr ein uniformierter Polizist näherte, der mich hingegen nicht bemerkte. Sukeena sah ihn kommen. Sie hob die Arme wie ein Dirigent und warf ihren Kopf in den Nacken. Es war eine eindringliche Demonstration ihrer verborgenen Kräfte. Der Mann begann zu würgen, krümmte sich und griff sich an den Leib, was mich an unser Erlebnis auf dem Markt von Kairo vor vielen Jahren erinnerte. Und ich sah mit eigenen Augen, wie auf wundersame Weise die dornigen Ranken in Sukeenas bemerkenswertem Wintergarten, in dem üppige afrikanische Kletterpflanzen und andere exotische Arten gedeihen, mit erschreckendem Tempo zu wachsen begannen. Das dichte Grün schoss auf dämonische Weise aus dem Boden und kroch, tausenden Schlangen gleich, am Glas hoch. Der Polizist, der abrupt stehen blieb, wurde nun von den schlängelnden, kriechenden Pflanzen dieses Dschungels überwältigt und verschlungen. Als Sukeena dann einladend mit den Händen winkte, verdichtete sich das Blattwerk weiter und verdeckte mir die Sicht auf die genauen Vorgänge unter dem Glasdach.

Und dann war der Polizist nicht mehr zu sehen. Meine Zofe ließ ihre gefährlichen Hände sinken. In sprachloser Verwunderung sah ich zu, wie sich die Überwucherung ebenso rasch zurückzog, wie sie gekommen war, und plötzlich war der Wintergarten voller Farbe und Blütenpracht – betörendes Rot von Bougainvillea, Orchideen und … ja, auch Rosen. Mehr rote Rosen als ich jemals zuvor an einem Fleck gesehen habe.

Als der grüne Baldachin über ihrem Kopf verschwunden war, warf meine Freundin wieder einen Blick in meine Richtung. Wir waren ein gutes Stück voneinander entfernt, und doch war mir ihr Gesicht so nah, dass ich ihren warmen Atem spüren und ihren erdigen Duft riechen konnte. Sie schüttelte den Kopf. Sie wollte mich nicht springen lassen, wollte mich es nicht beenden lassen. Wollte nicht zulassen, dass April vermisst blieb und Adam ohne Mutter aufwuchs und nur noch dieses Monster von einem Vater, mein Mann, dem Jungen beim Aufbau eines Lebens helfen und Einfluss auf das Schicksal des Mädchens nehmen konnte. Mein Fluch ist meine Liebe. Meine Liebe zu dieser schwarzhäutigen Frau, zu meinem wunderbaren Sohn und zu einem triebhaften Mann, der mich damals mit seinem Samen befruchtete, meine Fruchtbarkeit jedoch für immer vernichtete. Wie eine Närrin kam ich mir plötzlich an diesem offenen Fenster vor, als einige Polizisten, die von meinem Rufen und Gebaren herbeigelockt worden waren, mit ihren Lampen aus dem Wald traten.

Und dann sah ich ihn. John. Links unterhalb von mir an einer der vielen Türen, die in den Garten hinausgehen. Sukeena sah ihn auch, er jedoch bemerkte sie nicht. Da waren wir alle drei: Ich auf dem Fenstersims. John, verstört und betrunken und von der furchtbaren Angst geplagt, seine Tochter an dieses Grab, das wir unser Heim nennen, verloren zu haben. Sukeena, umgeben von dem mörderischen Rot tausender Blüten.

Da begann ich laut zu lachen. Hysterisch. Irr. Sollten die Polizisten mein Lachen hören! Sollte meinem Mann übel davon werden. Ich lachte den Mond und die Wolken aus, und der Wind, den ich hörte, sprach für *Rose Red.* »Sie lebt«, sagte der Wind. »Sie lebt im Turm …«

Erst in diesem Augenblick erfassten meine Ohren es richtig, nun erst kamen Klarheit und die Fähigkeit zu hören. Jetzt verstand ich, was meine Ohren schon zuvor vernommen hatten. Es hatte nichts mit »Irrtum« oder dergleichen zu tun. «Im Turm» waren die Worte gewesen, die ich gehört hatte, und *Rose Red* wollte mir damit zuflüstern, an welchem Ort die Zukunft meiner Tochter lag – wo sich meine Tochter nun aufhielt.

Im Turm.

In dem Turm, der noch nicht gebaut war.

DREI UHR MORGENS – ROSE RED (IN SUKEENAS GEMACH)

Ich erschaudere angesichts der tragischen Ereignisse, die sich in den vergangenen Stunden ereigneten und von denen ich dir, liebes Tagebuch, berichten will.

Nicht lange nach der dramatischen Begebenheit im Wintergarten und meiner kurzen Begegnung mit meinem Mann überkam mich ein Gefühl der Bedrohung, eine ebenso große Beunruhigung wie nur Stunden zuvor, als mein liebes Kind verschwunden war. Dieses Gefühl musste etwas mit Sukeena zu tun haben, das wusste ich gleich. Mein Eingreifen wurde nötig, wenn ich meine süße Freundin retten wollte. In den vergangenen Jahren war ich oft krank gewesen. Seitdem muss ich beim Gehen stets sehr vorsichtig sein und aufpassen, nicht das Gleichgewicht zu verlieren und wie eine Invalide zu Boden zu stürzen. Das Personal wird in dieser Nacht gestaunt haben, wie ich über den Korridor des Westflügels im zweiten Stock lief und die Haupttreppe hinuntereilte, wobei meine Füße kaum die Stufen berührten. Drastische Maßnahmen waren erforderlich – darüber musste ich nicht lange nachdenken. Meine Reaktion kam aus meinem tiefsten Innern und war nicht das Ergebnis eines Denkprozesses – und aus diesem Grund vertraute ich meinem Gefühl. Zumindest folgte ich ihm, ohne es in Frage zu stellen.

»Nein, John!«, hörte ich mich in ungewohntem Ton rufen, in einem Ton, den eine Frau ihrem Mann gegenüber nicht anschlagen sollte. Besonders nicht vor aller Ohren. (Ich sage dir, liebes Tagebuch, es war gar nicht meine Stimme, sie war mir einfach geliehen worden wie die Flinkheit meiner Beine. Ebenso wie ich sie in der Séance geliehen bekam. Dies wiederum wirft eine größere Frage auf, die ich hoffentlich zu einem späteren Zeitpunkt beantworten kann: Wenn es nicht meine Stimme war, sondern die von *Rose Red*, wie ich fest glaube, warum unternahm sie dann durch mich den – wie sich erwies – vergeblichen Versuch, Sukeena zu retten? Hört dieses Haus nun auf meine Zofe? Spricht es mit ihr? Haben sie eine Verbindung, von der ich nichts weiß?) »Lass sie in Ruhe!«, brüllte ich ihn mit einer Stimme an, die nicht meine war.

John erkannte diese Stimme wieder. Er ist klüger als manch andere Männer. Weiser. Erfahrener. Er erkannte diese Stimme sofort als die unseres Heimes. Gelähmt stand er da, plattfüßig, als ich auf ihn zurannte – ja, ich rannte! Mein Kleid flatterte wie ein Schatten hinter mir her. Zwei Polizisten hielten Sukeena an den Armen fest und zerrten sie zur offenen Tür, vor der ein Auto wartete. (Die Polizei dieser Stadt ist ein Musterbeispiel für Korruption und Einflussnahme. Bürgermeister Gill, nun in seiner dritten Amtszeit, hatte versucht, das Ansehen der Stadt zu verbessern, indem er die Bordelle und Saloons im Hafenviertel schließen ließ. Er würde jedoch nicht wagen, den Polizeiapparat anzurühren, denn der kontrollierte diese Stadt einschließlich der Entscheidungen des Bürgermeisters!) War Sukeena erst einmal in diesem Auto, würde ich sie nie wiedersehen. Als ich mich meinem Gatten im Eiltempo näherte, kam mir ein Gedanke: Vielleicht war April ja gar nicht verschwunden. Was, wenn mein Mann einem loyalen Bediensteten befohlen hatte, sie rasch zu entfernen? Was, wenn die Schrecken des Abends nur die Folge eines geschickt vorbereiteten Täuschungsmanövers waren, um

meiner Zofe etwas anzuhängen, um sie damit aus unserem Haus zu entfernen? Vielleicht hatte sein Plan zur Folge, dass sie geschlagen und inhaftiert wurde und die Pocken oder eine andere Krankheit bekam, die offenbar so vielen in dieser Stadt Inhaftierten das Leben raubte? Dies ergab Sinn: April wurde für eine Nacht außer Haus gebracht, John gewann die Macht über seine Frau zurück und entledigte sich der einzigen Person in diesem

Haus, die mehr Macht hatte als er. (Abgesehen von dem Haus selbst natürlich!) Hatte mein Mann mich hereingelegt, uns alle hereingelegt, einschließlich der Polizei (die er vielleicht gekauft hatte), um seine Autorität wieder herzustellen?

Angesichts meines raschen Näherkommens riss mein Mann unvermittelt die Arme hoch und stieß mich zu Boden. Ich landete auf meinem Hinterteil und rutschte auf dem polierten Holzboden gegen die Wand, direkt unter mein eigenes Porträt.

»Sie hat ihren Schrei gehört!«, donnerte John. »Die Einzige, die etwas gehört hat!«

»Sie hat das Haus schreien hören!«, rief ich, denn ich hatte Sukeenas Bericht ja aus erster Hand vernommen.

Er schnaubte höhnisch. »Es war unsere Tochter, Ellen. Der letzte Laut unserer Tochter. Und diese Frau muss dafür einstehen.«

»Dafür einstehen? Diese Frau? Ist sie für die Vermisstenfälle verantwortlich? Für den Selbstmord deines Partners?«, trotzte ich ihm. »Es … es ist … dieses Haus. Und das weißt du!«

»Von wegen! Nichts dergleichen weiß ich!«

Einer der Polizisten blieb in der offenen Tür stehen. Ich sah über seine Schulter hinweg, wie Sukeena gewaltsam in den Polizeiwagen verfrachtet wurde, wobei sie sich den Kopf stieß. Sie schaute in meine Richtung. Es war das Letzte, was ich von ihr sah. John nickte dem Beamten zu – er gab offensichtlich sein Einverständnis –, und wieder kam mir der Gedanke an eine Verschwörung, bei der John eine maßgebliche Rolle spielte. Der Beamte zog die Tür ins Schloss.

»Nein!«, rief ich.

»Ein Polizist ist verschwunden, Ellen«, sagte mein Gatte.

»Im Wald«, sagte ich und verschwieg das plötzliche Pflanzenwachstum im Wintergarten. »Es sind Dutzende von ihnen im Wald. Einer wird sich verlaufen haben.«

»Sie haben einen Gürtel – den Gürtel eines Polizisten – im Wintergarten gefunden. Sukeena war dort. Ich denke, es ist Zeit, dass du dir etwas klarmachst: Deine … was ist sie eigentlich? Deine Freundin ist eifersüchtig geworden, weil du so viel Zeit mit unserer Tochter verbracht hast, und deshalb hat sie ihr Schaden zugefügt. Sie hat sie in der Tat vom Erdboden verschwinden lassen.«

»Du bist ein Bastard, John Rimbauer!«

Er beugte sich vor und gab mir eine Ohrfeige. Tränen schossen mir aus den Augen wie Safttropfen aus einem Apfelsinenschnitz.

»Es tut mir Leid …«, murmelte er. In unseren zehn gemeinsamen Jahren hatte mein Mann noch nie die Hand gegen mich erhoben.

Vielleicht lag es an dem Schock, den dieser Schlag mir versetzte, als mein Mann seinem Ärger Luft machte. Vielleicht war es auch ganz einfach der richtige Zeitpunkt, die Wahrheit zu erkennen, so ungeschminkt, wie sie ist. Ich empfand diesen Schlag wie Sonnenlicht, das durch ein Vergrößerungsglas fällt – gebündelt, grell und intensiv. Ein blendend helles Licht.

Überraschenderweise hatte mein Mann zum Teil Recht. Er hatte den Nagel auf den Kopf getroffen: Eifersucht. Was für eine Hellsichtigkeit! Ich hatte den Eindruck, Chorstimmen zu hören. Eifersucht. Aber es war nur die halbe Wahrheit, denn die Quelle dieser Eifersucht schätzte er falsch ein. Nicht Sukeena war in den vergangenen zwei Jahren, als ich von früh bis spät um die kleine April bemüht war, von Eifersucht geplagt gewesen, sondern vielmehr *Rose Red.*

Sie war eifersüchtig geworden. Und dann hatte sie mit Hilfe der körperlichen Lebenskraft ihre eigene Langlebigkeit gestärkt und mich zugleich bestraft. Zwei Fliegen mit einer Klappe. *Rose Red* hatte sich April geholt. Und sie hatte mir auch Sukeena entrissen.

Nun hat sie mich ganz für sich allein. Und ich erschaudere, wenn ich überlege, wohin das führen mag.

20. FEBRUAR 1917 – ROSE RED

Schrecken über Schrecken. Kann ich überhaupt wagen zu erzählen, was ich über die Ereignisse der vergangenen drei Tage weiß? Ich bin nicht im Bilde, wie viel sich davon auf die Befehle meines Mannes zurückführen lässt, auf seine Initiative, und wie viel auf das Konto eines korrupten und bigotten Polizeiapparates geht. Natürlich wäre mir letztgenannte Möglichkeit lieber, weil ich diese Lüge von einer Ehe mit meinem Gatten aufrechterhalten muss. Vielleicht sollte ich aus diesem Grund die Schuld für alles auf mich nehmen, ganz allein auf mich. Wenn ich nun zurückdenke, was ich hätte tun können, um meine teure Sukeena zu retten … Wäre da nicht die Angst gewesen, wäre da nicht der Kummer wegen des Verlustes meiner süßen April gewesen, ich hätte vielleicht die Geistesgegenwart besessen, mir einen Plan auszudenken, meiner Sorge Ausdruck zu verleihen und Forderungen an meinen Mann und diejenigen zu richten, die seiner Kontrolle unterstehen.

Sukeena ist noch nicht zurückgekehrt, von der Polizeiwache oder wo auch immer sie hingebracht wurde. Drei volle Tage sind seit Aprils Verschwinden vergangen, und ich befinde mich am Rande des Selbstmords. Ich fühlte mich verfolgt von meinem Mann, der unaufhörlich wie eine Katze auf der Jagd nach der Maus durchs Haus schleicht. Ich muss immer wieder daran denken, wie er seine Zustimmung gab, als die Polizisten meine Zofe in jener Nacht abholten, in der wir von schweren Regenfällen heimgesucht wurden. Vor einer Stunde habe ich nun endlich über heimliche Wege, die ich nicht näher erläutern will, nicht einmal auf deinen vertrauenswürdigen Seiten, liebes Tagebuch, eine Nachricht erhalten. (Nur so viel sei gesagt: Einer der Bediensteten ist eng mit einer jungen Frau befreundet, deren Bruder bei der Polizei ist, und durch diese Verbindung gelangte ich an Informationen, die mir sonst nie zu Ohren gekommen wären.) Die Nachricht ist folgende: Sukeena ist seit drei Tagen und Nächten in einem Kellerraum unter der Stadtverwaltung eingesperrt. Man verweigert ihr Essen und Schlaf; und sogar das Mindeste, was der Anstand fordert, wird ihr nicht gewährt: eine Toilette. Wie mir zugetragen wurde, wird sie geschlagen und beschimpft und wahrscheinlich auch geschändet, wie man nur eine Frau schänden kann, während ihre Peiniger sie weiter befragen und sie zu einem Geständnis drängen – eine erfundene Geschichte also, die sie ihnen bislang standhaft verweigert. Mir hat diese Nachricht arg zugesetzt. Ich bin so bekümmert und verängstigt, dass ich wieder Fieber bekam. Ich bin ans Bett gefesselt und kaum in der Lage, diesen Eintrag auf deinen Seiten vorzunehmen. Nachdem ich von Sukeenas Zwangslage und der brutalen Behandlung erfuhr, schrieb ich meinem Mann eine kurze Notiz auf meinem persönlichen Briefpapier und ließ sie ihm von Yvonne überbringen, die mein absolutes Vertrauen genießt. Meine Nachricht lautete wie folgt:

Teurer Gatte,

wie mir zu Ohren gekommen ist, misshandeln und quälen bestimmte Personen (nämlich die Polizei oder Leute, die sich als solche ausgeben) meine liebe Freundin und afrikanische Zofe, um die Wahrheit über das Verschwinden unserer teuren Tochter zu erfahren. Mir ist sehr wohl bewusst, dass du Sukeena weiterhin die Launen dieses Hauses zuschreibst und sie für die Zwischenfälle hier verantwortlich machst. Und dies trotz meiner vielen Einwände gegen eine solche Annahme. Nun verdächtigst du sie offenbar auch noch der Beteiligung am Verschwinden unserer teuren April. Ich bitte dich, die Lage der Dinge noch einmal zu überprüfen.

Ich möchte dir in Erinnerung rufen, dass Mister Corbins Tat über ein Jahr vor dem Zeitpunkt lag, an dem ich Sukeena überhaupt kennen lernte. Des Weiteren war es bei der Séance mit Madame Stravinski Sukeena und Sukeena allein, die versuchte, dem Treiben ein Ende zu setzen – um uns aus dem Bann von Rose Red zu befreien und zu verhindern, dass wir ihr zuhören. Am Abend von Aprils Verschwinden hat Sukeena lediglich den Schrei dieses elenden Hauses vernommen.

Dein Verdacht ist falsch und unbegründet, und ich ersuche dich, alle Beziehungen spielen zu lassen, über die du verfügst, um meine älteste Bedienstete zurück nach Hause zu holen – mögen es Beziehungen zur Polizei, zu Politikern oder zu den Entführern selbst sein. Wenn Sukeena noch einmal Schaden zugefügt wird, dauerhafter Schaden gleich welcher Art, werde ich dich persönlich dafür zur Verantwortung ziehen, John. Jede aus dieser Sache hervorgehende Untersuchung wird dich und deine Rolle bei der Entfernung meiner Zofe aus diesem Haus notwendigerweise einschließen.

Deine Gattin

Ich unterschrieb mit »Ellen Rimbauer«, da der förmliche Gebrauch meines vollständigen Namens, wie ich herausfand, eine gewisse Stärke meinerseits andeutet und eine recht erfolgreiche Maßnahme bei Verhandlungen mit John ist. Ich leckte den Briefumschlag an, verschloss ihn und schrieb seinen Namen darauf: »Mister John Rimbauer« – ganz offiziell.

Seitdem habe ich auf deinen Seiten Zuflucht gesucht, denn ich kann den Gedanken an meine teure Sukeena in ihrer derzeitigen Lage nicht ertragen. Das einzig Gute daran ist, wenn man so sagen kann, die – flüchtige – Ablenkung von meinen Sorgen als Mutter. Gerade hörte ich, wie Johns Automobil das Anwesen verlässt. In meinem Herzen regt sich die Hoffnung, dass Sukeena zurückkehren wird! Aber da ist noch ein zweites Geräusch, dem ich nun nachgehen werde. Es kommt von irgendwo aus diesem Haus und klingt, als würde Holz gesägt. Ob es von oben kommt? Über meinen Gemächern liegen die Gästezimmer und darüber der Dachboden. Ich werde mich dir wieder zuwenden, liebes Tagebuch, aber zuerst muss ich die Ursache für diese eigenartigen Geräusche herausfinden, und sei es nur aus dem Grund, mich von der Befürchtung zu befreien, die kleine April sei nur deshalb noch nicht gefunden worden, weil sie sich irgendwo verletzt hat und man sie versehentlich übersah. In der Verzweiflung klammert man sich an jeden Strohhalm. Ich zittere im Wind. Ich werde mir Hosen und Pullover anziehen und *Rose Red* erkunden, wie ich es noch nie zuvor getan habe. Jawohl, das werde ich!

VIER UHR MORGENS

Ich habe deine Seiten schon immer ins Vertrauen gezogen, aber noch nie habe ich so etwas zu berichten gehabt wie jetzt, da sich der finstere Charakter dieses Hauses so deutlich zeigt. Meine Neugier trieb mich auf die Etage über meinen Gemächern im Westflügel, um die Quelle der Geräusche ausfindig zu machen, die für mich nach Sägearbeiten klangen. Wie erwartet fand ich die Räume über meinen eigenen leer vor. Aber als ich den Korridor jedoch genauer untersuchte, stieß ich auf eine Platte der Holzvertäfelung, die, als ich mit beiden Händen darauf drückte, weit genug aufsprang, um einen Menschen hindurchzulassen. Ich schlüpfte hinein und untersuchte die Geheimtür von innen, um sicherzustellen, sie hinterher auch wieder öffnen zu können. Als ich den Mechanismus überprüft hatte, zog ich sie zu. Ich betrat einen dunklen engen Gang, den ich mit meiner schlanken Gestalt bereits ausfüllte, und bog um eine Ecke. Ich befand mich sodann vor einem trüben Fenster – in der Tat eine Glasscheibe von beträchtlicher Größe –, das auf das Hauptankleidezimmer eines der Gästegemächer hinausgeht. Da begriff ich, dass diese Glasscheibe die Rückseite des Spiegels im Ankleidezimmer ist. Ich folgte dem schmalen Gang um die nächste Biegung und fand eine Vertäfelung, die sich aus dem Weg schieben ließ. Nachdem ich eine Leiter hochgeklettert war, die offensichtlich allein zu diesem Zweck dort stand, konnte ich meinen Kopf in eine Holzkiste stecken und staunte nicht schlecht, als ich merkte, dass ich aus dem Maul einer von Johns afrikanischen Jagdtrophäen blickte – mitten auf das Gästebett! Als ich dem Gang weiter folgte, stieß ich auf eine weitere Spiegelrückseite, diesmal mit Blick auf Spülbecken, Toilette und Badewanne. Es mochte wohl oder übel zu den Phantasien meines Mannes zählen, Frauen beim An- und Auskleiden zuzusehen und Paare, die über Nacht blieben, bei ihren intimsten Ritualen zu beobachten, aber die Vorstellung, wie er eine Frau in ihrem Badezimmer bespitzelte, verursachte mir Übelkeit. Ich wusste zwar von der Existenz derartiger Beobachtungsstationen in den Quartieren der Bediensteten, da ich jedoch nie selbst auf eine gestoßen war, hatte ich bislang geschwiegen. Es erfasste mich eine große Wut, als ich nun diese ruchlosen Ausgucke fand, einen aus dem Maul eines toten Tieres und einen weiteren mit Blick auf die Toilette einer Frau – beide in den Gemächern unserer geschätzten Gäste.

Zu meinem Entsetzen war der schändliche Gang aber noch nicht zu Ende. Ich folgte ihm tiefer in die Mauern von Rose hinein und bog noch zweimal links ab. Licht fiel in den Gang durch Löcher, die wohl zu ebendiesem Zweck ins Holz gebohrt worden waren. Hinter einer Biegung nach rechts stand ich vor einem perfekten Quadrat aus weißen Linien auf dem Boden. Licht! Ich kniete mich hin und versuchte, die in den Boden eingelassene Platte zu bewegen. Schließlich ließ sie sich ein, zwei Zentimeter zur Seite schieben. Ich legte mich auf den Boden, wie man es anscheinend tun musste, und spähte durch den Schlitz.

Ich blickte auf mein eigenes Bett hinunter! Die elektrische Lampe am Kopfende ließ mit ihrem Licht den hauchzarten Überwurf über meinem Himmelbett durchsichtig erscheinen. Sogar die goldenen Buchstaben auf der Bibel, die auf dem Nachttisch lag, konnte ich erkennen. Ich geriet in Panik, wie nur eine mit Schuld behaftete Person in Panik geraten kann. Zuerst war ich außer mir vor Wut, dann vor Schuldgefühlen. Nicht alles in diesem Bett war unschuldig gewesen. Nicht in allen Momenten zärtlicher Liebe war mein Mann anwesend gewesen. Nun verstand ich seine Eifersucht und seinen Zorn auf Sukeena. Nun wusste ich, dass er – abgesehen von seinen anderen Schandtaten – mich, besser gesagt, *uns* dort beobachtet hatte, und wie sehr es ihn auch erregt haben mochte, musste es ihn zugleich auch abgestoßen haben –, und er schritt zur

Tat. Einen Augenblick lang gab ich mich sogar der Idee hin, mein Mann könne auch der kleinen April etwas angetan oder (wie ich mir bereits überlegt hatte) jemanden vom Personal angeheuert haben, um sie für kurze Zeit zu entführen und den Verdacht der vor Ort anwesenden Polizisten auf meine Zofe zu lenken. Vielleicht waren mehrere daran beteiligt, vielleicht sein loyaler harter Kern unter den Bediensteten – die junge Gouvernante verhielt sich in der letzten Zeit sehr merkwürdig. Der Gedanke an eine Verschwörung verdrängte meine Schuldgefühle wegen meiner Untreue und Ausschweifungen, und es gelang mir, meine Beklommenheit innerhalb kürzester Zeit in einen starken Groll gegen meinen Mann zu wandeln.

Ich ging weiter. Nach kurzer Zeit führte der Gang über eine steile Treppe, die ich hinaufkletterte, zu einer gepolsterten Falltür, die direkt auf den Dachboden führte. Hier wurden aberdutzende Dinge aufbewahrt, die wir von unserer Hochzeitsreise mitgebracht, aber noch nicht im Haus hatten unterbringen können. Hier befanden sich auch Nähkommoden, Töpferwaren und eine weitere Treppe, die direkt hinunter in den Wandschrank im ersten Ankleidezimmer meines Mannes führte. Über diese Treppe entkam er in seine Gemächer, falls ihn jemand hörte oder verfolgte, und sie bot ihm zugleich die Möglichkeit, von seinen Gemächern auf den Dachboden zu gelangen, hinunter in die Gästequartiere und hinaus in den Korridor. Ich hatte bereits vermutet, dass John über einen direkten Zugang zum Gästezimmer verfügen musste, der ihm Gelegenheit gab, sich, von anderen unbemerkt, an unseren alleinstehenden weiblichen Gästen zu erfreuen. Ein gewisser Opernstar kam mir in den Sinn. Sie hatte vor etwa einem Jahr bei uns gewohnt, während sie in der Stadt auftrat. Ich spürte, sie hatte auch in meinem Haus einen gelungenen Auftritt gehabt. (Wenn man es so sieht, hat *Rose Red* viele Gründe, verärgert zu sein, liebes Tagebuch – wir haben sie wiederholt missbraucht.)

Ich kehrte nicht sofort zurück, denn was mir den Atem verschlug, was mich so überraschte, dass ich fast in Ohnmacht gefallen wäre, hatte weder mit Johns Liebschaften zu tun, noch mit seinen Geheimgängen. Ich habe mich schon vor Jahren mit den perversen Schwächen meines Mannes abgefunden. Nein, liebes Tagebuch, es ging nicht um meinen Mann! Es waren das frische Holz, die Zimmermannssäge, die Sägeböcke und das Sägemehl, die mir ins Auge fielen. Und eine Tür, die ich dort noch nie gesehen hatte. Ich untersuchte den Schauplatz. Das Blatt der Säge fühlte sich noch warm an. Das Sägemehl roch frisch nach Zedernholz. Und da stand mitten auf dem Dachboden eine Tür in ihrem Rahmen. Sie stand dort ohne Halt, ganz allein. Eine Tür nach nirgendwo. Vom Boden bis unter die Decke. Aus unerklärlichen Gründen nahm ich die Säge zur Hand und schob ihre noch warmen Zähne in das halb durchgesägte Brett auf den Böcken. Einen Augenblick später war das Endstück ab und fiel klappernd zu Boden, bevor ich es auffangen konnte.

Jemand hatte hier oben gearbeitet, während ich in meinem Bett gelegen und für Sukeenas Freilassung gebetet hatte. Jemand war damit beschäftigt gewesen, *Rose Red* auszubauen. Doch wer, liebes Tagebuch? Wer von unseren Bediensteten würde zu dieser nachtschlafenden Stunde arbeiten? Welcher Zimmermann sägt im Dunkeln?

Und warum sah ich das Brett und die Säge als Einladung zum Mitwirken und weniger als Mysterium an? Ich vermute, ich soll helfen, dieses Haus weiterzubauen. Ich muss den Turm bauen, in dem meine gefangene Tochter leben soll und aus dem sie sich zu befreien suchen wird.

Ja, ich soll beim Bau des Turms helfen. Ich weiß dies mit absoluter Bestimmtheit. Und er soll im Geheimen gebaut werden. Vielleicht hilft Adam mit, wenn er von der Schule nach Hause kommt. Auch er wird so schnell wie möglich zu April gelangen wollen.

Bin ich dabei, den Verstand zu verlieren? Ebenso rasch wie ich diejenigen verliere, die ich liebe?

Ich muss meinen Tagesablauf neu planen, um Zeit für diese Aufgabe zu schaffen. Ich muss damit rechnen,

Blasen an den Händen zu bekommen, denn ich werde Holz von der Baustelle stehlen müssen und es spät in der Nacht, wenn es niemand bemerkt, auf den Dachboden schmuggeln. April lebt auf der anderen Seite dieser unvollendeten Tür. April wartet auf ihre Mutter.

John ist gerade von seiner Fahrt in die Stadt zurückgekehrt, und ich konnte nicht länger warten. Ich rannte – ja, ich rannte! – die Haupttreppe hinunter genau auf die Stelle zu, wo mich vor Tagen seine Ohrfeige traf, und ich bat ihn um Informationen über meine Freundin.

»Deine Freundin?«, fragte er.

»Ja, John. Sie ist meine Freundin.« Ich zerrte ihn praktisch in den Salon, wo die Ritterrüstung unser einziger Zeuge war. Ich schloss die Tür hinter mir und beschwor ihn: »Teurer Gatte, ich bitte dich um Informationen über meine Freundin!«

»Du nennst mich deinen Gatten und verwehrst mir den Zutritt zu deinen Gemächern, Frau. Was für ein Gatte soll das sein?«

Es war mir nicht in den Sinn gekommen, dass dieser Mann den Wunsch haben könnte, meine Gemächer zu betreten. Unser Kind ist verschwunden – wie konnte er überhaupt an etwas anderes denken? Nach all diesen Monaten, in denen wir uns nicht einmal küssten, hatte ich angenommen, ein Mann wie John Rimbauer befriedige seine wie auch immer gearteten Bedürfnisse mit den Frauen der Nacht. Aber nun sah ich einen ganz anderen Mann vor mir. Mitleid erregend war er, und ich fragte mich in meinem tiefsten Inneren, ob nicht ein Fluch über ihn gekommen war – ein Fluch, der angeblich manche Männer befällt –, den er auf seine überspannte, egozentrische Art Sukeena angelastet hat. Dies wäre eine Erklärung für ihre Entführung durch die Polizei und wahrscheinlich auch für das Verschwinden meiner Tochter. Hatte John aus Angst vor Sukeenas enormen Kräften nicht gewagt, ihr persönlich Schaden zuzufügen? Hatte er das Verschwinden unserer Tochter als Vorwand genutzt, sich mit Hilfe der Polizei meiner Zofe zu entledigen? Oder hatte er insgeheim mein Schlafzimmer und die Vorgänge beobachtet, die zwischen mir und meiner Freundin stattfanden, und war nun die Eifersucht seine Meisterin? Hatte ich eine Macht über ihn erlangt, derer ich mir bis zu diesem Augenblick gar nicht bewusst war?

»Ich ahnte nicht, dass du dich für mein Schlafzimmer interessierst, John. Ich habe dich seit vielen Monaten nicht an meine Tür klopfen hören.«

Aber ich überlegte, ob die Vereinigung von Mann und Frau ohne das Gefühl der Liebe bedeutungslos war? Hatte mein Mann den Fluch, der auf ihm lastete, selbst über sich gebracht? Vielleicht war er mittlerweile zu der anderen Art der Liebe gar nicht mehr fähig und brauchte die Liebe, die wir einst miteinander teilten, wenn auch nur für kurze Zeit. Vielleicht stand Aprils Verschwinden mit diesen Dingen in Zusammenhang. Möglicherweise war sich John der äußeren Kräfte bewusst geworden, die er nicht beherrschen konnte, und diese Kräfte brachte er mit Sukeena in Verbindung. Daher hatte er sich nun gegen sie gewendet. Vielleicht wurde dieser Mann wieder zum kleinen Jungen und suchte in mir die Mutter, zu der er sich flüchten konnte.

Ich hatte größte Mühe, gefasst zu bleiben, liebes Tagebuch, denn ich interessierte mich ausschließlich für Sukeenas Verbleib und das Verschwinden meiner lieben

Tochter. Ich empfand Johns Ablenkung als ärgerlich und vollkommen egozentrisch, aber eigentlich hätte mich sein Verhalten nicht überraschen dürfen.

»Ich dachte, du hättest andere Interessen«, sagte er. »Du warst sehr mit April und Sukeena beschäftigt.«

Und nun waren beide fort, wie mir einmal mehr schmerzlich bewusst wurde. Ich zitterte von Kopf bis Fuß. Hatte mein Mann diesen großen Plan ausgeheckt und meine beiden Lieben aus dem Weg geschafft, um meine Leidenschaft wieder auf sich zu lenken? Hatte ich ihn all die Jahre falsch verstanden – liebte er mich tatsächlich viel mehr als ich je geahnt hatte? Ich versuchte, die Fassung zu wahren, denn mir war vollkommen klar, dass die nächsten Minuten über das Schicksal meiner Zofe entscheiden würden. Das Schicksal meines Kindes konnte – wie ich befürchtete – bereits besiegelt sein, und vielleicht hatte mein Mann gar nichts damit zu tun (trotz meines Verdachts!). Meine Entdeckung auf dem Dachboden, die Stimme im Wind, die von dem Turm gesprochen hatte – alles ergab plötzlich einen Sinn für mich: John war eifersüchtig, und *Rose Red* war es ebenfalls. Ich sprang über meinen eigenen Schatten und sagte: »Meine Schlafzimmertür steht dir immer offen, lieber Gatte. Du wirst in mir in dieser Hinsicht eine höchst bedürftige und willige Partnerin finden.«

»Werde ich das?«

»Oh ja.« Ich hasste ihn dafür. Ich stellte mir vor, wie Sukeena geschlagen wurde oder noch Schlimmeres erdulden musste, während mein Mann über sein Besuchsrecht und meine Verpflichtung, mich seiner Verderbtheit zu beugen, verhandelte. Immer ganz Geschäftsmann. John Rimbauer bekam, was er wollte, und zu diesem Zweck spielte er jeden Trumpf aus, der nötig war.

»Ich weiß, du warst mit ihr zusammen«, sagte er. Ich senkte beschämt den Kopf. Ich konnte ihm nicht in die Augen sehen. Warum, fragte ich mich, hat ausgerechnet dieser Mann die Fähigkeit, in mir ein schlechtes Gewissen zu wecken? Warum ließ ich ihm so etwas durchgehen? Ich nickte lediglich, um seine Anschuldigung zu bestätigen.

Meine Lippen zitterten, und ich bekam kaum Luft. »Deine Bedürfnisse sind körperlich«, flüsterte ich. »Ich aber brauche Liebe, John.«

»Und die hast du gefunden?«

Ich antwortete nicht. Ich hatte Angst. Schreckliche Angst. Nicht vor ihm, diesem erbärmlichen Vertreter seiner Art. Vielmehr hatte ich Angst, April und Sukeena zu verlieren – Angst, schließlich allein dazustehen und als einzige Freundin diese Hexe von einem Haus zur Seite zu haben, *Rose Red*. Ich stellte mir vor, wie ich bei ihrem Bau Qualen litt – die Hände wund, die Augen voller Sägemehl, die Kleider schmutzig und staubig, während ich sie eifrig immer größer und stärker machte. Ich hatte Angst vor der Zukunft. Ich wünschte mir von ganzem Herzen, ich hätte in jener Nacht genug Mut für den Sprung gehabt. Nur der Tod bedeutet Ruhe. Frieden.

»Ich habe eine Gefährtin gefunden. Und Trost. Ich lebe nun in Frieden, John.« Ich hatte gelogen.

»Ich werde von diesem Frieden kosten«, sagte er und kam auf mich zu. Er hatte anscheinend getrunken. Viel, wie ich vermutete. Eine weitere Überlegung kam mir in den Sinn und eröffnete neue Möglichkeiten: Er litt selbst innerliche Qualen. Er hatte nicht geschlafen, das wusste ich. Hatte letzthin zu viel getrunken. Vielleicht hatten die Sünden der Vergangenheit diesen Mann im Herbst seines Lebens doch noch eingeholt. Vielleicht sah er das Ende nahen – zumindest war es ihm nun näher als der Anfang – und hatte erkannt, dass er sich an einen Ort zurückgezogen hatte, an dem Frieden nur ein Wort war, keine Daseinsform, kein Konzept, keine Realität. Fälschlicherweise nahm er (wie immer) an, er könne diesen Frieden nun aushandeln – ihn erkaufen, statt ihn sich zu verdienen. »Du und diese Frau«, sagte er. Er konnte sich nicht dazu durchringen, ihren Namen auszusprechen. »Ich werde mich in deinem Schlafzimmer zu euch gesellen.«

Ist dies das Geschwätz eines Betrunkenen?, fragte ich mich. Oder hatte mein Mann die Zuneigung, die Zärtlichkeit, die reine Liebe, die sich zwischen meiner Zofe und mir entwickelten, beobachtet und glaubte nun, er könne an diesem Austausch teilhaben?

Zitternd vor Furcht trat ich noch ein wenig dichter an ihn heran, und meine Stimme glich nun eher dem Wind, der mir ins Ohr geflüstert hatte. »Was immer du willst, John. Du musst nur fragen.« Mir war übel. Ich würde nicht den Fehler begehen, den Douglas Posey gemacht hatte. »Ich bin hier, um dir zu dienen«, sagte ich.

Er legte mir die Hände auf die Schultern. Seine Finger breiteten sich wie Fühler aus, betasteten meinen Körper, glitten über meine Brüste, meine Taille und liebkosten die Rundungen meiner Hüften. Dann ließ er die Hände wieder fallen. Er wirkte blass und recht erschrocken. Später wurde mir klar, dass es die Erregung beim Gedanken an seinen Vorschlag gewesen sein musste. Seine Berührung war auf unheimliche Art elektrisch – ich spürte sie wie ein pulsierendes Gift unter meiner Haut.

»Ich glaube, ich kann etwas für sie tun«, sagte er und stürmte wieder aus dem Haus. Als ich hörte, wie sein Auto zum Tor hinausbrauste, fiel ich auf die Knie und begann zu würgen.

Aber im Grunde war es mir einerlei, welchen Preis ich gerade bezahlte hatte, wenn nur meine Sukeena wieder nach Hause kam.

22. FEBRUAR 1917 – ROSE RED

John hat sich unermüdlich um Sukeenas Freilassung bemüht und brachte sie endlich nach Hause. Meine teure Freundin in einem solchen Zustand zu sehen trieb mir die Tränen in die Augen, und das Fieber und das Echo meiner afrikanischen Krankheit drohten zurückzukommen, aber ich hielt die Symptome in Schach, weil ich entschlossen war, Sukeena zu helfen. Die lange Verzögerung, bis ich sie endlich empfangen konnte, war dem Umstand zuzuschreiben, dass John sie zunächst noch ins Krankenhaus gebracht hatte – mehrere Knochen mussten gerichtet und die Wunden versorgt werden. Ihr fehlen drei Vorderzähne, das linke Handgelenk ist gebrochen und ihre Nase bandagiert. Als Donna und ich ihr in der Abgeschiedenheit ihres Zimmers aus ihren blutverschmierten, zerrissenen Kleidern in ein Nachthemd halfen, wurden wir uns schmerzlich der anderen Grausamkeiten bewusst, die ihr angetan worden waren – Grausamkeiten, die eine Frau sofort erkennt und die keiner genaueren Beschreibung auf diesen Seiten bedürfen. Nur so viel sei gesagt: Ihre schwarze Haut ist von den Rippen bis zu den Lenden, von den Brüsten bis zu den Fußsohlen mit tiefen Wunden übersät, und es gibt an bestimmten Stellen Risse und Blutungen, die eine Geburt und ihre Auswirkungen harmlos erscheinen lassen. Ich musste weinen beim Anblick dessen, was diese uniformierten Männer, die uns doch schützen sollen, ihr angetan haben. Was für Feiglinge! Sie sollten allesamt für diese Verbrechen hängen! Aber sie werden nach Hause zu ihren Frauen zurückkehren, ein wenig matt vielleicht, und ihre Müdigkeit mit der alltäglichen Arbeit erklären.

Sukeena für ihren Teil gab sich wie immer zuversichtlich. Sie ging nicht so weit, Späße über ihren Zustand zu machen, beeindruckte uns, die wir uns um sie sorgten, aber bei ihrer Rückkehr mit einem schiefen, schmerzverzerrten Lächeln. Donna wurde schließlich von Carol abgelöst, einer Krankenschwester, die John speziell für die Pflege meiner Zofe einstellte. Carol wechselte die Verbände auf Sukeenas Wunden, trug Salben auf und verabreichte ihr Arznei. Sukeena ließ diese Behandlung über sich ergehen, bat mich aber, ihre eigene Medizin zusammenzustellen, zu der die Asche verbrannter seilähnlicher Gräser, Tees und Salben aus einer Vielzahl von Kräutern gehören, die sie in der Rosenholzkommode in ihrem Ankleidezimmer aufbewahrt.

Ich versuche, ihre Anweisungen zu befolgen, aber sie muss sie mehrfach für mich wiederholen. Ich berühre sie am ganzen Körper, trage diese afrikanischen Mittel auf und zucke zurück, wenn sie sich vor Schmerz windet. Sie hat ganz gewiss einige gebrochene Rippen und, wie ich befürchte, auch Verletzungen der inneren Organe, denn ihr Bauch ist auf der rechten Seite stark aufgebläht, und sie verweigert jede Nahrungsaufnahme.

Endlose Stunden bete ich für sie und lese laut aus der Heiligen Schrift vor. Dies spendet ihr offenbar Trost. Wir sprachen darüber, wie die Schrift heilen kann, wenn man ergeben auf sie vertraut. Der Morgen kommt, ein weiterer Tag vergeht.

13. MÄRZ 1917 – ROSE RED

Es gibt nun kaum noch Zweifel daran: April (deren Geburtstag ich mit großer Sorge näher rücken sehe) wird nicht wieder zurückkehren. John hat sie nicht im Rahmen eines Komplotts entführt. Sie ist verschwunden, verschwunden in den Mauern dieses Hauses. Ihre Anwesenheit hier gewährleistet, dass ich das Haus nie länger als zu einem Lunch oder einem Dinner in der Stadt verlasse. (Ich frage mich, ob Rose dieses Schicksal für mich vorgesehen hat, denn ich denke an Sukeenas Behauptung zurück, das Haus sei eifersüchtig auf meine Tochter. Ich würde mein Kind nie verlassen, solange es noch den kleinsten Hoffnungsfunken gibt, dass meine April eines Tages einfach aus den Wänden herausgelaufen kommt, die sie anscheinend gefangen halten. Wenn hinter dem Wahnsinn dieser Residenz wirklich Methode steckt, hat sie ihre Schlacht gewonnen: Ich muss hier bleiben!)

Ich bin sehr von Sukeenas Genesung beeindruckt und schreibe ihre rasche Erholung zu keinem geringen Teil ihren Kräutern und meinen Gebeten zu. Einige Verletzungen sind noch vorhanden, aber die Verbände an der Nase und an anderen Stellen wurden entfernt, und sie kann nun schon seit einiger Zeit aufstehen und sich selbst um ihre Toilette kümmern. Ihr Arm liegt weiterhin in Gips, sie atmet flach und hat dabei offensichtlich Schmerzen. Leise singend wiegt sie sich selbst in den Schlaf; mir kommt es vor wie ein Summen, das in ihr schwingt. Ich bürste ihr das Haar, tätschele ihr den Kopf und massiere ihr die Beine, wenn sie taub werden. Sie lächelt, erhebt sich und kämpft sich leicht o-beinig durchs Zimmer. Mir geht der Anblick durch Mark und

Bein, und ich kann die schrecklichen Dinge überhaupt nicht fassen, die man ihr in der Gefangenschaft angetan hat.

Ein Polizeibeamter, er war Detective, kam zu uns, weil er angeblich weitere Nachforschungen über Aprils Verschwinden anstellen wollte. Als ich ihn erblickte, verwies ich ihn des Hauses. Ich brüllte recht unelegant, bis er furchterfüllt mit der Mütze in der Hand aus dem Haus floh. Kein Uniformierter wird je wieder dieses Haus betreten. Nicht ohne ordentliche Papiere und richterlichen Befehl. Ich habe genug von dem »Schutz«, den uns die Polizei bietet. Wenn die Beamten denken, sie könnten das Geheimnis von *Rose Red* lüften, halten sie sich selbst zum Narren. Es gibt keine natürliche Erklärung für die Begebenheiten in diesem Haus. Ich lebe nun über acht Jahre tagein, tagaus in diesen Mauern, ich habe Madame Lu und Madame Stravinski konsultiert und bemühe mich schon lange, die Vorgänge zu erklären. Junge Frauen verschwinden. Männer enden durch Mord oder Selbstmord. Meine Tochter wurde mir geraubt. Meinen Gatten quält sexuelle Unzulänglichkeit.

Ich erschaudere angesichts des letzten Gedankens und erinnere mich meiner Verhandlung um Sukeenas Freilassung. Ich fürchte den Tag, an dem ich meiner Zofe von dem Preis berichten muss, den wir beide für ihre Freiheit zu zahlen haben. Fürchte mich noch mehr vor dem Augenblick der Bezahlung selbst. Wann wird mein Mann in meine Gemächer kommen? Wann werden wir seiner Forderung nachkommen müssen?

1. APRIL 1917 – ROSE RED

Bitterkeit umfängt uns alle, die wir heute, an ihrem Geburtstag, den Verlust meiner lieben Tochter betrauern. Das Personal trifft dieser Verlust genauso hart wie John und mich. (Die Hausmädchen haben für den heutigen Tag ihre weißen Schürzen abgelegt und trauern ganz in Schwarz.) Das Haus ist fast vollkommen still, und nur die notwendigsten Alltagsgeschäfte werden erledigt. Die Bauarbeiten wurden zum ersten Mal seit Weihnachten ausgesetzt. Das einzig bemerkenswerte Ereignis von Bedeutung war ein erschütterndes Knurren, das alle um ein Uhr mittags vernahmen. Über die Quelle gab es keinen Zweifel: das Haus.

Um diese Tageszeit hatte ich mich zuletzt für gewöhnlich nach dem Essen zur »Ruhe« zurückgezogen. In Wahrheit nutze ich diese zwei Stunden, um mich meiner Zimmermannsarbeit auf dem Dachboden zu widmen, und mache gute Fortschritte beim Bau der Treppe, die zu dem neuen Turm führen soll. Nur Sukeena hat die Splitter und Schwielen an meinen Händen bemerkt – und, wie es für sie typisch ist, natürlich nicht nach dem Grund dafür gefragt. Nun überlege ich, ob das Geräusch, das wir alle hörten, mit meinem heutigen Fernbleiben vom Dachboden in Zusammenhang steht. Ist *Rose Red* so »lebendig«, dass sie sogar An- und Abwesenheit spüren kann? Wenn ja, was verlangt sie von mir, und was muss ich tun, um sie zu beschwichtigen?

Ich nahm um vier Uhr einen späten Tee im Salon, als sich unerwartet Tina Coleman anmeldete. Ich war zunächst beunruhigt, dann aber doch froh, als ich erkannte, wie dringend ich diese Ablenkung benötigte. Tina ist sich der Bedeutung des heutigen Tages sehr wohl bewusst und kam, um mir vergessen zu helfen. (Sie brachte sogar eine Flasche Alkohol mit und goss mir davon einen Schluck in den Tee!) Im Laufe unseres Gesprächs bemerkte ich, wie ihre Augen immer wieder zu dem großen Ledergloblus in der Ecke wanderten. Vermutlich dachte sie an unseren ersten Vermisstenfall. Glomm da Versuchung in ihren Augen? Wollte sie den Globus drehen, um zu prüfen, ob *Rose Red* auch sie holt? (Sie hätte es ruhig probieren können, denn ich ließ ihn schon vor Jahren mit einer Schraube versehen, damit man ihn nicht mehr drehen kann. Jedes Mal, wenn Sukeena eine Stelle ausmacht, die sie für ein Portal ins Innere des Hauses hält, lasse ich es verschließen. Die Box im Stallgebäude zum Beispiel wurde nach Daniels grausigem Ableben mit Brettern vernagelt.)

Im Laufe des Nachmittags kam eine gewisse Melancholie und Verzweiflung bei mir auf. Aller Smalltalk der Welt konnte mich nicht von den Gedanken an mein kleines süßes Mädchen losreißen, und ich fürchte, der Alkohol trug nur noch zur Steigerung meines Unwohlseins bei. Endlich, leider viel zu spät, entschuldigte sich Tina und kehrte mit dem von ihrem Chauffeur gesteuerten Automobil nach Hause zurück.

Da mich die Scones sehr gesättigt hatten, verzichtete ich auf das Dinner und begab mich in meine Gemächer, um meine Gedanken niederzuschreiben.

ZWEI UHR MORGENS

Soll ich offen und ehrlich von den Vorkommnissen des vergangenen Abends berichten – dem Geburtstagsabend meines vermissten Kindes? Wenn ich es nicht tue, wird es, so fürchte ich, zu meinem Schaden sein, denn ich erfahre eine solche Erleichterung, wenn ich meinen Stift über deine Seiten führe. Aber ach, liebes Tagebuch, so persönlich sind diese Worte, so furchterregend, dass ich kaum wiederzugeben wage, was geschehen ist. Weil ich nicht schlafen kann und mich kaum in der Lage sehe, ruhig zu sitzen, bin ich schon eine Stunde lang in meinen Gemächern auf und ab marschiert und habe überlegt, ob ich die Begebenheiten des Abends niederschreiben soll. Aber nun, liebes Tagebuch, wende ich mich doch deinen Seiten zu wie der Sünder dem Beichtstuhl.

Es war kurz nach elf Uhr, als ich ein Klopfen an der Außentür meiner Gemächer vernahm. Ich hatte das Personal bereits entlassen, und so musste ich selbst nachsehen. Ich dachte, es sei Sukeena, die nach ihrer Tortur bei der Polizei Schlafprobleme hat, und ging nur im Nachthemd, ohne mir den Morgenmantel überzuwerfen.

Zu meiner Überraschung stand mein Gatte vor der Tür. Noch überraschender jedoch: Er war vollkommen nüchtern. Ich hatte ihn seit der Teezeit nicht gesehen und angenommen, er werde sich an diesem Tag heftig betrinken.

»Ellen«, sagte er, seine Stimme war kaum ein Flüstern. »Der Schmerz ist zu groß.« Ich ließ ihn ein, und wir umarmten uns – lagen uns in den Armen wie wir es seit Jahren nicht getan hatten. Ich weinte. Mein Mann blieb stark, war aber sichtlich erschüttert. Seine großen Hände glitten über meinen Rücken und streichelten mich. Er zog mich an sich. Ich spürte sofort, dass sich sein Kummer in Begierde gewandelt hatte – er wollte körperlichen Trost.

Er küsste meinen Nacken, meinen Hals, und ich gestehe, ich erzitterte, so verständlich war mir sein Bestreben. Auch ich brauchte diese Liebesbekundung, brauchte eine Ausflucht aus meinem Leid. Doch bei seinen nächsten Worten blieb mir fast das Herz stehen. »Lass sie holen!«

Ich bekam keine Luft. Es stand außer Frage, auf wen sich mein Mann bezog. »John …«, stammelte ich, aber er legte mir den Finger auf die Lippen und wiederholte seinen Befehl, und ich wusste, Widerspruch war zwecklos.

Ich ging zur Tür, um ein Mädchen herbeizurufen. Einen letzten Versuch, seine Gunst zu gewinnen, unternahm ich aber dennoch. »John, teurer Gatte, mit mir kannst du machen, was du willst. Du kannst mich an- und ausziehen. Mich positionieren wie du willst, mich um alles bitten – aber nicht darum. Ich muss sie noch über unsere … Abmachung unterrichten. Ich möchte ihr es nicht auf diese Art sagen.«

Offenbar dachte er über mein Angebot nach. Er berührte mich auf eine Weise, wie nur ein Mann seine Frau berührt. Dann hielt er abrupt inne und bat mich, sie zu rufen. »Lass sie holen!«, wiederholte er.

Ich wusste, es hatte keinen Zweck, ihm zu widersprechen, besonders angesichts seiner Bemühungen, die Sukeena vielleicht das Leben gerettet hatten. »Sehr wohl«, sagte ich. »Aber du musst meine Gemächer für eine Weile verlassen. Lass mich allein mit ihr reden. Gewähre mir diese Gunst, nur diese eine Bitte! Komm in dreißig Minuten wieder! Dann bekommst du alles, was du willst.«

Sukeena kam sofort – niemals würde sie den Ruf ihrer Herrin missachten. Ich ließ sie Platz nehmen und erzählte ihr offen von dem Abkommen, das ich getroffen hatte, um ihre Freilassung aus Gefangenschaft und Folter zu erwirken. Ich informierte sie über meine Entdeckung von Johns Geheimgang mit den Aussichtspunkten und über meinen Verdacht, dass er jede Frau in diesem Haus aus ähnlichen Verstecken heraus beobachtete. Auf diese Art besuchte er mit Sicherheit auch Sukeena schon seit Jahren.

»Wenn Sie mich bitten, das für Sie zu tun, Madam, dann tue ich es.«

»Ich weiß, du hasst ihn, süße Freundin.«

»Schlechter Mann, Miss. Nicht schlecht in Seele, aber in Taten. Schlecht für die Kinder, schlecht für Sie, Miss Ellen.«

»Wir müssen es tun«, bat ich sie. »Wir müssen es ihm gewähren, wann immer er es wünscht, und er hat heute Abend darum gebeten, um sich von den Qualen des Verlustes unserer lieben April abzulenken.«

»Wenn Sie mich bitten, dann tue ich es.«

Ich küsste sie, küsste sie lang und zärtlich auf die Lippen. »Ich hatte gehofft, nichts würde je unsere Zweisamkeit stören, teure Freundin.« Ihr glühender Blick kreuzte meinen, und ich spürte ihr Missfallen – vielleicht wäre sie lieber im Gefängnis gestorben als mit meinem Mann das Bett zu teilen. Das konnte ich ihr nicht verdenken.

»Diese eine Nacht wird er nie vergessen«, sagte sie. »Dafür sorgt Sukeena.«

»Es ist eine Nacht, die keiner von uns je vergessen wird«, entgegnete ich.

»Oh, nein«, widersprach sie. »Ich, Madam? Ich vergesse, bevor ich in meinem Zimmer bin.« Und sie lächelte.

Als Sukeena lächelte – mit ihren Zahnlücken und allem – wurde der ganze Raum heller und freundlicher. Sie schlüpfte aus Morgenmantel und Nachthemd und stand nackt vor mir, eine kräftige Frauengestalt mit enormer Anziehungskraft. »Ziehen Sie Nachthemd aus, Miss.« Sie trat zu mir und half mir beim Ausziehen. »Gleich kommt er«, sagte sie. »Dann wollen wir ihm etwas bieten.« Mit diesen Worten nahm sie mich bei der Hand und führte mich zu meinem Bett.

Anmerkung der Herausgeberin: Nach zahlreichen Gesprächen mit meinem Verleger kamen wir zu dem Schluss, dass bestimmte Tagebucheinträge (ab April 1917) viel zu drastisch und anstössig sind, um abgedruckt zu werden. Die an der Geschichte von *Rose Red* interessierten Leser sollten nicht mit den Intimen (und erniedrigenden) Erlebnissen der Autorin konfrontiert werden. Wir haben als Kompromisslösung einige dieser Auszüge im Internet unter der Adresse *www.beaumontuniversity.net* zugänglich gemacht. Wenn Sie bereits im Internet gesucht haben, wird Ihnen aufgefallen sein, dass es von keiner Website aus Links zu diesen Auszügen gibt. Sie müssen den hier angegebenen URL (exakt in dieser Schreibung) eingeben, um zu der Sammlung Ellens persönlichster Erlebnisse zu gelangen. Eine weitere Warnung: Teilweise ist der Inhalt eindeutig sexueller Natur und nicht für Personen unter achtzehn Jahren geeignet.

Offenbar war Ellen Rimbauer in den folgenden Monaten besessen davon, fast jedes nächtliche Schlafzimmererlebnis zu schildern. Sie schrieb fast ausschliesslich über die wachsende Begierde ihres Mannes und die immer ausführlicheren Forderungen, die er an seine Frau und ihre beste Freundin und Dienerin stellte. Bis Anfang 1918 gibt es praktisch nur noch derartige Einträge (die oft abstossend und entwürdigend sind). Ich mache einen Zeitsprung, um Ihnen, Liebe Leser, die schmutzigen Beschreibungen der Ausschweifungen zu ersparen, in die sich John Rimbauer hineinsteigerte. Ihnen entgeht durch diese Auslassungen lediglich die wachsende Frustration auf Seiten von Ellen und

Sukeena darüber, wie sie benutzt werden und wie die einst zwischen ihnen wachsende reine Liebe nun von einem Mann verdorben und vergiftet wurde, der keine Befriedigung mehr im Leben fand. Sogar die körperlichen Freuden versagten ihm den Sieg der Sinne. Er verzehrte sich vor Gram, fühlte sich als Versager, und je tiefer er sank, umso bizarer wurden seine Forderungen, umso verzweifelter wurden die beiden Frauen. (Es existiert sogar ein Bericht über eine Nacht in der Scheune!) zu der Zeit, in der wir uns Ellen wieder anschliessen, gibt es bereits Hinweise auf ein Komplott, das die Hausherrin und ihre Zofe zu schmieden im Begriff sind. Bislang wollte Ellen ihrem Tagebuch aus Angst, es könne entdeckt werden, nichts Genaueres anvertrauen. Zweifelsohne geht es aber um John Rimbauer, und es werden bereits Pläne geschmiedet, die auf seinen Tod abzielen.

Joyce Reardon

9. MÄRZ 1918 – ROSE RED

Wenn ich mir meine Aufzeichnungen ansehe, wird mir recht klar, dass mich noch nie etwas so getroffen hat wie die nächtlichen Begegnungen mit John und seine anstößigen Forderungen an die Frauen dieses Hauses. Die Ereignisse des heutigen Tages lassen mich jedoch über die Probleme mit *Rose Red* und ihren offensichtlichen Bedarf an »Nahrung« nachdenken, einerseits über ihre räumliche Ausdehnung (ihren Weiterbau), andererseits auch über ihre wie auch immer gearteten seelischen Bedürfnisse.

Heute hat sie wieder getötet.

Der Coroner wird George Meaders Tod als Folge einer allergischen Reaktion auf einen Bienenstich beurkunden. Er zog sich allerdings diesen Bienenstich im Erholungsraum zu [Anm. d. Herausgeberin: Als »Erholungsraum« bezeichnet Ellen nach 1917 den Wintergarten], der sich bei seinem Tod in einen farbenprächtigen Dschungel verwandelte, wie es auch an dem tragischen Abend von Aprils Verschwinden und Sukeenas Konfrontation mit dem Polizisten geschah.

Meader, ein leitender Angestellter der Eisenbahn, der die vergangene Woche bei uns verbrachte, war ein großer Trinker und ganz offensichtlich ein Schürzenjäger. Er flirtete mit vielen Hausmädchen und unterhielt gewiss Beziehungen zu mehr als einem. Vielleicht führten die Avancen, die er der armen Sukeena machte, zu seinem verfrühten Ableben. Mehr als einmal stellte er ihr nach. (Denn sie sagt mir alles, was in diesem Haus geschieht.) Mehr als einmal versuchte er, sich ihr unsittlich zu nähern. (Wer weiß, ob John irgendetwas damit zu tun hat? Ich glaube zwar nicht, dass John anderen von unserer »Allianz« erzählt, aber ansonsten traue ich ihm einiges zu.) Sukeena verabredete schließlich für Schlag Mitternacht ein Treffen mit George im Erholungsraum.

George erschien – ziemlich betrunken, aber pünktlich. Ich war in Sukeenas Pläne eingeweiht, beobachtete von oben den Erholungsraum und passte auf, ob in der Küche oder einem der diversen Korridore Licht zu erkennen war. Falls ich jemanden kommen sah, wollte ich das Licht in meinem Zimmer mehrmals an- und ausschalten, um Sukeena ein Zeichen zu geben.

Alles lief nach Plan.

Als George den Erholungsraum betrat, begann Sukeena sogleich, auf provokative und aufreizende Art vor ihm zu tanzen. Auch aus der Entfernung spürte ich die Macht dieses Tanzes. Jeder Mann musste auf diese Hüften reagieren, die geschmeidigen, fließenden Bewegungen ihres Körpers. Ich sah, wie sich George Meader an den Kragen griff, um ihn aufzuknöpfen (denn im Erholungsraum ist es um einiges wärmer als im restlichen Haus, sogar ohne Sukeenas Tanzeinlage). Er legte seinen Mantel ab, vielleicht auf Sukeenas Anweisung. Wenige Augenblicke später ließ sich Sukeena mit verschränkten Beinen auf dem Boden nieder und vertiefte sich ins Gebet oder wie auch immer man das nennen soll. Es vergingen nur wenige Sekunden, da schlug sich George Meader auf den Arm – die Biene hatte ihn gestochen, nachdem Sukeena, und davon bin ich absolut überzeugt, sie mit ihren beträchtlichen meditativen Kräften herbeibeschworen hatte. Sukeena wartete kurz, bis George auf die Knie sank. Dann schlich sie leise in den Garten und durch das Badehaus, um über die Südtreppe in ihre Gemächer zu gelangen.

Meader starb vollkommen geräuschlos. Nach seinem

Tod begannen die ersten roten Rosen aufzublühen, Ranken breiteten sich vor meinen Augen in alle Richtungen aus. Innerhalb von Minuten war mir die Aussicht auf den Erholungsraum genommen, so überwuchert war er von den Kletterpflanzen.

Mehrere Stunden suchte man nach George Meader, stieß aber zunächst nur auf den Mantel, den er abgelegt hatte. Erst am nächsten Tag, als sich die Ranken auf wundersame Weise wieder zurückentwickelt hatten, wurde die Leiche gefunden. (Seine Haut war von Dornen aufgerissen, als hätte er sich in einem Bett aus Rosen gewälzt.)

John befahl den Stallburschen, die Leiche in die Stadt zu bringen, da er wusste, dass ich der Polizei den Zutritt zu meinem Heim höchstens bei einem erwiesenen Mord gestatten würde, und selbst dann nur mit ordnungsgemäßen Papieren.

War es Rose oder Sukeena gewesen, die George Meader aus diesem Leben abberufen hatte? Spielt das überhaupt eine Rolle? Ich bin schon halb verrückt von all diesen Geschichten. (Mehr als halb, wenn man dem Personal glaubt.) Ich habe meinen Verdacht bezüglich des Indianerfriedhofs fast aufgegeben, und doch tauchen immer wieder indianische Artefakte im Haus auf – und wie ich mich erinnere, fand auch eine irdene Schüssel, die einem Bienenkorb nachempfunden war, ihren Weg in den Erholungsraum!

Vielleicht wird das Geheimnis dieser Residenz niemals entschlüsselt. Vielleicht werden in der Zukunft Wissenschaftler versuchen, das zu erklären, was ich leider nicht erklären kann. Wer weiß! Eines ist jedoch gewiss: Ich werde an *Rose Red* weiterbauen bis zu dem Tag, an dem ich sterbe – oder selbst geholt werde –, nötigenfalls sogar mit meinen eigenen Händen (wie bei dem Bau des Turms). Ich werde mich weiterhin bemühen, ein möglichst langes Leben für mich herauszuschlagen, damit ich meinen Ehemann überlebe – vor allem dafür bete ich. Damit ich mein Kind lebend wiederbekomme. (Adam gehört kaum noch zu meinem Leben, da ihm John nicht gestattet, nach Hause zurückzukehren – ich kenne meinen Sohn nur aus Briefen, und diese Briefe werden von Jahr zu Jahr weniger.)

Noch ein Toter. Ich kann kaum trauern. *Rose Red* hat ihre Bedürfnisse. Sukeena und ich müssen uns schützen. Mich plagt Arthritis in den Händen, ich habe schreckliche Schmerzen und fürchte, meine Einträge hier auf deine Seiten, liebes Tagebuch, werden immer seltener.

Was soll ich sagen? Ich lebe in meiner eigenen Welt, bin verdammt. Nachts werde ich durch die verzweifelten Versuche meines Mannes, Befriedigung zu finden, zu einer Frau, die ich nicht bin; tagsüber beschränkt sich mein Leben auf Gebet und Stille. Zwischendurch schleiche ich mich davon, um mit eigenen Händen zu bauen, was das Haus von mir verlangt. »Der Turm«, flüstert sie nachts. Meine kleine April.

Bald werden wir wieder vereint sein. Ich habe den Bau der Außenmauern des Turms in Auftrag gegeben, weil meine Treppe fast vollendet ist. Ein Jahr oder höchstens zwei wird es dauern, wie mir gesagt wurde; die Arbeiten beginnen im Anschluss an bereits in Plan befindliche Vorhaben. Ich habe einen goldenen Cherub bestellt, gefertigt in Florenz. Dieser Cherub wird hoch über *Rose Red* auf dem Turm thronen und über unser Anwesen herrschen. Vielleicht ja auch über *Rose Red* selbst.

Die Pläne nehmen Gestalt an. Meine Tochter wird nach Hause kommen.

Anmerkung der Herausgeberin: Obwohl die folgende grosse Lücke in den Aufzeichnugen wohl auf Ellen Rimbauers Arthritis zurückzuführen ist, gibt es auch Hinweise auf eine für sie sehr traumatische Zeit. Sie erlitt mindestens einen Zusammenbruch, nachdem ihr der Arzt empfahl, »eine Klinik« in der Schweiz aufzusuchen (siehe 16. November 1921). Ellen Rimbauer weigerte sich jedoch, *Rose Red* und ihre geliebte Sukeena zu verlassen. Kürzlich entdeckte Dokumente (beispielsweise das Tagebuch von Tina Coleman) lassen vermuten, dass John hinter Ellens »Krankheit« steckte und er den Versuch unternahm, Ellen mit der Reise in die Schweiz ein für alle mal von *Rose Red* zu vertreiben. Wer auch immer den Plan ausheckte, er schlug fehl. Am 17. Oktober 1920 zerstörte ein grosser Brand einen ganzen Flügel von *Rose Red*. Die Ursache für dieses Feuer wurde nie bekannt, man muss jedoch die Möglichkeit in Erwägung ziehen, dass Ellen das Feuer selbst gelegt hat aus Protest gegen Johns Versuche, sie loszuwerden.

Wie aus den Aufzeichnungen und Plänen des Bauunternehmers hervorgeht, waren fast zwanzig Monate lang keine Arbeiten zur Errichtung des Turms anberaumt. Vielleicht verzögerte John den Bau absichtlich, und Ellen fand dies heraus – eine weitere mögliche Theorie zur Ursache des Feuers und der diversen Beziehungsprobleme. Ungeachtet aller Ungereimtheiten begannen die Bauarbeiten für den Turm jedenfalls erst Anfang November 1920. Bis heute sind noch drei wichtige Punkte ungeklärt, was den Zeitraum 1918–1920 angeht: 1. Ellens Geisteszustand, 2. die »Aktivitäten« des Hauses (es gibt Berichte über fast ein Dutzend Vermisstenfälle in diesen zwei Jahren) und 3. Johns wachsende Angst vor seiner Frau, ihrer Zofe Sukeena und dem Haus selbst, das die Rimbauers in beunruhigendem Tempo gemeinsam weiter- und umbauten.

Es existieren Aufzeichnungen (jedoch keine stichhaltigen Beweise), die darauf hinweisen, dass nicht Ellen, sondern John den Bezug zur Realität verlor und er in dieser Zeit stark abhängig von Laudanum wurde: Er verweilte Tagelang in den Opiumhöhlen im Süden der Stadt, weit weg von diesem monströsen Haus, das er zu fürchten gelernt hatte.

Joyce Reardon

Funken. Ich sehe Rotkehlchen vor meinem Fenster. Dideldei, dideldum, da ist Rauch im Auditorium. Wo war ich nur?, frage ich mich, wenn ich in deinen Seiten blättere. Wie ist es möglich, dass ich meine Gedanken nicht niedergeschrieben habe, außer einmal, als ich in trübsinniger Stimmung war? Ich habe das Gefühl, jeden Tag zu schreiben, aber vielleicht bilde ich mir das nur ein. Ich leide nun fast regelmäßig an Fieber. Um ehrlich zu sein, habe ich den Eindruck, diese Fieberschübe folgen immer auf die Nächte, die ich in Gesellschaft meines Mannes verbracht habe – das mag hier amüsant klingen, ist es aber keineswegs. Seit mehreren Jahren bezieht er Sukeena nun schon in unser ... Miteinander ein. Ich möchte lieber nicht davon sprechen. Dideldei, dideldum. Funken. Das Personal testet draußen Feuerwerkskörper für unsere alljährliche Unabhängigkeitsfeier am vierten Juli. Ich sehe aus dem Fenster und singe Lieder aus der Kindheit. Wie ist es nur möglich, dass mir die Kindheit so weit weg erscheint, als gehöre sie zum Leben einer anderen Person und nicht zu meinem eigenen? Funken. Bumm, bumm, bumm. Falls ich je Unschuld besessen habe, ist sie mittlerweile verbrannt wie das Schießpulver bei diesem Spektakel, dem ich beiwohne. Keine Unschuld im Schlafzimmer. Keine Unschuld am Fenster (zumindest nicht in der Nacht, in der ich Sukeena half, George Meader in dornigen Ranken untergehen zu lassen). Keine Unschuld in meinem Kopf, der immer mehr Zeit darauf verwenden muss, die Manöver meines Gatten vorherzusehen, um mich aus diesem Haus zu entfernen. Manchmal verstecke ich mich tagelang vor ihm – oben auf dem Dachboden, wo ich immer noch an der Treppe für den Turm arbeite. John wandert dann im Haus umher und ruft nach mir. Vielleicht hofft er in diesen Momenten insgeheim, dass mich Rose ein für alle Mal geholt hat. Ich warte. Warte, bis er sich die Lippen leckt, bis sein Herz vor Freude höher schlägt bei der Aussicht, ich könnte für immer verschwunden sein. Und dann walze ich in das Frühstückszimmer, als wäre ich nur ein paar Minuten fort gewesen. Ich sehe, wie sein Gesicht lang wird. Ich lächle ihn strahlend an und begrüße ihn mit glänzenden, ausgeruhten Augen und guter Laune. Später schmort er dann. Wütend. Allein. So sehe ich ihn: wütend und allein. Er soll bezahlen für die Unschuld, die er mir geraubt hat. *Uns* geraubt hat.

Ich rede nun ganz offen mit Rose. Ich habe keine Angst mehr. Ich sage ihr, dass ich meine Tochter sehen will. Ich biete mich ihren Mauern an. Aber sie verlangt merkwürdige Dinge von mir. Wir haben einen der Flure oben zu einem perspektivischen Korridor gemacht: Er läuft nun vom einen Ende zum anderen schmal zu wie Eisenbahnschienen. Wir haben den Umbau zu Ehren des verstorbenen George Meader und seiner Eisenbahngesellschaft vorgenommen. Es ist sehr merkwürdig, je weiter man diesem Korridor folgt, desto niedriger die Decke, desto enger der Raum. Mir geht es nicht unähnlich – je länger ich lebe, desto mehr fühle ich mich von meiner Umgebung eingeengt. (Ich bin erst vierunddreißig und komme mir vor wie achtzig.) Ebenso wie mein Mann seine geheimen Aussichtsposten im ganzen Palast verteilt hat, habe ich nun meine Geheimtüren in dem perspektivischen Korridor. Manche von ihnen führen nirgendwohin, andere in ein ganzes Labyrinth aus Gängen. (In einen dieser geheimen Flure hing ich hinter einem Fenster das Bild einer Nackten auf, nur um meinen Mann zu ärgern, falls er sich einmal dorthin verirren sollte. Das Leben imitiert die Kunst, sagt man. Oder ist es umgekehrt?)

Heute wird der Turm eröffnet. (Unsere Freunde finden ihn exzentrisch, wie ich hörte. Sie können sagen, was sie wollen, ich für meinen Teil bin sehr stolz auf diese Ergänzung.) Die Treppe vom Dachboden führt in einen einzigartigen großen Raum, der einen Panoramablick über alle Flügel von *Rose Red*, das gesamte Anwesen und die Wälder bietet. In der Ferne erkennt man sogar die Stadt mit der Elliott Bay im Hintergrund. Der Turm ist die schönste, wichtigste Ergänzung unserer Residenz und wird gewiss einer meiner Lieblingsplätze werden. Da er nun fertig gestellt ist – einschließlich des hübschen venezianischen Glasfensters und des vergoldeten italienischen Cherubs, der die Dachspitze schmückt –, habe ich eine Rückzugsmöglichkeit, ein Versteck, einen Platz für meine Gebete und einen Ort, an dem ich meine Tochter suchen kann.

John war gegen den Bau des Turms. (Er meint, ich hege zu große Hoffnungen, April dort aufzuspüren. Hoffnungen habe ich in der Tat, wie ich hier gern gestehe, aber unser beider Einschätzung der Lage ist sehr unterschiedlich. Nach Johns Ansicht gibt es nur wenig oder gar keine Hoffnung, dass ein solches Gebäude uns dazu verhelfen könnte, eine Verbindung zu unserer April herzustellen. Dies ist ein Irrtum seinerseits, den ich gern korrigieren möchte!)

Meine Gedanken schweifen immer häufiger ab und irren wie ich selbst bald hierhin, bald dorthin. Meine »Verwunderungen« kommen immer häufiger und dauern länger an. Ich merke, wie die Bediensteten mir im Korridor aus dem Weg gehen. Bestimmt erschreckt sie mein bleiches Gesicht oder mein unsicherer Gang. Niemand von ihnen hat je ein Kind verloren wie ich. Keiner muss derartige Kompromisse in seinem Leben machen wie ich, die ich meinem Mann gehorchen und unsägliche Beschämungen zu erdulden habe, um in dem Haus bleiben zu können, in dem mein Kind verschwunden ist. (Wollte ich mich von John trennen, müsste ich natürlich Rose verlassen – und das ist heute noch undenkbarer denn je.) Sukeena und ich haben uns für Mitternacht verabredet (falls John nicht nach unseren Diensten verlangt), da wir nun, nachdem der Turm fertig gestellt ist, versuchen wollen, Kontakt zu meiner kleinen April aufzunehmen. Wir werden hinaufklettern und den Winden lauschen, die mich in den vergangenen Jahren instruierten, während ich von meinen handwerklichen Bemühungen blutige Hände bekam. Mir scheint, ich werde immer wieder von neuem an meiner Treppe arbeiten, die in drei Windungen in den Turm hinaufführt. Sie wird nie vollendet sein, wird immer Aufmerksamkeit benötigen – aber so ist das natürlich mit einem Kind. Dieser Turm ist mein Kind, und gleichzeitig ist mein Kind in diesem Turm. Wie könnte ich mich auch nur einen einzigen Tag davon entfernen? Aber ach, ich komme zu spät zu meiner Verabredung mit Sukeena.

Sukeena und ich trafen uns im Korridor des oberen Stockwerks vor der Geheimtür, die ich entdeckt hatte, und schlichen uns hinein. Ich trug eine schwere batteriebetriebene Taschenlampe und führte Sukeena den mir mittlerweile vertrauten Gang entlang, vorbei an den Gästezimmern und hinauf auf den Dachboden.

Wir standen am Fuß meiner Treppe, der man meine anfängliche Stümperei deutlich ansieht: Das Holz wurde grob und ungeschickt bearbeitet. Die ersten Stufen sind krumm, aber dann werden sie immer gerader. Die Bretter sind immer noch roh und ungehobelt, und ich habe noch viel zu tun, denn ich lasse dort oben keinen Arbeiter Hand anlegen. Wir kletterten langsam hinauf, die grob zusammengehauenen Stufen quietschten und knarrten, und ich drehte mich mit der Lampe zu Sukeena um, die hinter mir zurückgeblieben war. Sogar sie wirkte verängstigt. Ich nahm dies als ein gutes Zeichen und ermunterte sie weiterzugehen. Sicherlich sah ich selbst ein wenig geisterhaft aus, so blass wie ich dieser Tage bin, in meinem Nachthemd und umgeben von dem gelben, flackernden Lichtschein der Taschenlampe. Vielleicht hatte Sukeena mehr Angst vor mir als vor dem Turm, was eigentlich keine Überraschung wäre, denn alle anderen scheinen mich und meinen Zustand ebenfalls zu fürchten.

Nun, da wir uns der zweiten Biegung näherten, hörte ich endlich, was meine teure Freundin verängstigt hatte. Sie hatte es schon vor mir vernommen: Das Knarren der Stufen klang nicht mehr wie das typische Gegeneinanderreiben von Holz und Nägeln, sondern immer mehr wie eine Stimme, eine vertraute Stimme, eine Kinderstimme. April! Je höher wir kletterten, desto mehr wandelte sich das Knarren zu einem Wind und der Wind zu einer Stimme: »Mama!«, rief sie, und ich beeilte mich und kletterte schneller. Sukeena bewegte sich nun fast im Laufschritt, um mir folgen zu können; vielleicht wollte sie mich beschützen. »Miss Ellen!«, rief sie warnend. Ich hatte den Eindruck, sie befürchtete, die Tür am Ende dieser Stufen, der wir uns nun näherten, könne nicht zu der Panoramaaussicht führen, sondern an einen dunklen, unheilvollen Ort, an dem die kleine April gefangen gehalten wird und der auch diejenigen verschlingt, die ihn betreten.

Als ich jedoch durch die Tür und hinaus in die Kühle der Nacht stürzte (der Turm ist nicht beheizt), wurde ich in farbiges Licht getaucht. Ich fühlte mich, als stünde ich im »Licht Gottes«, und fragte mich, ob mich *Rose Red* nun geholt hatte und ich gerade an den Ort gebracht worden war, an dem April lebt. (Für mich *lebt* April irgendwo – eine andere Überlegung lässt mein Mutterherz nicht zu.) Dann sah ich, wie Sukeena in dem Turm umherwanderte. Und das Licht, das über mich ausgeschüttet wurde, war nur das Mondlicht, das durch das Buntglasfenster fiel.

»April!«, rief ich laut, und der Wind rauschte die Treppe hinauf und umfing mich. »Mama, Mama.« Mir wurde schwindelig. Meine Tochter war so nah. Ich nahm ihren Duft war. Hatte den Eindruck, ihre zarten Wangen zu schmecken, während ich ihre Tränen fortküsste. Ich fiel zitternd auf die Knie und streckte den Finger aus. Sukeena missverstand mich und nahm an, ich zeigte auf sie. Aber dann drehte sie sich langsam um und schaute in die Richtung, in die mein Zeigefinger wies.

Auch sie fiel auf die Knie. Sie beugte sich vor und küsste den Holzboden, auf dem wir knieten – den Boden des Turms. »Tempel« werde ich ihn fortan nennen. Ich hatte das Buntglasfenster mit der Rose vor über zehn Jahren bestellt, noch auf der Hochzeitsreise, lange bevor Adam und April zur Welt kamen. Und doch war in diesem bunten Fenster, erleuchtet von dem Vollmond, keine Rose mehr zu sehen, als die Stimme meiner Tochter durch den Turm wirbelte, so rein und frisch und jung. Die Muster und Farben hatten sich in diesem schimmernden Licht verändert, und man hätte meinen können, der Mond spiele dem Auge einen Streich.

Statt einer Rose erblickten Sukeena und ich nun ein Gesicht in diesem Fenster. Das Porträt meiner Tochter April! So klar und deutlich zu erkennen, als hätte ich es vor all den Jahren genau so in Auftrag gegeben. Aber wie konnte das sein? April war damals doch noch gar nicht geboren! Und doch ist es wahr, liebes Tagebuch: In diesem hübschen Fenster war keine Rose mehr abgebildet, sondern das Gesicht meiner Tochter April. Und zwar so, wie sie am Tag ihres Verschwindens ausgesehen hatte. Während uns der Wind unheimlich in den Ohren brauste, bewegten sich ihre Lippen. Und sie sprach zu mir.

16. NOVEMBER 1921

Nach viel zu langer Pause wende ich mich wieder deinen Seiten zu. Johns Hang zur Verdrossenheit wird jeden Monat schlimmer. Er wirkt meist müde. Er kehrt erst spät in der Nacht aus der Stadt zurück, und an seiner Kleidung haften merkwürdige Gerüche. (Sie sind mir fremd, kommen aber denen recht nahe, die ich bei Madame Lu wahrnahm.) Seine ehelichen Gelüste sind abgeebbt. Er hat meine Gemächer seit fast drei Monaten nicht mehr aufgesucht. Meine wahren Ängste kann ich diesen Seiten nicht anvertrauen, aber ich befürchte das Schlimmste für den armen John. Während sein Vermögen immer größer wurde, zerbrach seine Partnerschaft, ein guter Freund erlitt einen »unglückseligen Unfall« in seinem Erholungsraum, seine Tochter verschwand, und sein Haus begann, ohne sein Zutun weiterzuwachsen. (Ein großer Streit brach zwischen John und unserem Bauunternehmer aus: Letzterer beschuldigte meinen Mann, zusätzliche Schwarzarbeiter zu beschäftigen, denn manchmal werden auf *Rose Red* über Nacht zahlreiche Zimmermannsarbeiten ausgeführt. Ohne nähere Angabe von Gründen wurde der Bauunternehmer durch einen anderen ersetzt, der keine Fragen stellt.)

In seiner »Depression« (so nennt es der Doktor) hat John zweimal versucht, mich zu einer Reise in die Schweiz zu zwingen (einmal im Sommer und ein weiteres Mal Ende September), wo ich in einer bestimmten Klinik Erlösung von meiner Fieberkrankheit finden könne, wie er sagt. Da ich nun bei meinen nächtlichen Besuchen wieder mit meiner Tochter vereint bin (wovon ich John klugerweise nichts erzählt habe), weigere ich mich. Nichts kann mich von *Rose Red* fortbringen. (Dies sei die ganze Zeit die Absicht des Hauses gewesen, glaubt Sukeena. Vielleicht ist meine Zofe selbst ein wenig eifersüchtig, denn sie denkt, dieser weitläufige Palast sei irgendwie in mich verliebt und wolle mich ganz für sich allein haben.)

Der Grund für diesen Eintrag auf deinen Seiten und für meine Beunruhigung ist, dass John mir heute verboten hat, noch einmal den Turm zu betreten. Er will ihn mit Brettern vernageln und mit einem Vorhängeschloss sichern lassen. Wie nachvollziehbar dies auch sein mag (vielleicht bemerkt er eine Veränderung an mir), kann ich ihm ein solch unmögliches Ansinnen natürlich nicht durchgehen lassen. Ich frage mich, ob John womöglich selbst eines Nachts an diesen erhabenen Ort vorgedrungen ist und das Gesicht gesehen und die Stimme gehört hat. Vielleicht war das zu viel für ihn. Vielleicht hat ihm das den Verstand verwirrt, und seitdem geht es mit ihm bergab. Vielleicht begreift er aber auch allmählich, was an diesem magischen Ort geschieht, und will nicht, dass ich es selbst erlebe.

Ich habe John Rimbauer früher nicht verstanden und verstehe ihn heute noch viel weniger, aber wir hatten eine Auseinandersetzung über sein Verbot und zum ersten Mal in unserer Ehe drohte ich meinem Mann mit dem Tod.

Möglicherweise fände Gift den Weg in seine Nahrung, so deutete ich an, oder sein Automobil könne von einer technischen Panne heimgesucht oder er selbst von einer Hafenhure mit dem Messer erstochen werden. Die größte Drohung von allen sprach ich als letzte aus. Ich schlug vor, einige seiner Hausgäste noch einmal einzuladen – wir hatten in jüngster Zeit mehrere prominente Bankiers zu Gast, weil John einen Pipeline-Vertrag ausgehandelt hat – und sie durch die geheimen Gänge zu führen, die meinem Mann ermöglichen, ihre Frauen vollkommen nackt zu sehen, während sie sich zurechtmachen. (Damit wäre, wie ich glaube, den Darlehen ein rasches Ende gesetzt!) Nach kurzer Überlegung nahm John sein Verbot zurück, aber die Art und Weise, wie er mich ansah, ließ mir das Blut in den Adern gefrieren.

Ich fürchte, der letzte Hauch von Frieden, der uns in diesem Haus bislang noch vergönnt war, gehört nun auch der Vergangenheit an.

9. JUNI 1922 – ROSE RED

Der Zustand meines Mannes hat sich zum Schlechten gewendet. Er ist von einer Aura der Gewalttätigkeit umgeben; sie folgt ihm wie ein Schatten. Er isst allein, verlässt das Haus früh am Morgen und bleibt manchmal gleich mehrere Tage weg. Wie ich von Menschen erfuhr, die es wissen müssen, sah man ihn im Chinesenviertel im Süden der Stadt beim Glücksspiel. Er hat den Berichten zufolge bereits eine beträchtliche Menge Geld verloren, und eine gewisse Sucht treibt ihn dazu, diesen Stadtteil regelmäßig aufzusuchen, manchmal mehrmals am Tag.

Heute Abend bedrohte er unseren Oberkellner mit dem Tranchiermesser; angeblich war das Rindfleisch zu blutig. (Ich verstehe das Problem nicht – John isst in letzter Zeit ohnehin kaum noch etwas.) Dann warf er eine Terrine auf den Boden, die in tausend Teile zersprang, woraufhin die Mädchen, die im Speisesaal arbeiteten, flohen und nicht wiederkehrten. Unser Oberkellner ging wortlos hinaus. Wir werden morgen einen Ersatz für ihn finden müssen – falls die Nachricht von Johns Anfällen noch nicht in der ganzen Stadt die Runde gemacht hat. Wenn es sich herumspricht, wird es wohl für Mister Tammerman immer schwieriger, gutes Hauspersonal zu bekommen. *Rose Red* hat sich verändert. Sie befindet sich im Zustand des Verfalls. Ich schreibe dies der Kürzung des Bauetats zu – John hat die Arbeiten um die Hälfte reduziert. Unsere schöne Residenz bietet zur Zeit fast dreieinhalbtausend Quadratmeter Wohnfläche, wir können zweiundvierzig Übernachtungsgäste empfangen und mehrere Hundert Dinnergäste im großen Stil bewirten. Sie könnte jedoch noch größer sein, noch luxuriöser, hätte John nicht angefangen, knauserig zu werden.

Heute Abend sprach ich ausführlich mit Sukeena darüber. Auch sie ist der Meinung, dass wir April in dieser Zeit des langsamen Wachstums viel weniger zu Gesicht bekommen werden. *Rose Red* muss wachsen. Je schneller die Bauarbeiten, desto mehr Besuche von meiner Tochter. Mein Mann und ich haben in dieser Frage sehr unterschiedliche Ansichten. Ich weiß nicht, ob meine Zofe es zuerst aussprach oder ob ich selbst es tat, aber es stellt sich die dringende Notwendigkeit, John Rimbauer loszuwerden. Er steht mir im Weg, Sukeena, dem gesamten Personal und nun auch dem Haus selbst.

Es muss etwas getan werden. Ich fürchte, es ist an mir zu entscheiden, was genau.

NACHWORT

Hier enden die Aufzeichnungen meiner Urgrossmutter, und hätte Joyce Reardon nicht kürzlich eine Forschungsreise nach *Rose Red* unternommen, wäre es für alle Zeiten dabei geblieben. Ich nahm an dieser Expedition teil und hatte das Glück, auf dem Dachboden eine Fortsetzung des Tagebuchs zu finden, ausgerechnet hinter einer Geheimtür in der Turmmauer, die von einem alten verblichenen Aquarell einer roten Rose verdeckt wurde. (Ich glaube, Urgrossmutter hat dieses Bild selbst gemalt.)

Die nun folgenden Einträge sind gelinde gesagt erschreckend, bestätigen aber so manche Entdeckung der Reardon-Expedition, deren Ziel es war, die übersinnlichen Kräfte der schlafenden Bestie *Rose Red* wieder zu erwecken. Wie heisst es so schön? – Wer sucht, der findet. Wir kennen also nun die Ursache für mindestens einen Todesfall und werden vielleicht in den kommenden Jahren weitere aufklären können. Ein grossteil der Tagebuchfortsetzung ist verschlüsselt geschrieben, in einer Geheimsprache, die noch nicht dechiffriert werden konnte. Meine Urgrossmutter muss entweder über ungeahnte Fähigkeiten oder eine Verbindung zu einem Ort verfügt haben, zu dem – wenn überhaupt – nur wenige von uns je Zugang erlangen werden.

Im Folgenden nun einige Auszüge aus dem zweiten Band des Tagebuchs.

Steven Rimbauer
Seattle, Washington, September 2000

(Joyce Reardons Schlusswort bildet den Abschluss dieser Tagebuchaufzeichnungen.)

19. FEBRUAR 1923 – ROSE RED

VIER UHR NACHMITTAGS

Der Winter erweist sich als ausgesprochen quälend und fade. Ich vertraue nun deinen Seiten an, was nie einem Menschen enthüllt werden darf. Aus diesem Grund habe ich mein Testament um eine Verfügung ergänzt, die deine Vernichtung gewährleistet, liebes Tagebuch, falls mir etwas zustößt.

In den vergangenen Monaten, und besonders in den letzten Wochen, haben Sukeena und ich uns in der Absicht verschworen – ja, ich wähle meine Worte mit Bedacht –, einen Weg zu ersinnen, wie wir John Rimbauer umbringen können. Ich habe in den letzten Monaten alles Mögliche versucht, um ihn aus diesem Haus zu vertreiben, aber meine Bemühungen waren vergebens – nicht zuletzt, weil mein Gatte nicht mehr der Mann ist, der er einmal war. Seine Fahrten ins Chinesenviertel machen einen größeren Teil seines Lebens aus als die paar Stunden, die er hier im Haus verbringt. Er kehrt desorientiert und verwirrt zurück und attackiert jeden, der ihm über den Weg läuft. Er ist weit mehr als eine Plage. Letzte Woche, als er sich mit Gewalt Freiheiten gegenüber Julia herausnahm, der fünfzehnjährigen Tochter unseres Hausmädchens Mrs. Cruthers, schwor ich mir, seinem Treiben ein Ende zu setzen. Noch heute Abend werden meine Zofe und ich meinen Schwur in die Tat umsetzen.

ACHT UHR ABENDS

Unser Plan ist aufgegangen. Der Stein wurde von Sukeena ins Rollen gebracht, die meinen Mann zur Teezeit in seinem Arbeitszimmer in der oberen Etage aufsuchte, was sie in all den Jahren in unserem Haus noch nie getan hat. Wie sie mir später erzählte, verlief das Gespräch wie folgt:

(Damit du es dir besser vorstellen kannst, liebes Tagebuch, sollte ich dir Folgendes erklären: Da Sukeenas üppige schwarze Gestalt in ihren lose herabhängenden weißen ägyptischen Baumwollkleidern so aufreizend wirkt, hat mein Mann ihr schon vor langer Zeit verboten, sie im Haus zu tragen. Ebenfalls sollte ich erwähnen, dass John Sukeena bei seinen Besuchen in meinen Gemächern nie wirklich besitzen durfte. Er beobachtete. Er warf lüsterne Blicke auf sie. Aber er bekam sie nie. So seltsam dies klingen mag – und das tut es hier auf deinen Seiten – glaube ich, die Unterlassung dieses Aktes geschah aus Respekt mir gegenüber, und ich glaube zudem, dass ihn dies letztlich in innerlichen Aufruhr versetzte, der in diesen vielen Monaten zu einer Reihe selbstzerstörerischer Taten führte.)

»Guten Abend, Sir.«

»Sukeena.«

Wie sie berichtete, saß er hinter seinem riesigen englischen Schreibtisch, und das Feuer brannte im Kamin. Rauchjacke aus dunkelblauem Samt und schwarzem Satin. Schwarz-graue Hosen. Ascot-Binder. Zigarre. Ein Glas Brandy in der Hand.

»Wünschen Sie vielleicht etwas, Sir?« Da Sukeena meine Zofe ist und nicht seine, kam ihm ihr Besuch in seinen privaten Gemächern sicherlich merkwürdig vor.

»Zum Beispiel?«

»Irgendetwas.« Ich kann mir ihren singenden Tonfall gut vorstellen, als sie es sagte und dann ihr Gewicht von einer Hüfte auf die andere verlagerte, wie es ihre Art ist. Wenn Sukeena sich bewegt, gleicht sie einer Gepardin.

John hat sich immer ein wenig vor den Großkatzen gefürchtet.

»Irgendetwas?«

»Irgendetwas, Sir.« Dann fügte sie hinzu: »Miss Ellen schläft, Sir. Hat vor kurzem etwas Bourbon mit Milch getrunken.«

(Ich finde unter dem Einfluss geistiger Getränke rasch in den Schlaf. Niemand weiß dies besser als mein Gatte.)

Er neigte den Kopf und sah sie neugierig an.

»Ich habe nachgedacht, Sir. Über vieles. Über Sie. Über Sie und mich, Sir. Eine Frau fragt sich bestimmte Dinge.«

»Du hast nachgedacht über …?« Erstaunen. Ich denke, das Laudanum trübte meinem Mann den Verstand. (Den er seit vielen Monaten nicht mehr bewiesen hat.) Man musste ihn einlullen, ihn zum Narren halten. Wie sonst hätten ihn andere dazu überreden können, sich so leichtfertig von seinem Geld zu trennen? Dieser Mann hat ein Vermögen angehäuft, und nun ist er im Begriff, es zu verschleudern. Ich wünschte, liebes Tagebuch, ich könnte auch nur ein Quäntchen Mitleid für meinen teuren John empfinden, aber einen solchen Luxus gestattet mir mein Verstand leider nicht. Abgesehen von der kurzen Zeit, in der er um mich warb, habe ich ihn nur als selbstsüchtigen Mann kennen gelernt. In seinem Leben diente ich ihm einem einzigen, ganz bestimmten Zweck – wie die Eisenbahn, die für ihn das Öl transportiert –, ich verschaffte ihm einen rechtmäßigen Erben. Er hat meine Weiblichkeit mit seinen Liebesabenteuern vergiftet, mich unfruchtbar gemacht und mir damit die einzige Kostbarkeit geraubt, die ich zu bieten hatte. Er verschlingt Frauen wie Mahlzeiten – oft und gierig. Er gab seiner Tochter keine Liebe und schenkte seinem Sohn, was er sich wünschte, sogar einen Ausweg aus diesem Haus. Mit seinem guten Aussehen und seinem gewinnenden Lächeln hat er zahlreiche Geschäftsmänner und sämtliche Frauen dazu gebracht, ihm auszuliefern, was ihnen das Teuerste war, und dabei noch das Gefühl zu haben, John Rimbauer täte ihnen einen Gefallen. Das Einzige, was ihm je Angst machen konnte, ist dieses Haus – meine teure Rose –, und so war es Rose, der ich mich in der Stunde der Not zuwandte.

»Ich … ich habe dir doch verboten, diese Kleider im Haus zu tragen, Frau! Sie sind unschicklich.«

»Ich kann nicht schlafen, Sir. Ich habe nachgedacht … Sukeena tut es Leid, wenn Kleid Ihnen keine Freude macht.«

»Keine Freude macht?«

»Ja, Sir.«

Er erhob sich langsam aus seinem Sessel. Das Feuer knisterte. »Freude machen?«, wiederholte er.

»Darüber habe ich noch nie mit der Miss gesprochen. Das verstehen Sie doch, Sir.«

»Selbstverständlich.«

»Ich muss etwas wissen. Eine Frau will so etwas wissen.« Sie schwieg, dann wandte sie sich zur Tür. »Habe an den Turm gedacht, Sir. Habe eine Decke in den Turm gelegt. Schwere Decke. Die aus Schweden, Sie wissen, welche. Vielleicht wird Sukeena Mittagsschlaf im Turm machen.«

Mit diesen Worten verließ sie das Arbeitszimmer in dem sicheren Wissen, dass mein Mann ihr unter dem Einfluss von Laudanum und Brandy, den Zigarren und seines übersteigerten Selbstbewusstseins folgen würde wie ein kleiner Hund seiner Mutter. Und genau dies tat er auch.

Mit verführerischem Hüftschwung schlenderte Sukeena wie in einer Prozession über die langen Korridore von *Rose Red,* und mein Mann folgte ihr im Abstand einiger Meter. Vom Korridor bog sie in sein Ankleidezimmer ab, was ihn sicherlich schockierte. Sie ging schnurstracks in seinen Wandschrank, öffnete die darin befindliche Geheimtür und betrat den engen Gang, der direkt auf den Dachboden führte. Nun, da John ihr auf Schritt und Tritt folgte und sich den Weg durch seine eigenen Kleidungsstücke hindurchbahnte, musste er annehmen, Sukeena sei von schwarzer Magie besessen, denn er folgte nun dem Pfad, den er schon so viele Male gegangen war. Und immer mit lüsternen Gedanken im Kopf.

Ich sehe es im Geiste wie ein Schauspiel vor mir: Sukeena einige Schritte voraus, mein Mann, betrunken und schwankend, ein Stück hinter ihr. Sicher raste sein Herz vor freudiger Erregung angesichts der kostbaren Beute, die ihm all die Jahre verwehrt wurde. In unserem afrikanischen Lager war mir Sukeena als Zofe zur Seite gestellt worden, und ich brachte sie auf meine Seite, bevor John sie für sich gewinnen konnte. Ich kann mir denken, was für eine Frustration dies in ihm weckte – nun, da ich weiß, was ihm die ganze Zeit im Sinn stand. Nun, da ich weiß, dass er sich seinerzeit dort die Krankheit der Sünde zuzog. Ich habe mich so oft schon gefragt, wie unser Leben aussähe, wenn ich mich an Gott gehalten hätte, wie andere Frauen es tun. Wären wir dann glücklich geworden? Warum beschloss ich, zur dunklen Seite zu beten, Bündnisse mit Mächten einzugehen, von denen ich nichts verstehe? Auch Gott ist mir unbegreiflich, warum also nicht mit Gott? Wie viel besser hätte sich alles entwickeln können. Vergebung statt Rache, Vertrauen statt Vorwürfe und Unglück.

(Vielleicht ist es nun an der Zeit. Es soll ja nie zu spät sein, sich Christus zuzuwenden. Kaum auszudenken: Trotz allem, was ich mir in der Vergangenheit vorgestellt habe, trotz allem, was ich erdulden musste, gibt es doch Aussicht auf Erlösung!)

So stiegen sie also meine schiefe und knarrende Treppe hinauf, Sukeena hatte meinen Mann an die Hand genommen. Die Winde kristallisierten sich aus dem Knarren der Bretter heraus: »Pa … pa. Pa … pa.« Meinem Mann gefror das Blut in den Adern und trotz des Brandys weiteten sich seine Augen vor Angst. Er blieb abrupt stehen und hätte Sukeena damit fast zu Fall gebracht.

»Komm weiter«, sagte sie.

»Ich kann nicht. Hörst du das?«

»Ich höre nur den Wind, Sir«, log sie. »Keine Angst vor dem Wind!«

»Sonst nichts, nur Wind?«

»Oh ja, Sir. In dem Turm fangen sich viele Winde. Die Decke, Sir. Wenn wir uns hinlegen, macht der Wind nicht mehr dieses Geräusch.« Sie zog ihn am Arm. »Der Herr hat doch keine Angst vor einem kleinen Wind?«

Wenn man John zum Nachgeben bewegen will, muss man ihn bei seinem Stolz packen. Der Trick funktionierte. Er plusterte sich auf, streckte die Brust vor und stieg langsam hinter meiner Zofe die stümperhafte Treppe zum Turm hinauf.

Sukeena stieß die Tür auf.

Es musste in der richtigen Nacht geschehen, das war uns bereits zu einem frühen Stadium der Planung klar gewesen. Erstens musste Vollmond sein, denn in solchen Nächten kommt April zu Besuch. Zweitens musste es zu der Uhrzeit stattfinden, wenn der Mond gerade über dem Horizont schwebt und mit seinem Licht das Buntglasfenster vollkommen erleuchtet. Wir wussten genau, was die Leute sagen würden: Die Belastung durch die Krankheit der Gattin. Die Tochter einfach so verschwunden. Das Glücksspiel. Die Besuche im Chinesenviertel. Der gesellschaftliche Druck, den der Wohlstand mit sich bringt.

Sukeena betrat als Erste den Turm. Die Stimme war nun eindeutig als die von April zu erkennen. »Pa … pa«, rief sie. John trat ein, und die Tür fiel sanft hinter ihm ins Schloss. Vor seinen Augen verwandelte sich die Rose im Buntglasfenster in das gespenstische Bild des missgestalteten, verkümmerten Arms meiner Tochter. Der Wind fragte: »Sind dies deine Gaben an die Kinder?« Mein Mann stand wie angewurzelt da. Der Arm in dem Fenster, der Arm meiner Tochter, winkte ihn eindeutig heran, lockte ihn mit den Fingern. »Pa … pa. Komm … Sieh …«

Wenn mir vor all den Jahren in Afrika jemand gesagt hätte, dass mir eines Tages die Geister bei der Erfüllung meiner Wünsche behilflich sein würden, hätte ich mir vielleicht wahre Liebe zwischen Mann und Frau vorgestellt, Weltreisen und lange, ausschweifende Mahlzeiten, die spurlos an meiner Figur vorbeigehen. Eine Familie mit sechs Kindern. Abendliche Lieder am Kamin und eine Runde Whist mit Freunden nach dem Abendessen. Alles, nur nicht dies.

John machte einen letzten Schritt auf das Fenster zu. Er blickte zu Boden: Da war keine Decke. Als er aufsah, entdeckte er mich, wie ich hinter der Tür lauerte, denn ich hatte sie zuvor geschlossen und ihn eingesperrt.

Zwei Frauen können enorme Kräfte entwickeln, besonders wenn sie wie Sukeena und ich von einer Entschlossenheit getrieben werden, die aus jahrelanger Qual und Wut erwachsen ist. Sukeena riss ihn am Arm und brachte ihn zum Schwanken. Ich griff mit ganzer Kraft an. Aber letztendlich war weder Sukeena noch ich die Schuldige. Ich wünschte, es wäre so gewesen. Eigentlich war es April. Der gewaltige Wind erledigte die Arbeit für uns. Gewiss, ich warf mich mit meinem Gewicht gegen John, und Sukeena zog mit aller Kraft an ihm. Ein schockierter, überraschter Blick – der Jäger als Gejagter –, und dann hob mein Mann, der plötzlich schwerelos schien, unbeholfen vom Boden ab. Nun blickte er unserer Tochter im Buntglasfenster ins Gesicht. April lächelte, blinzelte und wiederholte ein letztes Mal »Pa … pa.« (In diesem Augenblick fragte ich mich, ob Sukeena und ich uns diesen Plan überhaupt ausgedacht hatten oder ob dies alles vielmehr von Anfang an Aprils Ansinnen gewesen war.)

John Rimbauer gewann wieder festen Boden unter den Füßen. Er schlitterte über die Bodenplanken, und ich schwöre, es roch nach verschmortem Holz, als seine Absätze darüber glitten. Dann wurde er wieder in die Luft gerissen und aus dem bunten Fenster geschleudert, das in tausend Stücke zersprang. Er stürzte von dem Schieferdach aus fünfzehn Meter Höhe auf die mit Steinplatten ausgelegte Terrasse. Ich weiß noch, wie er auf der Errichtung dieser schrecklichen Vorderterrasse bestanden hatte. Ich hatte sie nie sonderlich gemocht.

Rosenrot, wie sie nun war, gefiel sie mir schon viel besser.

26. FEBRUAR 1923

Mein Sohn ist heute nach Hause gekommen, und wir haben gemeinsam seinen Vater beerdigt. Hunderte kamen: Frauen, deren Namen ich gar nicht kennen möchte; Hafenarbeiter, die ihn als engen Freund betrachteten, und Bankiers, Geschäftsleute und Staatsdiener, die durch ihn Karriere gemacht hatten. Ich stand ganz in Schwarz da, weinte echte Tränen und umklammerte die Schulter meines Sohnes – fast drei Jahre lang hatte ich ihn nicht gesehen.

Es ist schwierig, auf diesen Seiten meine große Trauer und das intensive Gefühl des Verlusts zu beschreiben, das ich empfinde. Trotz all der grauenhaften Dinge, die John Rimbauer mir angetan hat, trotz des Schmerzes, den er mir zufügte, habe ich ihn und seinen Erfolg sehr bewundert, ihn einst sogar geliebt. Wie sich herausstellte, hat er trotz der Einbußen beim Glücksspiel ein Imperium hinterlassen, ein königliches Vermögen.

Adam und ich gingen am späteren Nachmittag im Wald spazieren, wo er früher mit John Eichhörnchen und Kaninchen jagte. Nachdem er einige Geschichten von seinem Vater erzählt hatte und sich in Erinnerungen an ihn ergangen war, schnitt er schließlich das Thema an, das er seit Jahren gemieden hatte.

»Spukt es in unserem Haus?«, fragte er und sah mich dabei nicht an, sondern hielt den Blick auf seine Stiefel im nassen Laub gerichtet.

»Es ist besessen«, antwortete ich ehrlich. »So drücke ich es wohl am besten aus.«

»Gespenster?«

»Geister.«

Wir blieben stehen und blickten auf den kleinen Teich, den wir Lasky Pond nannten.

»Und April?«

Nun endlich fand jenes Gespräch statt, das ich schon so lange mit meinem Sohn hatte führen wollen. Ich wusste, wie sehr John Adams Ansichten beeinflusst hatte. Ein paar Tage nach Aprils Verschwinden hatte die Zeitung auf Johns Gesuch hin berichtet, das Eis auf dem Teich sei gebrochen und April könne hineingefallen sein. (Dann frage ich mich allerdings, warum wir nie ihre Leiche fanden!) So sah es nach einer Weile jeder: Es musste ein Unfall auf dem Teich gewesen sein; ein Bär, der sich der Stadt genähert hatte; ein Berglöwe. Alles außer der Wahrheit.

»Sie ist im Haus, Adam.«

»Das ist doch absurd, Mutter!« Es war die Stimme meines Mannes, die aus dem Mund meines Sohnes sprach. Es war verblüffend. Wie schnell sie doch lernen!

»Warum hat dein Vater wohl all die Jahre verhindert, dass du nach Hause kommst? Glaubst du, er hätte sich vor dem Wald gefürchtet? Vor dem Teich? Nein, er hatte Angst vor diesen Mauern!«

»Vater hatte vor gar nichts Angst.«

»Wir haben alle vor irgendetwas Angst, mein Lieber. Dein Vater war ein großer Mann. Aber er hatte Angst vor der Wahrheit. Er hat Douglas Posey gefeuert, um der Wahrheit nicht ins Gesicht blicken zu müssen; er hat dich von diesem Haus, deinem Heim, fern gehalten. Du darfst dich nie vor der Wahrheit fürchten, Adam. Sie ist der einzige wahre Schlüssel zum Erreichen neuer Wissensebenen und zum besseren Verständnis der Dinge. Du magst es albern finden, aber die Wahrheit kann Befreiung bedeuten.«

»Es *ist* albern.« Er stocherte mit der Stiefelspitze in der Laubschicht und bohrte ein nasses Loch in den Waldboden, wobei er einen kleinen, glänzenden Stein zur Seite stieß.

»Wenn du lange genug bleibst, kannst du vielleicht auch ihre Stimme hören.«

»Mutter …«

»Was? Bin ich verrückt? Das wirst du mir sagen, Adam. Du wirst es mir sagen.«

1. MÄRZ 1923

Und so stiegen wir, mein Sohn und ich, drei Tage später in einer vollkommen ruhigen Nacht die knarrende Turmtreppe hinauf zu jenem Ort, an dem sein Vater den Tod gefunden hatte. Adam ist ein gut aussehender, strammer Bursche von dreizehn Jahren mit breiten Schultern und wachen Augen. Trotz seiner jugendlichen Lebhaftigkeit bewegte er sich vorsichtig und zögernd die Stufen hinauf, und der Wind pfiff in unseren Ohren. Zuerst der Wind. Dann ertönte der sanfte Ruf der Stimme seiner Schwester.

Ich hatte ganz vergessen, wie nah sich die beiden gestanden hatten – sie waren fast unzertrennlich, bis Adam ins Internat abgeschoben wurde. Sie sind beinahe wie Zwillinge aufgewachsen – Adam hatte seiner leicht behinderten Schwester zur Seite gestanden; April war Teil seiner Spiele und Versuchsobjekt für seine Erfindungen gewesen.

Mein kleiner Junge, der in der Schule vorzeitig zu einem jungen Mann herangereift war, brach auf den Stufen zusammen, weinte frei heraus und fiel seiner Mutter in die Arme. Er wusste, es handelte sich nicht um einen Streich. Er hatte Angst, und ich hätte sein zartes Alter bedenken und erkennen sollen, dass es noch zu früh für ihn war. Wir hatten noch genug Zeit für all diese Dinge. Warum hatte ich so darauf gedrängt? Warum war ich fast verzweifelt darum bemüht gewesen, meinem Kind meine geistige Gesundheit zu beweisen? (Kann man so etwas überhaupt beweisen?)

Schließlich hatten Mutter und Sohn den Turm erreicht und setzten sich auf den Holzboden. Das zerstörte Buntglasfenster war mit Brettern vernagelt. (Eines

Tages werde ich es ersetzen lassen.) Wir kauerten uns aneinander und lachten und weinten. Adam versuchte, der flüsternden Stimme zu antworten, und obwohl ich den Wortwechsel nicht verstand, schwöre ich hier auf diesen Seiten, er sprach mit seiner Schwester. Fortan stieg er allnächtlich in den Turm hinauf und verweilte dort stundenlang.

Nun ist er wieder in der Schule. Aber er schreibt mir fast täglich – jener Sohn, der praktisch nicht mehr Teil meines Lebens gewesen war. Ich habe das Gefühl, ich bin als Frau und Mutter nun wieder heil und vollständig. Johns Abwesenheit wird jeden Tag erträglicher. Frieden ist wieder auf *Rose Red* eingekehrt. Adam und ich sind wieder eine Familie.

Nichts ist kostbarer.

19. FEBRUAR 1928

Gütiger Gott im Himmel, gib sie mir zurück!

Sukeena ist verschwunden! Zuletzt wurde sie im Erholungsraum gesehen! Nirgends eine Spur von ihr, und ich wandere durch die endlosen Korridore dieses Grabes und frage mich, warum jeder, der mir nahe kommt, aus meinem Leben gerissen wird. Mir geraubt wird. Ich hasse dieses Haus, verachte es. Ich werde Adam nicht noch einmal hierher einladen.

Das Personal ist fast am Ende seiner Kräfte, so lange wurde nach meiner Zofe gesucht, so viele Stunden – Tage mittlerweile! Das Haus ist unglaublich groß, und glaube es oder nicht, liebes Tagebuch, wir alle sind Zeugen räumlicher Umgestaltungen geworden. Hinter unserem Rücken verändern Korridore ihre Form und ihr Aussehen. Ganze Räume verschwinden! Was geht hier vor? Wie ist das möglich? Ein Gebäude aus Stein, und doch so beweglich wie Wasser. Ein Chamäleon. Einst ein Korridor, nun ein Ballsaal; einst ein Keller, nun ein Verlies!

Ich befahl, Sukeenas gesamte Pflanzen aus dem Erholungsraum zu entfernen (denn nach ihrem Verschwinden wucherte dort alles mehr denn je – jede Pflanze stand plötzlich in voller Blüte!). Ich überwachte die Arbeiten – überwachte sie mit eigenen Augen von meinen Gemächern aus und erinnerte mich dabei an andere Ereignisse, die ich dort unten beobachtet hatte. Sieben Arbeiter brauchten drei Stunden, um den Raum bis auf die nackte Erde auszuräumen. Als sie an der Westseite angekommen waren, fingen an der Ostseite bereits wieder neue Pflanzen an zu sprießen. Am folgenden Morgen waren sie schon zwei Meter hoch gewachsen – größer denn je und in voller Blüte. Es ist Sukeena, die für diese Blütenpracht sorgt – mit ihrer Liebe, ihrer Energie, ihrer Macht.

Wir alle – jeder Einzelne von uns! – hörten *Rose Red* vergangene Nacht lachen. Sie lachte mich aus. Uns. Es war das schrecklichste Geräusch, das ich je vernommen habe.

Wenn dies ein Wettstreit war, hat sie gewonnen. Sie sind alle fort, meine Liebsten. Ich bin allein. Allein mit meinen Gedanken, mit meinem Schweigen in diesem Haus.

Ich werde das gesamte Personal entlassen (bevor sie noch jemanden holen kann!).

Ich werde diese Residenz eine gewisse Zeit allein bewohnen. Werde sie leiden lassen, sie schwächen. Vielleicht können wir etwas aushandeln, Rose und ich.

Vielleicht wird sie mir dann erlauben, Sukeena zu besuchen, wie sie es mir bei April gestattet. Mein Gatte hat es mich gelehrt: Alles hat seinen Preis, man kann über alles verhandeln.

Anmerkung der Herausgeberin: wie Buchhaltungsunterlagen bestätigen, setzte Ellen Rimbauer ihr Vorhaben in die Tat um und entliess die vierunddreissig Bediensteten für einen Zeitraum von vier Monaten. Während dieser Zeit soll sie ganz allein auf *Rose Red* gelebt haben, ohne einen einzigen Besucher. Wie ihr Geisteszustand war, als sie sich in diese Einsamkeit begab, ist unklar, aber danach zeigte sie sich in einer schlimmen Verfassung. In den darauffolgenden zwei Monaten stellte sie wieder zwanzig Bedienstete ein und richtete Empfänge aus. Im Jahre 1946 verschwand bei der Feier zur Erinnerung an den Tag der Hauseinweihung eine der grössten Filmschauspielerinnen jener Zeit, Deanna Petrie (unbestätigten Gerüchten zufolge ging ihre Freundschaft mit Ellen über die Norm hinaus). Dies war die letzte grosse Feierlichkeit auf *Rose Red*. Zu Beginn der U. S.-amerikanischen Beteiligung am Zweiten Weltkrieg wurde das Personal auf fünfzehn Personen reduziert. Im Jahre 1950 verschwand Ellen Rimbauer.

1950 soll Ellen Rimbauer, die auf die siebzig zuging und fast erblindet war, den perspektivischen Korridor betreten haben und ist danach nie wieder gesehen worden. Das Personal behauptet, seitdem ein Sägen und Hämmern auf dem Dachboden zu hören.

Zum Zeitpunkt ihres Todes war aus Ellen Rimbauer, einst die schönste und am meisten beneidete Frau in der High Society von Seattle, eine verschrumpelte alte Dame geworden, fiebernd, fast blind und leicht verrückt. Es wird erzählt, man könne von Zeit zu Zeit hören, wie *Rose Red* lacht oder weint – die Laute werden meilenweit vom Wind übers Land getragen und oft irrtümlich für die Schreie eines wilden Tieres oder das Signalhorn eines Schiffes gehalten.

Bald schon werde ich in die Mauern von *Rose Red* vordringen, ausgerüstet mit hochentwickeltem technischem Gerät, mit Steven Rimbauer an meiner Seite, einem Nachfahren von Ellen und John Rimbauer, und einigen der fähigsten »Perzeptionisten« – Menschen mit übersinnlicher Wahrnehmung – in diesem Landesteil. Wir hoffen, die »Seele« dieses gewaltigen Gebäudes wecken zu können, jenes Wesen, das diesen Mauern innewohnt, und einen Kontakt zu April, Sukeena, Ellen oder *Rose Red* selbst herzustellen. Letzteres macht mir am meisten Angst. Dieses Tagebuch weist schliesslich auf die Existenz einer übermächtigen Wesenheit hin, und bei der Untersuchung übersinnlicher Phänomene lässt man sich immer auf etwas Unbekanntes ein, auf etwas Unerforschtes. Man dreht einen Globus, öffnet eine Tür, und wer weiss, was dann geschieht? Wir werden sehen, das Leben ist ein Abenteuer. *Rose Red* bietet der Forschung eine einmalige Gelegenheit. Wer von meinen Kollegen würde sich eine solche Chance entgehen lassen? Und so ziehe ich los, unsicher und doch voller Vorfreude. Wir können die bestehenden Grenzen des Übersinnlichen nicht ausfindig machen, wenn wir sie nicht zu suchen wagen. Was wir finden, gehört einen Augenblick lang uns, den Entdeckern, und dann für immer der Wissenschaft. Er ist mir teuer, dieser einzigartige Augenblick, in dem das, was immer dort draussen ist, mir gehört und nur mir. In diesem Augenblick ist die Welt grenzenlos, genau wie ich.

Dr. (Phil) Dr. Med. Joyce Reardon, P. P. A.

Die Deutsche Bibliothek – CIP-Einheitsaufnahme
Das Tagebuch der Ellen Rimbauer : Mein Leben auf Rose Red /
hrsg. von Joyce Reardon. Mit einem Nachw. von Steven Rimbauer.
Aus dem Amerikan. von Antje Görnig. – Köln : vgs, 2002
Einheitssacht.: The diary of Ellen Rimbauer <dt.>
ISBN 3-8025-2942-1

Erstveröffentlichung bei Hyperion, New York 2001.
Titel der amerikanischen Originalausgabe:
The Diary of Ellen Rimbauer – My Life at Rose Red

Lektorat: Christina Deniz, Köln
Produktion: Annette Hillig
Umschlaggestaltung: Casey Hampton/Sens, Köln
Satz: Greiner & Reichel, Köln
Druck: Clausen & Bosse, Leck
Printed in Germany
ISBN 3-8025-2942-1

Besuchen Sie uns im www:
http://www.vgs.de

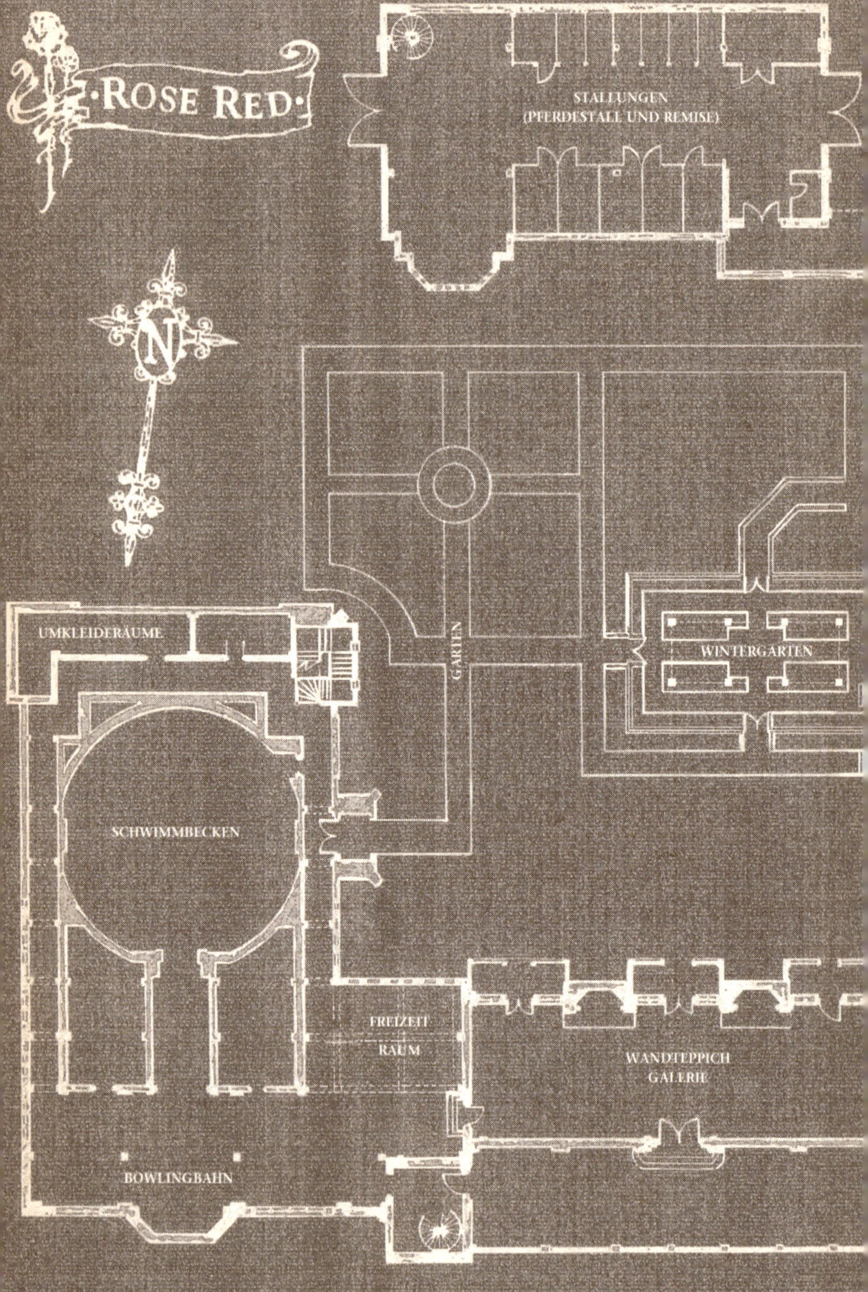
ROSE RED
N
STALLUNGEN
(PFERDESTALL UND REMISE)
UMKLEIDERÄUME
GARTEN
WINTERGARTEN
SCHWIMMBECKEN
FREIZEIT
RAUM
WANDTEPPICH
GALERIE
BOWLINGBAHN

(ZIMMERBESCHREIBUNG DES PLANS VON ROSE RED – (VON LINKS NACH RECHTS UND VON OBEN NACH UNTEN))

Dressing Rooms = Umkleideräume
Swimming Pool = Schwimmbecken
Bowling Alley = Bowlingbahn
Recreation Room = Freizeitraum
Garden = Garten
Carriage House = Stallungen (Pferdestall und Remise)
Solarium = Wintergarten
Tapestry Gallery = Wandteppichgalerie
Kitchen = Küche
Pantry = Speisekammer
Breakfast Room = Frühstückszimmer
Billard Room = Billardzimmer
Ladies Library = Damenbibliothek
Wasted Space = Ungenutzter Raum
Kitchen Hall = Durchgang zur Küche
Butler Pantry = Porzellankabinett
Banquet Hall = Bankettsaal
Exterior Walk = Außenkorridor
Central Hall East = Östlicher Hauptkorridor
Grand Stair = Haupttreppe
Central Hall West = Westlicher Hauptkorridor
Gun Room = Waffenkammer
Loggia = Loggia
Grand Ball Room = Großer Ballsaal
Entry Hall = Empfangshalle
Parlor = Salon
Smoking Room = Rauchsalon